Très pr
l'histoi
créer de … sa
première trilogie, a rapidement trouvé une place dans le coeur de son lectorat. Son quatrième roman, *Anaïs*, est paru à l'automne 2020.

WILLIAM ET EVA - TOME 2

Au tournant des années 1900, ayant apprivoisé l'idée de faire sa vie à Salaberry-de-Valleyfield et abandonné ses rêves de jeunesse, Eva Benoit a fini par céder aux avances de William Leduc qui est éperdument amoureux d'elle. Ils ont uni leur destinée et fondé une famille. Alors que leur vie s'organise autour du magasin général dont William a fait l'acquisition, le procès des parents de la jeune Laura, morte dans des circonstances tragiques, va rappeler cruellement à Eva des événements qu'elle aurait bien voulu oublier une fois pour toutes. Le passé n'est jamais bien loin, comme elle le constatera à quelques reprises. Les autorités religieuses non plus, qui n'hésitent pas à lui imposer des choix pénibles. Les relations tumultueuses avec sa soeur Émilienne vont également continuer à perturber son quotidien. Forte du soutien de son beau William, Eva verra pourtant poindre la lumière au bout de la nuit…

William et Eva

TOME 2

Mélanie Calvé

William et Eva

TOME 2

Le magasin général

BIBLIO • FIDES

Conception de la couverture : Gianni Caccia
Mise en pages : Bruno Lamoureux

Catalogage avant publication de Bibliothèque et Archives nationales du Québec et Bibliothèque et Archives Canada

Titre : William et Eva / Mélanie Calvé.
Noms : Calvé, Mélanie, 1978- auteur. | Calvé, Mélanie, 1978 - Magasin général.
Description : Nouvelle édition : [Anjou, Québec : Fides, [2020]- .
Identifiants : Canadiana 20200081055 | ISBN 9782762144345 (vol. 2)
Classification : LCC PS8605.A4754 W7 2017 | CDD C843/.6—dc23

La maison d'édition reconnaît l'aide financière du Gouvernement du Canada par l'entremise du Fonds du livre du Canada pour ses activités d'édition. La maison d'édition remercie de leur soutien financier le Conseil des Arts du Canada et la Société de développement des entreprises culturelles du Québec (SODEC). La maison d'édition bénéficie du Programme de crédit d'impôt pour l'édition de livres du Gouvernement du Québec, géré par la SODEC.

Imprimé au Canada en septembre 2020

Aux hommes de ma vie

À Antoni
Pour toutes ces saisons passées à s'aimer
Ta patience, ta douceur et ton amour
ont fait de moi une meilleure personne

À mon père Serge
Pour ta droiture, tes valeurs et tout
ce que tu représentes à mes yeux
Je t'aime Papa

À mon frère Steve
Merci d'exister et surtout d'être
l'être humain extraordinaire que tu es

CHAPITRE PREMIER

La vie de marchand-épicier

Nouvellement marchands-épiciers, William et Eva Leduc s'acclimatèrent rapidement à leur nouvelle vie. Le petit Édouard, du haut de ses deux ans et demi, faisait rire les clients par ses innombrables pitreries. Tout comme William, il était avenant et charmeur avec les dames qui ne pouvaient résister à son petit sourire coquin. La petite Vivian, quant à elle, éprouvait quelques difficultés à se familiariser avec l'espace. Aveugle de naissance, il lui était difficile d'apprendre à marcher dans un environnement aussi changeant qu'une épicerie. William lui confectionna une canne en bois d'érable sur laquelle il sculpta de jolies formes d'animaux. Lorsqu'il comprit que la petite adorait tout palper du bout de ses doigts, il lui sculpta une multitude d'œuvres, s'appliquant à accentuer le détail des gravures. Si certains clients ignoraient la petite, visiblement incommodés par son handicap, la plupart, touchés par sa persévérance, n'hésitaient pas à la féliciter au moindre progrès. La petite Fleur-Ange, qui rampait depuis peu, passait son temps à défaire le bas des étalages au grand désespoir de sa mère qui devait sans cesse passer derrière elle. Enceinte de près de quatre mois, Eva, aux prises avec des nausées, se trouvait un peu plus fatiguée qu'à l'ordinaire. Mine de rien, tenir un magasin tout en s'occupant de trois jeunes enfants n'était pas de tout repos. Par chance, la mère de William venait lui donner un coup de main aussi souvent qu'elle le pouvait. Il était convenu qu'Eva aiderait William à tenir l'épicerie tant et aussi longtemps que sa condition ne serait pas visible puisqu'il n'était pas convenable pour une femme en famille de se montrer en public.

Pour les besognes de la maison, elle pouvait compter sur Louisa qui lui donnait un coup de main lorsqu'elle ne travaillait pas à la Montreal Cotton. Eva et William s'estimaient chanceux de pouvoir compter sur la jeune femme. Les petits adoraient leur tante Louisa, mais il était évident qu'ils n'avaient pas la même aisance avec leur tante Émilienne. Il est vrai que cette dernière était ronchonne, acariâtre et on ne peut plus désagréable. Pauvres petits, s'ils avaient su qu'elle était à ce moment dans ses bons jours, qu'elle était au meilleur de ses humeurs, ils la craindraient encore plus. D'ailleurs, les deux sœurs ne s'étaient pas disputées depuis leur réconciliation du Nouvel An 1900, ce qui était tout un exploit pour ces deux femmes aux caractères opposés. Il était convenu que leur mère viendrait s'installer définitivement à Salaberry-de-Valleyfield. Elle emménagerait avec ses six plus jeunes enfants chez Victor et Émilienne.

— Ce ne sera pas beau tantôt dans cette cabane-là, dit William à Eva tandis qu'ils étaient seuls à leur épicerie. Es-tu capable d'imaginer ça toi, il y aura neuf enfants et trois adultes dans le logement... Ta sœur peine à s'endurer elle-même, elle va perdre patience dans le temps de le dire.

— Je sais bien mon mari, c'est pour cela que maman a intérêt à louer un des logements de la *factory* au plus vite. Mais pour ça, faudrait qu'elle se décide à travailler à la manufacture.

— Je l'espère pour eux, mais je pense qu'elle aura de la misère sans mari.

La petite clochette accrochée au-dessus de la porte d'entrée de l'épicerie se manifesta, annonçant la visite d'un client.

— Marie-Renarde ! Mais que se passe-t-il ? demanda Eva en apercevant son amie en pleurs.

— C'est petite Asha, répondit-elle. Ma petite est devenue un oiseau.

— Ma pauvre amie, mais qu'est-il arrivé ?

— Elle est tombée malade, une grosse toux. Elle était si petite, en deux jours elle était partie.

Eva sentit son cœur se serrer. La petite n'avait que quelques mois de plus que Vivian. L'idée qu'elle pourrait perdre sa fille lui était insupportable. Elle enlaça longuement son amie, ne sachant que dire pour la consoler.

Ce soir-là, en se couchant, Eva pria pour que son amie puisse avoir, sans trop attendre, un nouveau petit être à bercer contre son cœur.

— Je t'ai sentie tournailler d'un bord pis de l'autre toute la nuit, ma toute belle, fit remarquer William à leur réveil.

— C'est la mort de la petite Asha qui me pèse pas mal sur le cœur... Savais-tu qu'Asha veut dire espoir ? Tu parles d'un espoir toi ! Je ne comprends pas pourquoi Dieu rappelle à lui autant d'enfants, ce n'est pas mêlant, on dirait que les petits tombent comme des mouches.

— Dis-toi que l'espoir ne meurt jamais dans le cœur de celui qui sait l'entretenir, dit William en l'enlaçant.

— J'espère que tu dis vrai mon mari parce qu'il n'y a rien de pire pour une mère que de mettre en terre un de ses enfants.

— Pareil pour un père tu sauras ! Un parent ne devrait jamais avoir à enterrer son enfant, point final !

— Je prie tous les saints du ciel pour que Dieu nous épargne, je n'aurais jamais la force de repasser à travers ça…

— Je sais bien que c'est difficile à croire, mais Dieu nous donne la force en temps et lieu de passer au travers du pire. En parlant du pire, je voulais te parler de ta sœur...

— Laquelle ? demanda Eva, hébétée.

— Émilienne, tu sais bien qu'il n'y a jamais rien à dire sur Louisa.

— Qu'est-ce qu'elle a encore fait Émilienne ?

— Je ne sais pas si tu as remarqué son *bill*, il monte vite, mais ne descend pas pantoute… Elle est rendue à trois cents piastres ! On dirait qu'elle n'a pas de retient bien, qu'elle est forte sur la dépense…

— Trois cents piastres ! s'exclama Eva. Mais ça n'a pas de bon sens ! J'vais lui parler, tu peux compter sur moi !

— Elle compte trop sur nous autres, il faut la remettre à sa place avant qu'elle mange tous nos profits. Je pense qu'il faudrait barrer leur compte le temps qu'ils le remboursent un peu…

— C'est une bonne idée ça mon William, mais j'ai peur que ce soit les enfants qui en pâtissent.

— Nous pourrions lui autoriser le crédit sur l'essentiel, mais pas sur le reste. Elle a fait écrire pas mal de Ginger beer et de gin, c'est du luxe ça, c'est pas du nécessaire.

— Je suis du même avis que toi là-dessus.

— Je vais lui en glisser un mot, pis à Victor aussi. Il n'est peut-être pas au courant que sa femme est aux dépenses comme ça. C'est pas leur rendre service que de les laisser s'endetter autant.

— T'as ben raison ! Ah, avant que j'oublie, ta mère doit passer plus tard dans la journée, elle a terminé une autre courtepointe.

— Je vous l'avais-tu pas dit que ses courtepointes partiraient comme des petits pains chauds !

— J'en suis ben heureuse pour ta mère qui n'en est pas peu fière même si elle demeure très modeste par rapport à ce qu'elle fait...

— La courtepointe qu'elle s'en vient porter est déjà vendue figure-toi donc, et tu ne devineras jamais à qui ! C'est la femme de David Lowe, tu sais le frère du comptable qui s'est fait prendre en otage par Shortis, c'est pour elle... Je te le dis ma femme, si nous pouvons attirer quelques riches Anglais, ils sauront compenser pour tous les autres qui achètent à crédit.

— Mais William, si les Anglais commencent à venir icitte, je serai pas capable de les servir...

— J'y ai bien réfléchi ma toute jolie et je crois qu'il serait à notre avantage que tu apprennes l'anglais...

— Apprendre l'anglais ? demanda-t-elle, étonnée. Mais j'en serais jamais capable William, et toi tu te débrouilles quand même un peu en anglais, c'est pas suffisant ça ?

— Ce serait ben dommage que tu ne puisses pas servir les Anglais quand j'suis absent. Tu sais comme moi que l'argent, c'est eux qui l'ont dans leurs poches... Ça peut sembler difficile, mais apprendre leur langue est plus simple qu'il n'y paraît... Fais-moi confiance, tu verras que ce n'est pas si compliqué...

— Mais comment je vais faire pour l'apprendre ?

— J'ai pensé demander la femme de Nelson Higgins, elle maîtrise parfaitement les deux langues, elle pourrait venir passer les mardi et jeudi après-midi avec toi pour te donner des leçons. Je pensais lui offrir cinquante centins par semaine, qu'en penses-tu ?

— Pour être franche mon mari, je n'ai jamais envisagé d'apprendre l'anglais, mais si tu crois que ça pourrait nous être profitable, je veux bien essayer.

— Tu m'en vois bien ravi ma toute jolie. Je dois descendre à Montréal demain, j'aurais aimé que tu m'accompagnes, mais je crains que ce ne soit pas l'idéal dans ta condition.

— Reviendras-tu dans la même journée ?

— Sois sans crainte, je serai revenu à temps pour réchauffer ton lit...

— Je n'ai aucune crainte à ce propos mon cher mari, répondit-elle en souriant.

— Tu sais que je t'aime comme un fou, lui dit-il avant de déposer tendrement un baiser sur sa joue. Je ne partirais jamais plus d'un jour, je ne voudrais pas que tu te morfondes d'ennui.

— Tu n'es pas encore parti que je m'ennuie déjà, tu le sais ça ? J'avoue que j'aurais aimé ça y aller avec toi à Montréal...

— Tu ne perds rien pour attendre ma chérie lorsque tu seras en condition, nous prendrons le train jusqu'à Montréal et nous dormirons même à l'hôtel Windsor en plus ! Je te ferai visiter le port, il est immense et si tu es très gentille, je te sortirai au théâtre.

— Le bonhomme Vézina est sur le bord de l'épicerie, coupa brusquement Eva en apercevant l'homme à travers la fenêtre. Je ne sais bien pas ce qu'il fait là. Tu devrais sans doute aller voir.

— Il est de bonne heure sur le piton ce matin, celui-là ! Viens me rejoindre lorsque tu auras une chance, dit-il en sortant. Il doit manquer de tabac…

Eva vaqua à ses besognes matinales en songeant tristement à sa pauvre amie qui devait être seule à veiller le corps de sa petite fille, de son enfant unique. Elle fit déjeuner Édouard et Vivian tout en donnant le sein à la petite Fleur-Ange. Elle les lava, les habilla, puis traversa au commerce. Sa belle-mère y était déjà et placotait avec la veuve Gagné. Lorsqu'elle se libéra, Eva lui demanda de surveiller les petits une heure ou deux, puis se rendit aussitôt chez Marie-Renarde.

— Tu es venue ! s'exclama la jeune Abénaquise en l'apercevant. Viens voir comme elle est jolie, poursuivit-elle en la conduisant à la cuisine où le corps de la petite était allongé sur la table.

— Elle est magnifique, vraiment magnifique, répondit Eva en ravalant ses larmes.

— Asha est un oiseau maintenant, elle est le vent aussi… Asha est le vent… Mon bébé est une poussière dans le vent, dit-elle en explosant en sanglots.

— Je sais mon amie, répondit Eva en la prenant dans ses bras. Pleure, ça va te faire du bien…

— Bernard dit que nous en aurons d'autres, mais j'en veux pas d'autres ! C'est ma Asha que je veux ! Je pense que mon corps est malade, il ne veut plus devenir un nid. Je suis une maman sans enfant, je ne suis plus une maman. Eva, regarde, comme elle est belle ma petite Asha chérie.

— Elle est magnifique ta petite Asha, elle est tout simplement magnifique. Tu te souviens de ce que tu m'as déjà dit ? Que ton dieu était un esprit et qu'il plaçait entre vos mains de la poussière de roches pour voir ce que vous en feriez. Je crois qu'il te mettra de la poussière d'étoiles avec laquelle tu feras de la poussière de bébé.

— J'aimerais tellement que tu dises vrai !

Eva resta un long moment à consoler Marie-Renarde et à pleurer avec elle en silence. Elle rentra chez elle, appréciant plus que jamais les cris de ses enfants. La vie était si difficile, si fragile aussi.

— Comment va la femme de Giroux ? demanda William tandis qu'ils prenaient le repas du soir.

— Franchement William, s'indigna Eva, elle a un nom comme tout le monde ! Elle est peut-être la femme de Giroux, mais elle est également une femme et une mère de famille ! Elle était Marie-Renarde avant d'être la femme de Giroux, tu sauras !

— Tu me vois désolé de t'avoir choquée, c'est pas ce que je voulais. Je pensais pas à mal faire, c'est juste par habitude que je l'ai appelée comme ça…

— Je le sais ben William, c'est moi qui suis désolée, je suis pas mal à pic dans mes humeurs, avoua-t-elle.

— C'est normal, tu en as beaucoup sur les épaules. Est-ce que je peux faire quelque chose pour alléger tes tâches ?

— Tu es si merveilleux mon mari, vraiment tu l'es... Tu es ben fin, mais ça va être correct. Mais attends, maintenant que j'y pense comme il faut, ça ferait ben mon bonheur si tu pouvais cuisiner pour quelques semaines, se moqua-t-elle en souriant.

— Louisa, dit-il en se tournant vers sa belle-sœur, je te paie cinq centins par repas que tu prépares, qu'est-ce que t'en penses ?

— Pas besoin de me payer, je le ferai gratis pour toi mon cher beau-frère préféré.

— Bon c'est ça, s'exclama Eva, en faisant mine d'être offusquée, ma propre sœur qui prend le parti de mon mari.

— C'est pas ça, penses-y deux minutes, j'ai pas dans l'idée de mourir de faim ou pire encore, mourir empoisonnée !

— J'avais pas vu les choses ainsi, tu as ben raison !

Le lendemain, tandis que l'épicerie était achalandée, Émilienne se présenta. Elle déposa sur le comptoir de la mélasse, de la farine, une livre de beurre et une bouteille de gin.

— J'ai entendu dire que la sauvage avait perdu son bébé, lança-t-elle. Tu parles d'une bonne affaire, une p'tite bâtarde de moins !

— Émilienne, est-ce que je pourrais te parler dehors un instant ? répondit Eva en sortant de derrière le comptoir et en lui empoignant le bras.

— Qu'est-ce qui te prend pour l'amour du saint ciel ? rétorqua-t-elle.

— Écoute-moi ben Émilienne. Sache premièrement que je ne tolérerai jamais que tu tiennes de telles injures devant moi ! Je me demande parfois si tu as un cœur !

— Ahhh, tu parles de la p'tite bâtarde ? Ça te choque vraiment que je dise tout haut ce que tout le monde pense tout bas ?

— Je ne te crois pas, personne ne pense des affaires comme ça, il y a juste toi, Émilienne, qui est assez méchante pour avoir ce genre de mauvaises pensées !

— Si ça te fait plaisir de le croire. Tu as beau penser ce que tu veux autant que moi j'ai le droit de penser ce que je veux ! Qu'est-ce que tu me veux parce que je n'ai pas l'intention de passer la journée à m'obstiner sur la devanture de ton épicerie.

— J'ai affaire à te parler de ton crédit. Figure-toi donc que ton *bill* est rendu à trois cents piastres Émilienne ! C'est le prix de quatre vaches par chez nous ça ! Il y a toujours ben des limites à ambitionner sur le pain bénit tu sauras ! Là, à partir de tout de suite, tu en as plus de crédit, tiens-toi-le bien pour dit !

— Es-tu sérieuse là ? Tu vas sérieusement nous laisser crever de faim ? Les trois quarts de Valleyfield ont un crédit ici, pis tu décides de plus le faire à ta propre sœur ?

— Les trois quarts n'ont pas ambitionné comme toi tu sauras ! C'est ça qui est ça, pis c'est tout ! William pis moi travaillons assez fort pour avoir ce qu'on a, il n'est pas question qu'on s'endette pour payer ta boisson ! Tu sembles oublier que Louisa te verse la pension qu'elle devrait nous verser. Nous lui fournissons gîte et couvert tandis que tu en retires les gages ! Tu trouves pas que tu pousses un peu ?

— C'est rendu que tu regardes ta famille de pas mal haut. Tu sembles oublier que j'étais là pour toi lorsque tu es débarquée par icitte, que c'est pas mal grâce à ma bonne hospitalité que tu es rendue où tu es ! Je trouve que tu as la mémoire ben courte !

— Émilienne, je suis consciente de tout ça et je t'en serai toujours reconnaissante, mais essaie donc de comprendre un peu notre situation. L'épicerie, c'est notre gagne-pain, c'est ce qui nous permet de mettre du manger sur la table. On commence là-dedans, William y a mis tout ce qu'il avait, il n'a plus rien maintenant... Tu as exagéré sur la bière et sur le fort aussi, ça nous coûte cher, tu sauras. Émilienne, trois cents piastres, c'est presque une année de paie complète à l'usine, ce n'est pas rien ça, voyons donc !

— Fais ce que tu veux, mais si tu n'es pas capable de faire preuve d'un peu de charité envers ta sœur pis ses enfants, alors aussi ben faire comme si tu en avais plus de sœur ! Je peux pas croire que tu laisseras mes enfants crever de faim sans lever le petit doigt pour les aider ! Tu n'es sans doute pas sans savoir que ma petite Geneviève est amaigrie sans bon sens ! Si un de mes enfants meurt par ta faute, je te tuerai de mes propres mains, tu ne pourras pas dire que je ne t'ai pas avertie ! Tu as de la peine pour la mort d'une petite bâtarde sauvage, mais tu n'éprouves aucune pitié pour la chair de la chair de tes propres parents ! Honte à toi Eva Benoît, honte à toi !

Émilienne la fixa hargneusement, tourna les talons, puis partit en vociférant. Eva la regarda partir en ravalant ses larmes. Et si sa sœur disait vrai, et si ses enfants avaient réellement faim ?

— Te voilà Eva, lança William tandis qu'elle retournait à l'intérieur, madame Gagnon voudrait t'acheter un tablier.

— Bien le bonjour Madame Leduc, gloussa la vieille veuve grassouillette. Votre mari me disait que vous cherchiez un métier à tisser ?

— Non, en fait, Madame Gagnon, c'est en toute confidence que je vous demandais ça, s'empressa de préciser William. Comme je vous disais justement il y a une minute, c'est une surprise que je voulais lui faire...

— Mes excuses jeune homme, il semblerait que j'ai mal compris la chose.

— Il n'y a pas d'offense Madame Gagnon, la rassura Eva. Pour tout vous dire, je m'en doutais déjà. William l'ignore, mais ça fait longtemps qu'il s'est lui-même trahi dans son secret, poursuivit-elle en faisant un clin d'œil à son mari. Finalement, en auriez-vous un à vendre ?

— Moi non, mais j'ai entendu dire que madame Fournier en a légué un à sa belle-fille, mais que Dolorès ne sait pas tisser et qu'elle trouve que ça prend pas mal de place dans sa cuisine. Je ne suis pas au courant de ce qu'elle veut faire avec.

— Nous lui demanderons la prochaine fois que nous la verrons, nous le saurons bien assez vite ! Avez-vous une idée de la couleur que vous aimeriez avoir votre tablier ? Venez en arrière, je vais prendre vos mesures, nous regarderons les tissus en même temps.

William acheta le métier à tisser de la défunte madame Fournier. Il le paya quarante-cinq piastres en argent comptant plus un crédit magasin de quarante-cinq piastres. Bien qu'elle ait été mise au courant, Eva en fut tout de même très touchée. Elle adorait tisser depuis le premier jour où Berthe le lui avait appris. De plus, les linges à vaisselle, les couvertures, les petits tapis et les chemins de table se vendaient très bien. Eva était choyée avec William. Elle en était consciente. Elle doutait d'elle parfois, craignant de ne pas parvenir à le rendre heureux, qu'il finisse par regretter de l'avoir épousée.

— Tu sais William que t'es pas obligé de me gâter comme ça, lui dit-elle un soir en prenant place à ses côtés dans leur lit. Tu en fais déjà tellement beaucoup !

— Tout ce travail n'en vaut pas la peine si je ne peux pas offrir à ma femme tout ce qu'elle mérite ! Je sais que tu aimerais bien que l'épicerie prenne de l'expansion et devienne un magasin général. Ce n'est peut-être pas juste avec ton ouvrage de tissage qu'on va y arriver, mais ça sera toujours ben un début.

— C'est vrai que j'aimerais bien que l'épicerie devienne un magasin général, comme celui de monsieur Cook à Saint-Antoine, mais si ça n'arrive pas, je saurai me contenter de notre épicerie. Tu sais que je suis déjà comblée par ce que nous avons. Je suis si reconnaissante d'être ta femme, si seulement tu savais…

— Chose certaine, au nombre de fois où tu m'as dit non, j'ai eu toutes les raisons d'en douter…

— Rassure-moi, lui dit-elle doucement, tu n'en doutes plus maintenant ?

— Pas le moindrement du monde, répondit-il en l'embrassant tendrement. C'est moi qui suis infiniment reconnaissant que tu sois ma femme. Tu es dans chacune de mes prières. Je donnerais ma vie Eva pour toi. Je ne me lasse jamais de te regarder et chaque fois je me dis que tu es la plus belle créature que j'aie vue de toute ma vie.

Il passa sa main dans ses cheveux, l'approcha vers lui, puis l'embrassa avec fougue. Elle lui offrit volontiers ses lèvres qui en redemandèrent. Il fit glisser ses doigts jusqu'aux boutons de sa chemise de nuit. Il les déboutonna. Il empoigna fermement ses seins qu'il chatouilla du bout de sa langue. Il la fixa tendrement dans les yeux. Il l'embrassa. Elle gémit, le suppliant de la prendre. Il glissa sa main entre ses cuisses. Elle les ouvrit sans résister. Tout son corps le désirait, le demandait. Il la pénétra longuement en l'embrassant tandis qu'elle cambrait les hanches. Alors qu'il jouissait, il se pencha à son oreille pour lui chuchoter un *je t'aime* des plus sincères.

CHAPITRE 2

L'orphelin

L'hiver 1901 tirait tranquillement à sa fin. On pouvait apercevoir ici et là un peu d'herbe jaunâtre. Bien que la température fût le sujet de prédilection des clients de l'épicerie, ils ne parlaient depuis quelques jours que du bébé retrouvé sur le portail des sœurs de la Providence. On racontait que l'enfant, un minuscule petit garçon, avait été abandonné dans la nuit du 2 avril par un individu dont personne ne connaissait l'identité. Apparemment, l'enfant avait été déposé à même le sol emmailloté dans plusieurs couvertures, vêtu de ses linges seulement. Une des sœurs, alertée au petit matin par les pleurs incessants du poupon, le trouva en piteux état sur le porche principal.

Le docteur Papineau, averti par le curé, ne tarda pas à se rendre chez les sœurs. Il examina brièvement l'enfant, puis déclara qu'il venait à peine de naître, pas plus d'un jour, deux tout au plus. Sa température corporelle était basse, sa peau était rouge vif, probablement due à des linges qui ne semblaient pas avoir été changés depuis sa naissance. Puisqu'il était primordial de le nourrir rapidement, Papineau décida de l'amener chez Thérèse Langevin qui n'en était pas à sa première expérience en tant que mère nourrice.

— Vous savez, j'en ai pas mal déjà sur les bras avec les miens, rechigna-t-elle. Pour rien vous cacher, ça tire quand même du jus nourrir des enfants et je nourris déjà mes deux plus jeunes... Sans compter le fait qu'un bébé naissant, ça se réveille à tout bout de champ la nuit. Avec tout le respect que je vous dois, j'aimerais mieux que vous demandiez à quelqu'un d'autre…

— Madame Langevin, faites donc preuve de charité chrétienne, insista le curé. Regardez-le, il va mourir s'il n'est pas rapidement pris en charge. Faites-le donc au nom de notre Seigneur tout-puissant. Il saura vous le remettre…

— Je veux bien vous arranger pour quelques jours, pour l'amour de notre Seigneur, mais c'est seulement pour quelques jours, j'suis pas ben forte vous savez, et je préfère préserver le peu de santé que j'ai pour ma marmaille. C'est pas dit que je passerai l'hiver si mon état s'améliore pas. C'est vous-même qui avez dit à mon mari que la seule affaire que je pouvais faire pour aller mieux, c'était ben du repos et des prières.

— Vous êtes bien bonne Madame Langevin, souligna le docteur Papineau. En échange, je soignerai gratis pour la prochaine moitié d'année. Est-ce que ça fait votre affaire ça ?

— Certain que ça fait mon affaire Docteur, mais comme je vous le dis, c'est seulement temporaire là, comprenez-moi bien.

Plus tard cette semaine-là, le docteur Papineau se rendit à l'épicerie des Leduc acheter de la farine et quelques denrées demandées par son épouse. Il en profita pour demander à William s'il ne connaîtrait pas quelqu'un qui pourrait veiller sur l'enfant.

— Toi, mon Leduc, as-tu entendu parler du petit gars que les sœurs de la Providence ont trouvé sur le seuil de leur porte ?

— Un peu comme tout le monde, mais j'en sais pas plus. Dites-moi Docteur, avez-vous une petite idée de qui aurait pu l'abandonner comme ça ?

— Pas vraiment, on fait encore enquête. Les femmes qui étaient en famille dernièrement le sont encore ou ont toutes leur petit avec elles, ça m'amène à penser que la mère ne serait pas du coin… Tu connaîtrais pas une bonne femme allaitante qui serait prête à le prendre à charge par bonté chrétienne ?

— Vite comme ça, non pas vraiment. Le monde ont de la misère à nourrir leur propre progéniture, je vois pas trop qui serait prêt à en prendre un de plus à charge. Les temps sont pas mal difficiles pour tout le monde, vous savez…

— Je sais bien, mais ça ne coûte pas bien cher à cet âge-là, ça boit pas mal à la mamelle et c'est tout…

Eva, qui avait suivi la conversation du fond de l'épicerie, s'approcha.

— Vous savez Docteur, il y aurait peut-être mon amie Marie-Renarde. Elle est pas mal en peine depuis qu'elle a perdu sa petite Asha.

— Vous parlez de la femme de Giroux vous là ?

— Oui, Marie-Renarde Giroux.

— Pour tout vous dire, je ne suis pas certain qu'une sauvage fasse l'affaire…

— Pourquoi donc ? Marie-Renarde est parfaitement capable de lui prodiguer des bons soins, vous saurez !

— Là n'est pas la question Madame Leduc, il serait préférable que cette responsabilité soit confiée à une bonne chrétienne et non à une sauvage ramenée d'on ne sait où !

— Laissez-moi vous dire que vous êtes de mauvaise foi Monsieur le docteur ! Marie-Renarde s'est fait baptiser et elle accompagne son époux tous les dimanches à la messe ! Elle vit comme toutes les autres chrétiennes de la paroisse !

— Mais elle n'en demeure pas moins une sauvage de naissance vous savez !

— Vous me voyez peinée, mais surtout offensée par vos propos, Docteur !

— Vous me voyez désolé, Madame Leduc, mais je ne vois pas en quoi cela pourrait vous être offensant, surtout que cela ne vous vise pas personnellement.

— Vous parlez de mon amie ! En affirmant qu'elle n'est pas convenable pour s'occuper d'un petit abandonné né de toute évidence de parents inconvenables, c'est en quelque sorte affirmer que je fréquente des gens peu recommandables ! Mon amie Marie-Renarde est aussi sinon plus convenable que toutes les paroissiennes de la place !

— Vous mélangez tout, Madame Leduc, la question est qu'il serait préférable de confier les soins du petit à une Canadienne française catholique de naissance ! Madame Giroux est catholique dans la mesure où son mariage aurait été impossible sans une assimilation de sa part !

— Vous avez l'esprit très fermé, ce qui est plutôt dommage pour un homme de votre position ! Débrouillez-vous donc avec votre petit orphelin !

— Monsieur Leduc, vous devriez contenir votre épouse un peu, fit remarquer Papineau.

— Oh ! C'est mal la connaître de croire que je pourrais la contenir, et pour tout vous dire, je n'éprouve aucunement le besoin de le faire puisque je suis plutôt du même avis ! L'épouse de Giroux est une bonne chrétienne qui a tout abandonné pour suivre son mari. Elle n'est en rien reprochable. Elle serait amplement en mesure d'acquitter cette responsabilité au même titre que toutes les autres. Mais c'est vous qui savez s'il est préférable de laisser ce p'tit-là crever de faim…

— J'en discuterai avec Monsieur le curé et je vous aviserai si besoin, rétorqua le docteur, visiblement contrarié. Pour l'instant, Monsieur Leduc, si ça ne vous dérange pas, je vous réglerais ma commande et je ferais un bout de chemin.

— Faites donc ça, maugréa Eva en retournant placer les cinq gallons en grès que les clients précédents avaient déplacés.

Le docteur Papineau paya sa note, puis sortit sans les saluer. Eva le regarda partir en s'avouant qu'elle n'y était pas allée avec le dos de la cuillère, mais elle avait toujours été de celles qui s'enflamment sans réfléchir lorsqu'il s'agit de défendre l'honneur des gens qui leur sont chers. Elle savait que sa jeune amie devait constamment prouver qu'elle n'était pas qu'une sauvage, qu'elle était une femme respectable.

— Dis donc ma femme, tu n'as pas été tendre avec notre cher docteur, lança gentiment William pour la taquiner.

— Je sais, c'était plus fort que moi, tu m'en vois ben désolée. C'est juste que j'ai tellement de peine pour ce qui arrive à Marie-Renarde. Elle dépérit sans bon sens! Je veux même pas imaginer ce qu'on doit ressentir lorsque le bon Dieu décide de reprendre un de nos p'tits, on doit vouloir mourir en même temps que lui. J'ai peur qu'elle se laisse mourir de peine! Lorsqu'il a parlé du p'tit orphelin, j'ai tout de suite pensé à elle en me disant qu'il pourrait peut-être lui occuper le cœur un peu...

— Penses-tu qu'elle aurait accepté? demanda William en remplaçant la bobine de ficelle servant à emballer les paquets.

— Pour tout te dire, je le sais pas, mais ce serait possible oui. Tu sais, ce qui me choque comme ça, c'est que le monde la voit d'abord et avant tout comme une sauvage! Le pire là-dedans, c'est que je suis pas mieux que les autres... Le jour où Émilienne m'a dit qu'un gars venait de ramener une sauvage par icitte, j'ai voulu retourner chez nous tellement j'avais peur de me faire scalper! Finalement, je n'aurais pas pu trouver meilleure amie qu'elle.

— Mais ma toute belle, ce n'est pas très surprenant, tu passais ton temps à vouloir retourner par chez vous! Tout par icitte te faisait peur, moi y compris.

— Tu as ben trop raison, approuva-t-elle en riant.

— Rassure-moi donc, tu ne regrettes toujours pas de ne pas y être retournée toujours? D'être restée ici, loin de chez toi?

Eva se releva, essuya machinalement ses mains sur son tablier, puis regarda William quelques secondes sans être capable de lui dire le fond de sa pensée tant les émotions l'envahissaient. Comment lui dire que sa plus grave erreur n'était pas d'être restée, mais bien d'avoir pris autant de temps avant de comprendre que c'était une erreur de vouloir partir.

— William, ne doute jamais que je serai chez moi n'importe où tant que je suis près de toi. Saint-Antoine a cessé de me manquer le jour où j'ai accepté de t'épouser ! Ma vie est ici maintenant, avec toi et nos enfants. Elle ne sera jamais ailleurs, jamais…

— Tu me vois tellement heureux de t'entendre dire ça, tout ce que je veux moi, c'est de te voir contente et fière d'être ma femme. Je veux que tu saches que si jamais ton par chez vous vient qu'à trop te manquer, on ira, pis c'est toute. Je sais que je t'ai déjà dit que je déménagerais jamais par là-bas, mais je sais aujourd'hui que tout ce qui compte pour moi, c'est toi. Je serai capable de nous faire une belle vie peu importe où, tant que je suis auprès de toi pis des p'tits.

— Je suis ravie de te l'entendre dire mon beau William, mais c'est ici maintenant mon chez nous et ce le sera jusqu'à la fin de mes jours.

— Y a pas pour dire, nous sommes heureux nous deux !

— Ah ça, pour être heureux, nous le sommes mon mari ! Mais je pense qu'on ne devrait pas le dire trop fort, tout d'un coup que l'bon Dieu aime pas trop qu'on s'en vante.

— Sois pas si craintive ma toute jolie, l'bon Dieu le sait qu'on le mérite.

— William Leduc, arrête ça, je te le dis, il va mettre notre bonheur à l'épreuve pour te forcer à faire preuve d'un peu de modestie.

— Si tu l'dis ma femme, si tu l'dis. Je sais pas pour toi, mais moi j'ai ben de la misère à m'enlever de la tête ce p'tit gars-là abandonné chez les sœurs de la Providence. Ça pas d'allure de faire une affaire de même ! Quel genre de parents peut faire ça ?

— Probablement un parent ben désespéré William, un parent dans misère noire. On peut pas savoir. C'est peut-être le petit d'une mère qui a été forcée à le concevoir !

— C'est effrayant toute cette misère-là ! Nous autres, on pourrait pas le prendre, le p'tit, pour lui donner une chance d'avoir une bonne vie ? T'en as du lait toi ?

— William, tu n'y penses pas sérieusement ? Avec la petite Fleur-Ange qui boit encore et le p'tit qui s'en vient, je suis pas certaine que ce soit une bonne affaire à faire. Pis, pour tout te dire, Marie-Renarde serait la mieux placée pour s'en occuper. Je peux pas croire que le docteur pis le curé s'enfargent les pieds dans de telles excuses ! Ça prône l'amour du Christ à tout bout de champ, mais ça agit même pas dans ce sens-là !

— Eva, attention que personne t'entende dire des affaires pareilles. Un plan pour que ça vienne aux oreilles de Monsieur le curé et qu'on en subisse les conséquences.

— Tu as ben raison, je m'excuse, c'est que ça me met dans une colère noire de penser que Marie-Renarde n'est pas perçue à sa juste valeur. C'est pas que je veux pas pour le p'tit, mais y est pas question que j'accommode le docteur à ce qu'il a dit !

— Je comprends ça, t'en fais pas. Viens-tu m'aider à mettre à jour les *bills* des clients ? Ça va être faite après.

— J'aime pas ben ça me mettre le nez dans les *bills*. Ça me donne le vertige de voir l'argent que le monde nous doit, mais je vais le faire si ça peut te donner un coup de main.

— Aussi bien te prendre une chaise ma jolie parce que, d'après moi, tu risques d'avoir tout un vertige, dit-il en lui tirant une chaise.

— C'est toutes des *bills* impayés ça ? s'exclama-t-elle devant la pile de factures qu'il plaça devant elle. Ben voyons donc, ç'a pas d'allure !

— Je le sais ben ! Le monde ont de la misère, pis je suis pas capable de dire non.

— Je comprends William, mais c'est pas à nous autres non plus de payer pour faire vivre la ville au grand complet. On va finir dans la misère si on continue comme ça.

— Les affaires sont pas si dures pour nous autres, crains pas là-dessus. C'est pas demain la veille qu'on crèvera de faim. C'est vrai qu'on aurait un plus gros coussin sous notre paillasse sans toutes ces sommes dues.

— Si tu le dis William, j'ai pas d'autre choix que de te faire confiance. On devrait peut-être refuser le crédit sur tout ce qui n'est pas essentiel ?

— Je pense que tu as raison là-dessus. C'est ce qu'on va faire pis drette là à part ça ! Nous ferais-tu un bel écriteau pour l'annoncer aux clients ?

— Certain que je vais faire ça ! C'est une bonne affaire de mettre des limites, ils abusent de ta bonté mon beau William.

— Tu as ben raison, y a toujours ben des limites à ambitionner sur le pain bénit !

Les clients ne tardèrent pas à s'offusquer devant ces nouvelles restrictions, clamant haut et fort qu'il s'agissait là d'un manque de confiance en leur capacité d'être de bons payeurs. William s'arma de patience et leur répéta que les vices devaient se payer en argent sonnant et que s'ils n'étaient pas satisfaits, ils pouvaient toujours faire affaire avec le magasin de la Montreal Cotton, là où le crédit en cours était automatiquement déduit de leur paie à venir. Ils acceptèrent alors la nouvelle politique sans en ajouter davantage.

CHAPITRE 3
La mère nourrice

Quelques jours plus tard, le docteur Papineau se présenta à l'épicerie accompagné du curé Castonguay. Eva se retint de rire en apercevant l'homme d'Église pousser malhabilement un carrosse bleu dans lequel dormait paisiblement le petit orphelin.

— Vous nous voyez navrés de débarquer ici sans prévenir, mais nous sommes bien mal pris pour tout vous dire, confia le docteur en retirant son chapeau de feutre noir.

— Nous sommes venus vous voir par rapport au petit, poursuivit le curé. Madame Langevin, qui en avait soin, a rendu l'âme cette nuit. Que Dieu ait son âme.

— Vous me voyez ben peinée d'apprendre ça, se désola Eva. Elle était pourtant encore d'une certaine jeunesse. Qu'est-ce qui l'a emportée ?

— Une mauvaise pneumonie, répondit le docteur Papineau. Il faut dire qu'elle était de santé fragile, ce qui ne l'a pas aidée à passer à travers.

— C'est ben désolant, déclara William, mais je comprends pas trop en quoi ç'a rapport avec nous autres.

— Ce petit a désespérément besoin d'une mère nourrice, lança le curé. Vous nous seriez d'une grande aide, Madame Leduc, si vous acceptiez de le prendre à votre charge pour un temps.

— Avec tout le respect que je vous dois Monsieur le curé, j'ai déjà pas mal d'ouvrage avec l'épicerie et les petits. Comme je le disais l'autre jour au docteur, mon amie Marie-Renarde serait la mieux placée pour en prendre soin. Elle est bien en peine depuis la mort de sa petite. Elle a du temps en masse et ça lui ferait sans doute du bien de penser à autre chose qu'à son chagrin.

— Vous comprendrez, Madame Leduc, que je compatis avec le chagrin des Giroux, mais ce n'est pas d'eux qu'il est présentement question, mais du petit Joseph. Nous croyons que compte tenu de son état et de son statut, madame Giroux n'est pas apte à prendre une telle responsabilité. Pour tout vous dire, Monseigneur Émard en personne m'a prié d'insister auprès de vous afin que vous rendiez ce service à l'Église. Avec la construction du petit monastère et l'arrivée prochaine des sœurs Clarisses en notre sol, nous vous serions reconnaissants de nous alléger de ce petit souci…

— C'est désolant, mais je ne peux pas lui rendre ce service.

— Madame Leduc, désirez-vous vraiment perdre les bonnes grâces de Monseigneur Émard ? demanda le curé. Il est de notre devoir à tous de porter secours à ce petit orphelin. Nous ne vous demandons pas de le prendre à charge de façon définitive, mais bien jusqu'à ce qu'il soit sevré. Je vous demande cette faveur aujourd'hui au nom de notre Seigneur bien aimé. Je ne peux que vous mettre en garde sur les conséquences que pourrait avoir votre refus le jour du jugement dernier.

— Vous savez que n'importe quelle femme de par icitte pourrait lui servir de nourrice ? Que n'importe quelle femme pourrait le nourrir au lait de vache avec un peu de sucre ?

— Là est le problème, répondit le docteur. La santé de ce petit me semble trop précaire pour le mettre au lait de vache…

— Permettez-moi d'insister en vous disant que vous serez dans les bonnes grâces de Monseigneur, ajouta le curé. Vous pourriez même être une des femmes du cercle des filles de Claire qui accueilleront les Clarisses lors de la cérémonie de bienvenue. Vous n'êtes pas sans savoir que cet honneur est réservé à nos plus vaillantes chrétiennes…

Eva se redressa, prête à rétorquer que rien ni personne ne pourrait l'obliger à prendre l'enfant à sa charge si telle n'était pas sa volonté, mais elle se ravisa, se disant que sa volonté devait passer bien après celle du Seigneur. Après tout, elle ne pouvait pas risquer d'attirer la foudre de ce dernier. Elle se dit qu'elle pourrait toujours gérer la situation à sa façon.

— Qu'attendez-vous de moi exactement ? demanda-t-elle, sans dissimuler son mécontentement.

— Que vous preniez le petit à votre charge complète jusqu'à ce qu'il puisse s'alimenter seul.

— Et qui le prendra par la suite ?

— Ne vous inquiétez pas avec cela, répondit le docteur Papineau. Il y a quelques femmes aux alentours qui semblent avoir de la difficulté à enfanter. Notre Seigneur en choisira certainement une pour être sa mère d'adoption. Nous vous demandons d'en prendre soin que le temps nécessaire. Nous vous libérerons rapidement de votre responsabilité, soyez sans crainte.

— Je le ferai par charité chrétienne, répondit-elle. C'est pas rien, ce que vous me demandez, j'en ai pas mal plein les bras déjà, c'est ben prenant nourrir des p'tits, vous saurez.

— Madame Leduc, nous vous sommes reconnaissants d'accepter de faire votre devoir de bonne chrétienne, c'est ainsi que vous gagnerez votre ciel.

Eva ne répondit pas, se contentant de se mordre la lèvre. Elle prit le petit dans ses bras sans trop d'enthousiasme, salua les deux hommes, puis se rendit chez elle.

— Mais que fais-tu avec cet enfant? demanda Berthe Leduc, hébétée. C'est à qui?

— Ne m'en parlez pas Berthe! Je peux pas croire que je sois prise avec. C'est le petit orphelin trouvé par les sœurs! Notre bon curé vient de m'en confier la charge! Il paraît qu'il est de mon devoir de bonne chrétienne d'en prendre soin. Pouvez-vous croire ça vous? En plus de nous pousser à faire des bébés, ils nous poussent à prendre soin de ceux des autres.

— Ma pauvre enfant, comme si tu n'en avais pas assez sur les bras! Mais pourquoi à toi? Personne d'autre pouvait s'en occuper? Veux-tu que je m'en occupe pendant que tu es à l'épicerie?

— William va m'apporter le ber, je vais le mettre en arrière du comptoir, ça devrait pas être trop de trouble s'il ne pleure pas trop. Je vais vous avouer que ça fait pas mon bonheur, j'aurais préféré qu'il demande à une autre, mais Monsieur le curé m'a très bien fait comprendre que refuser ne m'apporterait aucune faveur de sa part. C'est juste pour un temps et laissez-moi vous dire que j'espère que ce temps ne durera pas longtemps !

— Tu es ben bonne ma belle enfant. Dieu te le rendra, tu le sais ça. En attendant, je vais essayer de t'être utile tant que je peux.

— Vous m'êtes déjà d'une très grande aide Berthe, d'une ben grande aide à part ça. J'vous ai pas dit ça, Monsieur le curé m'a dit que je pourrais être une des filles de Claire qui feront partie de la cérémonie d'accueil des sœurs Clarisses.

— C'est tout un honneur ça, répondit fièrement Berthe. Elles arrivent cet été si je ne me trompe pas ?

— À ce que j'ai entendu, oui. Elles viennent de loin, de Lourdes à ce qu'il paraît. Je les trouve ben courageuses de faire ce long voyage pour venir s'installer par icitte.

— Seules des grandes âmes peuvent faire ce genre de dévotion. Je suis passée devant le petit monastère avec Jérôme, la construction avance tranquillement. Il paraît qu'elles sont ben pieuses, qu'elles passent leur journée à prier. Ça peut juste être bon pour nous autres ça... Monsieur le curé a dit à Jérôme qu'elles vivront de notre charité et qu'en échange, elles prieront pour chacun de leur donateur.

— Elles sont si pauvres que ça ? Je veux dire qu'elles dépendront vraiment juste de nous ?

— C'est ce que j'ai entendu dire... Mais elles seront pas nombreuses, quatre ou cinq, peut-être six...

— Peu importe combien elles seront, nous ferons notre part, c'est sûr et certain ! Y a personne qui pourra dire que les Leduc font pas ce qu'ils peuvent pour accommoder leur paroisse !

— Ah, ça, tu peux en être certaine ! Surtout avec ce p'tit orphelin qu'on vient de te mettre dans les bras ! J'espère qu'il pourra être sevré au plus vite. Faudrait que tu en sois libérée avant l'arrivée de ton p'tit dernier.

La venue du petit Joseph dans la famille Leduc ne se fit pas sans heurts. Le petit orphelin pleurait jour et nuit et ne laissait aucun répit à Eva. Ses enfants avaient été des bébés plutôt faciles, rien de comparable avec ce petit et ses larmoiements dont rien ni personne ne semblait venir à bout. Eva se demanda comment elle allait traverser cette épreuve tout en menant à terme sa grossesse, tant elle était épuisée. William lui proposa d'aviser le curé qu'ils ne pourraient plus le garder ne serait-ce qu'un jour de plus. Eva, inquiète de tomber dans les mauvaises grâces de l'Église, refusa. C'était trop pour elle, mais que pouvait-elle faire sinon prendre son mal en patience en espérant qu'elle puisse rapidement le mettre au lait de vache ? Le petit Joseph prenait difficilement le sein. Peu importe comment elle le plaçait, il ne faisait que pleurer. Eva se demandait même s'il parvenait à boire suffisamment. Il semblait perdre du poids au lieu d'en prendre. Pour la première fois depuis leur mariage, la relation entre Eva et Willam était tendue, leur manque de sommeil nuisant à leur humeur. Par chance, Eva pouvait compter sur Berthe pour alléger sa tâche pendant le jour. C'est d'ailleurs aux bons soins de cette dernière qu'elle confia tous les enfants à l'exception de Joseph, avant de se rendre chez son amie Marie-Renarde.

— Ç'a pas l'air de bien aller toi, lança d'emblée Marie-Renarde en voyant apparaître son amie sur le seuil de sa porte. Qui est ce petit bébé avec toi ?

— Tout va bien, mentit Eva en suivant son amie jusqu'à la cuisine. Je suis venue aux nouvelles. Tu devineras jamais ce qu'il m'arrive. C'est le petit gars qui a été abandonné chez les bonnes sœurs. Ben figure-toi donc qu'on m'a serré les bras pour que je le prenne à ma charge !

— Comment ça, serré les bras ? demanda Marie-Renarde en déposant deux tasses de thé sur la table.

— C'est une façon de parler. Disons que ça ne me tentait pas plus qu'il faut. Monsieur le curé a été pas mal insistant. Marie-Renarde, crois-moi, y est pas facile pantoute le p'tit. Il est en train de m'épuiser au coton. Il ne fait que brailler jour et nuit.

— Son âme pleure la triste histoire qu'il porte en lui. Regarde-le, il est si fragile. Il a juste besoin d'être couvé pour un temps. Je sais que tu es capable de le faire, tu as assez d'amour dans ton cœur pour en trouver pour lui.

— Tu penses que c'est pour ça ? demanda Eva. J'ai honte de te dire ça, là, mais peut-être qu'il sait que ça fait pas mon affaire de m'en occuper. J'ai pas trouvé ça si difficile les crises de mes p'tits, je comprends pas pourquoi c'est pas la même affaire pour lui. Je me dis que je suis sans doute pas une bonne personne.

— Chasse tes mauvaises pensées, fais confiance, tout finit toujours par bien aller. Notre rôle, c'est de bien prendre soin de nos petits, les grandes idées, c'est pour les hommes. Ça changera pas demain.

— Tu as peut-être raison... J'pas ben fine, je débarque icitte, t'accapare avec mes histoires sans prendre le temps de te demander comment tu vas !

— J'ai encore beaucoup de peine, mais ça va mieux de jour en jour. Je m'ennuie ici toute seule le jour sans Bernard et sans ma Asha…

— Tu devrais venir passer tes journées à l'épicerie avec William et moi ! Si tu veux, tu pourrais essayer de te changer les idées avec le p'tit. Je suis obligée de le traîner avec moi durant le jour, j'peux pas le laisser à Berthe, elle en a déjà assez sur les bras, pis elle est déjà assez bonne avec nous autres !

— Moi, à l'épicerie ? demanda Marie-Renarde, visiblement surprise par la proposition d'Eva. Je ne sais pas, les gens jaseront sûrement…

— Arrête-moi ça tout de suite toi ! Tu sais ben que les gens jasent sur toute ! Toi, ça te tente-tu ?

— Je sais pas, je pense que oui, je sais pas. Je dois demander à Bernard avant. Je veux pas déranger William non plus. Il y a mon français aussi.

— T'en fais pas pour William, je sais comment le prendre mon homme ! Y t'aime ben lui aussi tu sais, pis y est pas ben ben dur à convaincre. Il veut juste mon bonheur. Et ton français, je le trouve parfait moi ! Passe demain si ça te tente et si Bernard est d'accord.

— Ça me tente ben gros, répondit-elle en jetant un regard au petit Joseph.

— C'est réglé alors ! Si Bernard veut pas, tu me le diras et je viendrai lui chauffer les oreilles !

Eva quitta son amie le cœur plus léger qu'à son arrivée. En se penchant pour ajuster la couverture du petit Joseph qui s'étirait doucement les bras en faisant une petite moue, elle réalisa soudainement que ce petit être n'avait personne en ce monde sur qui compter. Comment une mère pouvait-elle abandonner son nouveau-né ? Elle se demanda qui pouvait être cette pauvre femme. Était-elle au courant que son petit était désormais sous ses soins ? Avait-elle été forcée à l'abandonner ? Que serait-elle devenue si William ne s'était pas porté à son secours, sauvant son honneur par la même occasion. En la prenant pour épouse, il avait par le fait même affranchi Édouard d'un avenir d'infortune. Le destin d'Édouard aurait pu être celui de ce pauvre orphelin si ce n'avait été de la bonté de William. Force est d'admettre que si très peu d'hommes auraient accepté l'enfant d'un autre, encore plus rares étaient ceux qui l'auraient aimé comme s'il était le sien. William aimait Édouard au même titre que ses autres enfants. Il ne faisait aucune distinction entre ses filles et lui. Édouard était son fils, point final. Eva sentit son cœur se serrer en songeant à quel point il s'était montré ouvert envers ce pauvre petit orphelin.

Elle se dirigea vers l'épicerie, impatiente de faire part à William de son idée concernant Marie-Renarde. Puisque le petit Joseph dormait à poings fermés, elle plaça le landau près de la fenêtre entrouverte, se disant que dormir au grand air lui ferait le plus grand bien. Elle poussa la porte, puis sentit son corps se raidir en apercevant Catherine Dupuis qui gloussait en tournant une mèche de cheveux entre ses doigts. William, le corps à demi penché sur le comptoir, semblait captivé par les paroles de la jolie rousse, ce qui fit aussitôt réagir Eva.

— Est-ce que je vous dérange ? demanda-t-elle sèchement.

— Bien sûr que non, répondit William en se redressant. Catherine me racontait ce que ta sœur a fait hier soir, je te le dis, c'est un sacré phénomène celle-là !

— Et qu'est-ce que ma sœur a pu faire qui vous fasse autant rire, je suis ben curieuse de savoir ça...

— Figure-toi donc qu'hier, vers les dix heures du soir, enchaîna Catherine, ta sœur s'est mis dans la tête que Victor, qui n'était pas encore rentré de la Montreal Cotton, devait être chez les Levasseur. Disons qu'elle avait dans l'idée que son mari était au lit avec la femme de Levasseur. Elle est débarquée là-bas, dans une colère noire, armée de son rouleau à pâte d'une main et d'une grosse poêlonne en fonte dans l'autre. Y faisait noir dans cabane, tout le monde était couché. Elle s'est dirigée vers la chambre à coucher, ben certaine d'y trouver son mari en plein adultère. Elle aurait vu noir et aurait assommé le pauvre Jean-Mathieu Levasseur en lui sacrant un bon coup de rouleau à pâte en arrière de la tête. Tu comprendras que ta sœur était convaincue que c'était Victor. Marie Levasseur s'est mise à crier, les p'tits se sont réveillés. Ç'a pas été long que la pagaille a pogné dans cabane !

— Ç'a pas de bon sens être déréglée de même, se moqua William.

— Mais voyons William, es-tu tombé sur la tête ? De quel droit te permets-tu de rire de même de ma sœur ? Y a rien de drôle là-dedans ! Pis toi, Catherine Dupuis, si t'as rien d'autre de plus intelligent à faire que de venir icitte rire de ma famille, ben sacre ton camp ! Pis tout de suite à part de ça !

— On voit tout de suite que c'est de famille votre affaire, rétorqua Catherine tout en secouant frénétiquement sa jupe. Tu trouves peut-être pas ça drôle, mais laisse-moi te dire que tout le monde trouve ça ben comique de voir à quel point ta sœur peut être folle. William pis moi, on en rit depuis tantôt. Tu devrais te surveiller mon William parce que d'après moi, t'en as pogné une capable toi aussi, lança-t-elle en sortant.

— Je t'avertis William Leduc, si tu me refais ça, tu vas le regretter ! Je vais te le montrer moi qu'on rit pas de ma famille ! Encore moins avec Catherine Dupuis. Icitte en plus, devant tout le monde !

— Calme-toi un peu là, ma femme ! Tu vois ben qu'il n'y a personne ! Qu'est-ce que tu veux que je te dise ? Ta sœur finira jamais de me surprendre. À chaque fois que je pense qu'elle peut pas faire pire, elle réussit à aller encore plus loin. Fâche-toi pas pour ça. Je m'excuse, dit-il en lui caressant l'épaule.

— Touche-moi pas William Leduc, j'pas prête à passer par-dessus celle-là ! Tu te laisses faire les yeux doux par la Dupuis, pis tu as l'air d'aimer ça. J'en reviens pas ! J'étais venue te jaser de quelque chose, mais là, j'ai pu le goût de te jaser pantoute !

Elle tourna les talons et alla rejoindre le petit Joseph qui dormait encore. Elle se dirigea vers leur maison en maugréant contre William. À quoi avait-il pensé ? Pourquoi s'était-il moqué d'Émilienne au lieu de défendre l'honneur de sa famille contre la médisance de Catherine ? D'ailleurs, qu'attendait-elle pour se trouver un mari et cesser de tourner autour de William ? Encore sous l'emprise de la colère, Eva prit Joseph dans ses bras et entra rejoindre sa belle-mère qui faisait la vaisselle, la petite Vivian accrochée à sa jupe.

— T'as donc ben une face de carême, fit remarquer Berthe Leduc. Moi qui pensais que ça te ferait du bien de prendre l'air et voir ton amie. Ça ben l'air que je me suis trompée.

— Ben non Berthe, vous aviez raison. Ça m'a fait du bien de marcher jusque chez mon amie Marie-Renarde. Si je suis choquée noir de même, c'est pas à cause d'elle, c'est à cause de la guédaille à Catherine Dupuis pis mon mari.

— T'es choquée de même après mon gars ? Dis-moi donc ce qu'il t'a fait pour l'amour du saint ciel ?

— Figurez-vous donc qu'ils avaient l'air à avoir pas mal de plaisir quand je suis arrivée. Elle riait en faisant son aguichante, comme elle le fait toujours lorsque William est pas loin. Et William, lui ben, il riait.

— Il riait ? demanda Berthe, visiblement surprise. Tu es dans un état pareil parce qu'il riait ?

— Les deux riaient de ma sœur, vous saurez, pis ça me choque parce que, justement, c'est ma sœur...

— C'est à cause de ce qui est arrivé chez les Levasseur, n'est-ce pas ?

— Ça m'a tout l'air que toute la ville est au courant ! Si le monde pouvait se mêler de leurs affaires, tout irait ben mieux aussi ! Émilienne est spéciale, ça je le sais, mais c'est toujours ben pas une raison pour rire d'elle ! Pensez-vous qu'elle est fière d'elle aujourd'hui ? Qu'elle le sait pas qu'elle passe pour une folle partout en ville ?

— Est-ce que ça se pourrait que ce qui te mette dans cet état-là aurait plutôt rapport au fait que William et Catherine étaient ensemble ? Que ça te dérange qu'il jase avec elle ?

— Vous pensez que je suis jalouse d'elle, c'est ça ? Ne vous méprenez pas Berthe, j'ai très confiance en mon mari et je trouve Catherine Dupuis d'une telle impertinence que je ne serai jamais jalouse d'elle. Si ça ne vous dérange pas, j'irais changer le p'tit pis lui donner à boire.

— Va faire tes affaires ma belle-fille, prends ton temps, j'ai pas fini de faire ce que j'ai à faire.

Eva se dirigea vers sa chambre, sortit machinalement son sein pour l'offrir au petit Joseph qui s'en empara aussitôt. Incapable de retenir ses larmes, elle pleura en se maudissant pour sa réaction. Elle essuya ses larmes en tentant de se raisonner. Elle dut s'avouer qu'elle bouillait de colère avant même que Catherine ne parle d'Émilienne. En fait, elle avait senti son cœur se serrer dès qu'elle les avait vus ensemble. Pourquoi cette fichue rousse se tortillait-elle toujours de la sorte en compagnie de William ? Et lui, pourquoi restait-il toujours là, à l'écouter bêtement ? Il ne s'en sortirait pas aussi facilement, il était hors de question qu'elle accepte que Catherine remette les pieds dans l'épicerie.

À son retour, ce soir-là, William comprit rapidement que sa femme était toujours en colère contre lui. Elle avait refusé de lui parler, et avait déposé brusquement son assiette devant lui.

— Comptes-tu me bouder longtemps de même ma toute belle ? demanda-t-il plus tard en soirée. C'est toi qui as raison. J'aurais jamais dû rire de ça, c'était pas ben fin de ma part. Je t'avoue que j'en revenais tellement pas de ce que ta sœur a fait que j'ai même pas pensé deux minutes que ça pourrait te faire de la peine que je trouve ça drôle. C'était pas contre toi pantoute Eva. Crois-moi donc quand je te dis que j'ai pas fait ça pour te faire de la peine... Toi, tu es habituée. Tu la connais ta sœur. Ça te surprend peut-être pas qu'elle fasse des niaiseries pareilles, mais moi, ça me renverse comme c'est pas possible ! J'ai jamais connu quelqu'un comme ça, jamais ! Elle est spéciale, là, ça, t'as pas ben ben le choix de l'avouer.

— Ah ben ça pour être spéciale, est spéciale ma sœur ! Mais c'est pas une raison de rire d'elle devant le monde ! Pis surtout pas avec cette chipie-là !

— Ah, je comprends mieux maintenant, dit-il en s'approchant doucement d'elle. Tu t'inquiètes encore par rapport à Catherine, c'est ça ?

Il lui prit la main en l'attirant vers lui.

— William, je suis encore choquée...

— On devrait pas se chicaner, on devrait juste s'aimer, conclut-il en se penchant pour l'embrasser tendrement.

— Je suis encore choquée après toi William, murmura- t-elle.

— Je te trouve belle quand tu es choquée, mais je te trouve encore plus belle quand tu essaies de faire croire que tu es encore choquée, mais que tu sais pareil comme moi que tu as envie de la même affaire que moi, répondit-il en l'embrassant dans le cou tout en caressant sa nuque.

Il prit sa main, l'invitant d'un regard complice à le suivre dans leur chambre. Il ferma la porte, l'attira vers lui et mordilla tendrement sa lèvre inférieure. Il glissa sa main dans ses cheveux qu'il empoigna doucement, mais fermement. Eva ne résista pas, se laissant guider par les mains habiles de son époux.

— Si seulement tu savais à quel point je t'aime, tu ne douterais plus jamais de moi, lui murmura-t-il en caressant sa joue du revers de la main.

— Si seulement tu savais à quel point je t'aime, tu comprendrais pourquoi ça me fâche autant de voir d'autres femmes te tourner autour.

— Faut toujours que tu aies le dernier mot toi, mais là, fie-toi sur moi, tu diras plus rien, dit-il en soulevant sa jupe.

— Tu crois que nous devrions? demanda Eva en espérant qu'il ne change pas d'idée. C'est pas trop convenable, je suis déjà en famille...

— Crains rien, c'est pas pour rien qu'on fait juste des filles, nous deux. C'est pas juste pour remplir notre devoir conjugal qu'on fait ça, c'est parce qu'on aime ça aussi. Ça ne nous a jamais arrêté avant et s'il y a ben une place où le curé n'a pas son mot à dire, c'est ben dans notre chambre à coucher! T'es pas d'accord avec moi? Si t'es pas d'accord, tu as juste à me le dire, pis je vais arrêter tout de suite.

— Tu sauras que je suis toujours d'accord avec toi mon mari. Ben presque toujours... Mais pour l'heure, je ne pourrais pas être plus d'accord.

— C'est ben ce que je pensais, lui dit-il en souriant.

Eva s'abandonna complètement dans les bras de William. Comme toujours, elle éprouva un certain plaisir coupable d'aimer le sentir en elle. Il lui était impossible de ne pas apprécier la douceur de chacun de ses gestes, la tendresse derrière chacune de ses approches, sa chaleur si réconfortante. Comme chaque fois, il la regardait amoureusement, ne décrochant pas son regard du sien. Comme chaque fois, elle se sentait plus amoureuse que jamais.

William s'endormit après l'amour, son corps enlaçant celui de sa femme. Contrairement à son époux, Eva peinait à trouver le sommeil. Elle tourna de tous côtés sans trouver de position confortable. Ses pensées étaient dirigées vers Émilienne. Bien qu'elles étaient en froid, Eva s'inquiétait tout de même pour elle. Elle se demanda si une saignée pourrait aider sa sœur à régulariser ses humeurs. Peut-être devrait-elle en discuter avec Victor ? Elle se réveilla à l'aube et fut incapable de dormir davantage. Elle se releva sur un coude pour contempler longuement William qui dormait paisiblement. Elle réalisa une fois de plus combien elle était chanceuse de pouvoir compter sur un homme tel que lui. Émilienne serait peut-être plus heureuse si elle prenait le temps d'apprécier les bénédictions qu'elle avait. Comment pouvait-elle douter de son mari au point de faire des folies pareilles ? Victor n'était pas William, mais il était tout de même un homme bon qui aimait sa femme d'un amour sincère et évident. Eva était décidée, elle irait la visiter ce matin une fois que toute sa marmaille serait parée. Elle irait lui dire ses quatre vérités, espérant que cela saurait la raisonner un peu.

— Est-ce que ça fait longtemps que tu me regardes comme ça ? demanda William en ouvrant les yeux. Voir ton visage en me réveillant est le plus beau des réveils. En fait, il pourrait être encore plus beau si tu enlevais cette chemise de nuit, murmura-t-il en l'attirant vers lui.

— J'aurais bien aimé, mais je pense qu'il y en a un qui réclame son lait, répondit-elle en regardant vers le ber posé dans un coin de la chambre.

— Mais non, nous avons le temps, il pleure pas encore.

— Sois raisonnable mon mari, nous aurons tout le temps de nous reprendre.

— Tu ne vas pas me laisser comme ça, demanda-t-il en faisant la moue.

— Ça m'a tout l'air que oui, répondit-elle en se levant du lit. En passant, je compte rendre visite à Émilienne ce matin.

— Parler de ta sœur était vraiment la meilleure façon de faire passer mon désir ! Pourquoi veux-tu aller la voir ? Es-tu vraiment certaine que c'est ce que tu veux ? Tu vas revenir toute à l'envers encore...

— C'est ma sœur, j'ai pas le choix de faire avec, pis de l'endurer et même de l'aimer, tu sauras. Elle va pas bien, c'est ben évident. C'est pas normal de faire des niaiseries de même. Émilienne n'a pas grand monde autour d'elle à part son pauvre Victor. Je vais aller aux nouvelles, on verra ben comment elle va me recevoir, y a jamais rien de gagné avec elle.

Eva se rendit chez Émilienne vers les dix heures en compagnie du petit Joseph. En arrivant devant chez sa sœur, elle sentit son cœur se serrer à la vue de la petite Flavie qui jouait complètement nue devant le logement.

— Flavie, que fais-tu dehors toute seule ? demanda-t-elle doucement à sa nièce. Où est maman ? Viens avec ma tante, nous allons rentrer dans la maison.

Elle laissa Joseph dans son landau, fit entrer la petite, puis retourna aussitôt le chercher.

— Émilienne ? appela-t-elle en entrant dans le logement. Émilienne ? répéta-t-elle.

Eva scruta l'état désolant des lieux en se rendant à la cuisine. Le logement était bordélique et crasseux. Une forte odeur d'urine flottait dans l'air. Les enfants étaient tous nus et souillés. Des selles jonchaient le sol parmi les déchets. Bien qu'Émilienne n'ait jamais été forte sur le ménage, jamais son logement n'avait été d'une pareille insalubrité. Cette dernière, assise à la table buvait une Ginger beer sans trop sembler importunée par l'état des lieux.

— Regarde Émilienne ce que j'ai trouvé dehors, dit-elle en souriant. Je crois que cette jolie petite demoiselle t'appartient ma sœur.

— Elle était encore dehors ? Elle fait juste se sauver celle-là. Faudrait que Victor pose une barrure, mais faudrait toujours ben commencer par avoir les moyens d'en acheter une ! Qu'est-ce qui t'amène par icitte à matin ?

— J'aime pas ben ça qu'on soit en chicane Émilienne, je suis venue voir si on pourrait pas essayer d'arranger ça. Je voulais aussi savoir comment tu allais.

— Viens t'asseoir si tu veux savoir comment je vais parce que ça risque d'être long. Je vais pas ben pantoute, si tu veux tout savoir. Ça va mal dans cabane. Victor me trompe avec la putain d'à côté, mais personne ne me croit. Je passe pour une vraie folle, mais je le sais qu'ils couchent ensemble, un ange me l'a dit. Regarde-moi pas comme ça. Y a vraiment un ange qui me parle. Il me passe ses messages par ma lampe électrique. Je le vois ben que toi aussi tu penses que je suis folle, mais vous verrez ben un jour que je ne le suis pas !

— Prête-moi pas des paroles que je n'ai pas dites Émilienne. J'ai jamais dit que je te pensais folle, As-tu pensé que tu comprenais peut-être mal ses messages ? Victor te ferait jamais ça, y t'aime sans bon sens. Pis, y était toujours ben pas là l'autre soir quand tu t'es rendue là-bas. Tu vois ben que tu t'étais trompée. Émilienne, tu peux pas débarquer comme ça dans l'intimité du monde. Ça se fait pas des affaires de même. Ça se pourrait-tu que tu sois fatiguée, que tes humeurs soient débalancées ? C'est peut-être juste ça le problème. Penses-y, ça se peut ça.

— Je sais pas Eva, j'ai l'impression que tout va mal. On a jamais un centime dans nos poches. Certains jours, Victor part à job l'estomac vide et il apporte rien pour dîner. On court après le moindre centime, pis c'est le cas de le dire. Je sais pas si je suis fatiguée. Je me sentais en super forme jusqu'à la semaine passée où, tout d'un coup, j'avais plus rien envie de faire pantoute. Je sais pas ce qui m'arrive, ça va ben finir par se placer mon affaire. Chose certaine, je dois vraiment en avoir le cœur net pour Victor et sa putain. Je suis certaine que c'est ça qui me rend malade.

— Émilienne, si ça peut te rassurer, je vais les surveiller moi. Je vais me renseigner, crains pas, je le saurai assez vite, mais je mettrais ma main au feu que ton mari a rien à se reprocher. Je vais t'aider à te remettre sur le piton ma sœur, tu vas voir, ça va ben aller. Faudrait commencer par mettre un peu d'ordre icitte, qu'est-ce que t'en penses ? Pis ça ne ferait pas de tort aux petits de passer dans la cuve.

— J'ai pas pantoute la force de ramasser Eva, pis je trouve pas ça si pire que ça. Tu as sûrement en masse d'ouvrage à faire chez vous, tu passeras pas une semaine icitte à faire du ménage certain.

— Si je reviens demain avec une amie pour m'aider, est-ce que tu me promets d'être correcte avec elle, de la traiter comme du monde ?

— T'es ben fine, mais y est pas question que personne ne vienne icitte faire mon ménage à ma place pour ensuite aller bavasser à tout le monde que je suis pas capable de tenir ma maison ! Maman s'en vient bientôt, elle va me donner un coup de main, ça va être correct.

— C'est justement une raison de plus pour mettre de l'ordre dans place Émilienne ! Penses-y un peu, tu peux pas accueillir maman pis les p'tits avec ton logement dans cet état-là... Fais-moi donc confiance, pis laisse-moi donc te donner un coup de main.

— J'ai même pas la force de m'obstiner avec toi. Viens avec si ça te fait plaisir, mais avertis-la ben comme faut que si j'entends qu'elle bavasse par après, elle aura affaire à moi pis pas à peu près! Pis dis-moi donc c'est qui cette amie-là ?

— Occupe-toi pas de ça, fais juste me promettre que tu vas bien te tenir. C'est tout ce que je te demande. Va donc t'étendre une heure pendant que je lave les p'tits, ça va te faire du bien.

Eva fit bouillir de l'eau, remplit la cuve et baigna les enfants un à un en prenant soin de les savonner en profondeur. Elle les sécha, leur enfila des vêtements propres, puis leur brossa les cheveux remplis de nœuds. Avant de réveiller Émilienne, elle lava, puis étendit sur la corde à linge quelques vêtements, puis en fit tremper d'autres. Elle quitta sa sœur en lui promettant de revenir le lendemain.

Elle s'arrêta en chemin chez Marie-Renarde. Elle lui raconta la situation d'Émilienne et lui demanda son aide. Elle lui fit également part de sa réaction de la veille face à la proximité de William et Catherine. Sans le savoir, son amie lui fit sensiblement la même réponse qu'elle avait elle-même donnée plus tôt à Émilienne, soit qu'elle s'inquiétait pour rien, que William ne ferait jamais rien de mal et qu'il était follement amoureux d'elle. Marie-Renarde accepta sans hésiter d'aller l'aider le lendemain, non sans souligner qu'elle craignait de ne pas être la bienvenue chez Émilienne. Eva la rassura en lui disant que tout irait bien, que sa sœur lui avait promis d'être aimable. Une fois à l'épicerie, elle se garda de dire à William qu'elle prévoyait y retourner le lendemain pour faire son ménage. Elle se contenta de lui raconter que sa visite s'était bien passée et qu'elle comptait aller lui porter un peu de nourriture.

Le lendemain matin, tandis que William était avec les enfants, Eva traversa à l'épicerie remplir plus de sept caisses de bois de denrées de toutes sortes. Elle les plaça dans la charrette en les recouvrant d'un drap de lin. Elle demanda ensuite à William d'atteler la charrette. Il se garda de la questionner sur la couverture un peu louche qui semblait cacher plus « qu'un peu de nourriture ». Eva plaça une caisse dans le fond de la charrette qu'elle rembourra d'une couverture avant d'y déposer le petit Joseph.

— Tu n'es pas trop fâché que je te laisse avec les enfants en attendant que ta mère arrive ? lui demanda-t-elle en prenant les brides dans ses mains.

— Mais non, ce sont mes enfants à moi aussi, tu sauras. C'est la moindre des choses que je m'en occupe un peu. Si jamais ma mère ne vient pas, je les amènerai à l'épicerie et je les ferai travailler au quart de tour.

— Merci William, dit-elle en souriant. Émilienne n'en mène vraiment pas large et je pense qu'il n'y a que moi qui puisse l'aider en attendant que maman vienne s'installer chez eux. Je sais ben qu'elle n'est pas évidente et que notre vie est plus tranquille sans elle, mais c'est ma sœur…

— C'est pas à moi à te dire ce que tu dois faire ou non Eva. L'important, c'est que tu agisses selon ton âme et conscience. Si tu crois que tu dois lui porter secours, alors vas-y, fais-le.

— Je ne sais pas si je te l'ai déjà dit William, mais je n'aurais pu espérer un meilleur mari que toi.

— Oui, mais tu peux me le redire encore et encore, j'aime ça.

Elle se rendit chez Marie-Renarde qui, déjà parée, la rejoignit sans la faire attendre.

— Tu as fière allure derrière les brides, dit-elle en prenant place à ses côtés.

— Tu trouves ? demanda Eva, surprise par le compliment. J'avoue que je suis un brin nerveuse, c'est la première fois que je conduis la charrette. Tu comprendras que je n'ai pas dit à William que ça m'énervait un peu parce qu'il aurait insisté pour m'y conduire. Je suis contente que tu sois là Marie-Renarde, poursuivit-elle. Tu sais que tu es ma seule amie, que tu es celle en qui j'ai le plus confiance.

— C'est la même chose pour moi Eva, même qu'à part Bernard, moi, je n'ai que toi dans ma vie, je n'ai plus personne d'autre.

Elles n'en dirent pas plus. Elles savaient l'importance qu'elles avaient l'une pour l'autre. Grâce à leur amitié, la jeune Amérindienne maîtrisait désormais très bien le français. Si ce n'était son accent qui sonnait encore comme une douce mélopée, elle passerait à s'y méprendre pour une Canadienne française. Le temps passé ensemble avait également permis à Marie-Renarde de s'ouvrir davantage aux autres. Elle aimait son époux, elle lui était reconnaissante de l'avoir extirpée des mains de son maître, mais elle devait avouer qu'elle n'arrivait pas à lui faire entièrement confiance. Incapable de chasser l'idée qu'il pourrait l'abandonner comme son père l'avait fait, elle hésitait à baisser sa garde. Eva était la seule personne en qui elle avait entièrement confiance, la seule envers qui elle n'éprouvait aucune méfiance.

— Avant qu'on arrive, faut que je te dise de ne pas accorder d'importance à ce que ma sœur pourrait te dire. Elle est ben maladroite des fois Émilienne. Elle peut même être méchante. Faut juste pas t'en faire avec elle et la laisser parler. Fais pas le saut en voyant le logement. Tu vas comprendre assez vite pourquoi je t'ai demandé de m'aider.

— T'en fais pas, à nous deux, on va en venir à boutte.

Elles arrivèrent devant le logement d'Émilienne dont la porte d'entrée était ouverte. Eva sauta en bas de la charrette, attacha les chevaux après la clôture, déposa sur le sol les boîtes que lui passait Marie-Renarde. Émilienne sortit les aider à entrer le tout dans le logement.

— Je me suis permis de t'apporter quelques petites affaires, dit Eva à Émilienne.

— Je vois ben ça. Je te remercie, même si j'aime pas trop qu'on me fasse la charité.

— C'est rien pantoute Émilienne, c'est pas la charité que je te fais. Je donne un petit coup de main à ma grande sœur, c'est pas la même affaire. Pis, je vous dois ben ça, vous m'avez toujours ben hébergée un sacré bout de temps. J'en oubliais mes manières ! Émilienne, c'est mon amie Marie-Renarde, je pense pas que vous ayez déjà fait connaissance.

— On s'est déjà vues, mais on s'est jamais vraiment parlé. Bienvenue dans mon château Marie-Renarde, j'espère que tu n'es pas trop regardante parce que mon château, y a perdu pas mal de ses airs de noblesse !

— Je ne suis pas regardante, répondit-elle timidement.

— Ah ben, ça parle au diable ! s'exclama Émilienne. Le bébé dans caisse, est-ce qu'il est bon à manger ?

— Mais non, c'est le p'tit Joseph, ça ferait un poulet pas mal maigre si tu veux mon avis, y a pas assez de gras après ça pour nourrir son homme.

Les trois femmes éclatèrent de rire, ce qui détendit agréablement l'atmosphère. Eva et Marie-Renarde s'attaquèrent au ménage tandis qu'Émilienne rangea le contenu des caisses, puis prépara le dîner en faisant régulièrement des pauses. Assise à la table, elle observait Marie-Renarde d'un œil méfiant.

— On va se le dire Marie-Lièvre, tes cheveux sont vraiment beaux. J'espère juste que tu n'es pas comme la Levasseur et que tu ne t'intéresses pas au mari des autres. Belle de même, t'aurais pas de misère à partir avec tous les hommes que tu veux.

— Ben voyons donc Émilienne, qu'est-ce que tu dis là ? Marie-Renarde, parce que c'est Marie-Renarde son nom, n'est pas du genre à vouloir le mari des autres. Tu m'avais promis Émilienne !

— Qu'est-ce que j'ai dit encore ? demanda Émilienne. Je dis qu'elle est belle, pis je me fais tomber dessus ! C'est rendu qu'on peut pu faire de compliment icitte ?

— Tu parles d'une façon de faire des compliments ! Maudit que tu l'as pas l'affaire toi !

— Il n'y a pas d'offense, coupa Marie-Renarde, merci pour le compliment, c'est gentil.

— Parle-moi de ça, une qui ne monte pas sur ses grands chevaux pour rien. Ça me rassure de savoir que t'es pas fâchée, Marie-Castor. Comme ça, j'aurai pas peur de me faire scalper dans mon sommeil.

— Coudonc Émilienne, fais-tu exprès pour chercher le trouble ? demanda Eva. C'est Marie-Renarde son nom. Me semble que c'est pas compliqué. Pis pourquoi tu dis des niaiseries pareilles ?

— Tu peux m'appeler juste Marie si c'est plus facile pour toi, proposa Marie-Renarde. Si ça peut te rassurer, je ne suis pas Iroquoise, je suis Abénaquise.

— Mais t'es une sauvagesse ou t'en es pas une ? demanda Émilienne.

— On peut dire que oui, mais c'est comme vous autres les Canadiens français, vous êtes différents des Anglais même s'ils sont Canadiens aussi. Nous ne sommes pas un peuple de guerriers. Nous sommes plutôt pacifiques. Nous n'avons jamais vraiment été vos ennemis. Nous n'avons jamais scalpé vos têtes. Faut pas avoir peur de nous autres, nous ne sommes pas méchants.

— Là, c'est clair, lança Émilienne. Tu vois Eva, c'est en parlant des vraies affaires qu'on finit par se comprendre.

— Si tu le dis Émilienne, mais je t'avertis quand même. Marie-Renarde, c'est ma grande amie et si t'es pas capable d'être fine avec elle, ben je vais sacrer mon camp et tu ne me reverras pas de sitôt !

— J'suis fine avec, c'est toi qui es susceptible à matin, pis qui se fâches à sa place. C'est vrai que t'es pas fâchée toi Marie-Renard ?

— Non ça va, y a vraiment pas d'offense, mais c'est Marie-Renarde…

— Je te suis reconnaissante d'être venue aider ma sœur à torcher la place. C'est ben certain que c'est pas facile pour l'orgueil, mais faut quand même que j'avoue que ç'a pas fait de tort pantoute. Pis Eva, je te remercie ben gros pour ce que tu as apporté. T'aurais pu penser à apporter un peu de Ginger beer là, mais à part ça, je suis ben contente.

— Compte pas sur moi pour t'en apporter non plus ! Pour votre *bill* à l'épicerie, on va le mettre sur la glace pour tout de suite. Si jamais vous avez besoin de prendre des affaires pour les p'tits à crédit, ça va être correct. Mais juste pour du nécessaire, que ça soit ben clair. J'en ai pas parlé à William encore, mais je suis presque certaine qu'il dira comme moi.

— C'est ben correct de ta part, ça, ma sœur.

— Je vais repasser plus tard cette semaine si tu veux.

— Gêne-toi pas, tu sais où je reste, répondit Émilienne. Tu es la bienvenue toi avec Marie-Chaton si jamais ça t'adonne, la taquina-t-elle.

Eva et Marie-Renarde quittèrent le logement d'Émilienne, satisfaites de l'ouvrage qu'elles y avaient fait. Fidèle à elle-même, Émilienne n'avait pu s'empêcher d'être malfaisante, mais la journée s'était tout de même bien passée, au grand soulagement d'Eva.

CHAPITRE 4

Le calme après la tempête

Le matin du premier de l'an 1902, une impressionnante tempête de neige emprisonna les habitants de la ville dans leurs chaumières. Il avait tant neigé que les portes des maisons étaient bloquées, les rendant impossibles à ouvrir. Contraints d'annuler leur tournée du Nouvel An, William et Eva passèrent la journée à jouer avec les enfants. Ils firent une cabane géante avec les paillasses, inventèrent des histoires et chantèrent des comptines. William proposa même de faire un pique-nique sur le sol de la pièce familiale. L'ambiance était à la fête chez les Leduc en ce jour de tempête, ce qui fit sourire Eva. En regardant la petite Vivian rire aux éclats en faisant du cheval sur le dos de son père, Eva se dit que le pire était peut-être derrière eux.

La ronde des malheurs avait débuté avec la mort du père de William, quelques mois auparavant. Berthe avait trouvé son mari mort à son réveil. Le pauvre Jérôme, déjà raidi au petit matin, était probablement mort peu de temps après que le couple se fut mis au lit. Veuve à quarante et un ans, Berthe Leduc ne se remettait qu'à peine de son deuil. Elle passait ses journées chez elle à pleurer, refusant de sortir ou de recevoir de la visite. Jérôme était le grand amour de sa vie. Inquiet de la voir dépérir, William, qui la visitait tous les jours, tentait de lui remonter le moral du mieux qu'il pouvait tout en gérant sa propre peine.

Peu de temps après la mort subite de son beau-père, ce fut au tour d'Eva de se battre pour sa vie. Enceinte de son quatrième enfant, elle avait ressenti plusieurs épisodes de douleurs abdominales accompagnés d'étourdissements.

Elle n'y avait pas accordé d'importance, continuant de vaquer à ses besognes comme à l'ordinaire jusqu'à ce qu'elle fut prise d'un malaise si fulgurant qu'elle en perdit connaissance au milieu de la cuisine. C'est Édouard, du haut de ses deux ans, qui courut à l'épicerie avertir son père. William trouva Eva inconsciente sur le sol, baignant dans son sang. Horrifié, il était sorti à l'extérieur où il avait apostrophé Henri Vinet qui se rendait à l'hôtel Windsor, lui ordonnant d'aller chercher le docteur Papineau. Eva avait repris ses esprits quelque temps après l'arrivée du médecin. Consciente que quelque chose n'allait pas, elle avait supplié ce dernier de sauver son bébé. Le docteur Papineau n'avait eu d'autre choix que de sortir l'enfant inerte en utilisant les forceps. Son pronostic concernant Eva était des plus pessimistes. « Il est possible qu'elle ne passe pas au travers », avait-il lancé avant de conseiller à William de la veiller jusqu'à ce que la fièvre tombe. Eva fut alitée près de dix jours, se battant pour sa vie, entourée des siens. Lorsque son état fut enfin stabilisé, elle réclama son bébé et pleura toutes les larmes de son corps en apprenant que son fils n'avait pas survécu.

Par la force des choses, le petit Joseph fut confié à ses parents adoptifs qui l'attendaient impatiemment, sans qu'Eva ait pu lui faire ses adieux. William lui avait alors promis qu'elle pourrait se reprendre dès qu'elle irait mieux, mais il lui fut impossible de tenir sa promesse puisque le petit mourut quelques jours après son arrivée dans sa nouvelle famille, foudroyé par une pneumonie. Eva se replia sur elle-même, croyant à tort qu'elle était responsable de la mort des deux garçons. Elle était demeurée plus d'un mois chez elle, refusant de sortir. Elle veillait sur ses petits comme si elle tentait de chasser le malheur hors de sa maisonnée.

Un soir, William, inquiet et à bout de nerfs, avait explosé en sanglots, suppliant Eva de chasser les mauvaises pensées qui la rongeaient du matin au soir. Il voulait retrouver sa femme, la voir sourire de nouveau, la voir se battre comme elle l'avait toujours fait. Ce pauvre William ne savait plus où donner de la tête entre sa mère et sa femme. Leur peine était si lourde à porter qu'il ne savait plus quoi dire ni quoi faire pour les soutenir. Il se tourna donc vers Blanche, qui demeurait chez Émilienne depuis la fin de l'été. Cette dernière vint faire son tour tous les jours, prenant soin d'Eva telle seule une mère savait le faire.

En ce jour du Nouvel An 1902, William contemplait sa femme qui semblait enfin s'être quelque peu allégée de cette peine qu'elle portait tel un funeste fardeau. Comme il la trouvait belle avec sa petite mèche qui, refusant de rester sagement dans son chignon, retombait librement sur son visage. Il adorait la regarder mordiller nerveusement sa lèvre inférieure tout en souriant légèrement.

— Tu es encore en train de le faire, murmura Eva.

— Faire quoi ? demanda William.

— Tu es encore en train de m'observer de cette façon. Tu le sais ce que je veux dire ! Tu me regardes en souriant sans rien dire et ç'a le tour de me gêner sans bon sens.

— Je peux pas m'empêcher de te regarder Eva, je te trouve tellement belle. J'ai vraiment eu peur tu sais, juste d'y penser ça me met tout à l'envers.

— T'as eu peur de quoi William ? T'es pas super clair.

— J'ai eu peur de te perdre ma femme, pis pas un peu à part ça. Tu peux même pas t'imaginer à quel point juste l'idée me fait encore paniquer ! C'est pas explicable ce que ça m'a fait en dedans. J'ai jamais eu mal comme ça, te voir de même lutter pour ta vie, ça m'a fait réaliser que moi sans toi, je ne suis plus rien. Je veux plus jamais revivre ça.

Eva cessa de se bercer tandis que William se leva, puis vint s'agenouiller devant elle.

— Je me disais que c'était de ma faute, que je t'en demandais trop avec l'épicerie, pis ma mère dont tu t'ingéniais à remonter le moral. Pis le p'tit Joseph aussi. J'aurais dû pousser plus en ton sens quand tu disais que ce serait trop pour toi d'en prendre charge.

— Arrête-moi ça tout de suite William Leduc, y a rien là-dedans qui soit de ta faute ! Dis-moi pas que tu te faisais du mauvais sang pour des affaires comme ça ? Je vais te le dire William, l'épicerie, j'aime ça, c'est pas un fardeau pour moi d'aller te donner un coup de main, même que j'aime ça passer du temps avec toi. Pour ta mère, ça non plus, c'était pas une corvée, je l'aime ta mère ! Même que je me sens presque plus proche d'elle que je peux me sentir proche de la mienne. Pis c'est ça qu'on fait quand on aime une personne. On essaie du mieux qu'on peut de la remonter, d'être là pour elle quand ça va pas fort. Pis Joseph, c'est ben vrai qu'au début, je voulais rien savoir de le prendre à charge, mais c'est pas tant parce qu'il était un fardeau, mais bien parce que ça me choquait que Monsieur le curé repousse Marie-Renarde comme ça. Y était pas facile le petit quand y est arrivé dans maison, y faisait juste brailler, mais ç'a pas pris de temps pour que ça aille mieux, pis pour que je m'attache à lui. Pis si tu veux tout savoir William, je pense ben que tout ça c'est de ma faute. Le bon Dieu m'a sûrement punie parce que j'ai rechigné à faire la charité au p'tit. J'pense que ce qui est arrivé, c'est entre le bon Dieu pis moi, que t'as rien à voir avec ça toi. C'est une leçon qu'il m'a donnée à moi, pas à toi.

— Ma pauvre Eva, dis-moi que tu penses pas ça pour vrai ?

— Y a voulu me faire comprendre que j'avais pas le droit de refuser la charité à ceux qu'il m'envoyait. J'aurais dû accepter le p'tit Joseph à bras ouverts.

— S'il y en a une qui a le cœur sur la main, qui n'a pas peur de faire la charité, c'est ben toi Eva ! Faudrait que tu arrêtes de toujours tout te mettre sur le dos tout le temps. On l'a pas eu facile ma femme, ces derniers temps, mais là, on peut respirer un peu, une nouvelle année commence, pis celle-là, ça va être la nôtre !

— J'ai ben l'impression qu'elle ne sera pas plus facile moi ! Le palais de justice est à la veille d'être prêt pour le procès des Rouleau, j'pas trop certaine que ça me tente de revivre tout ça tu sais. Maman m'a dit qu'elle avait reçu la visite du procureur pour parler de son témoignage, ça l'a énervée sans bon sens. J'imagine qu'il va débarquer icitte aussi à moins qu'il n'ait plus besoin de moi...

— Moi, je vois ça autrement, je pense que ça va être une bonne affaire ce procès-là, que tu vas te sentir libérée après. Pis t'en fais pas avec ça, j'ai assisté au procès de Shortis en quatre-vingt-seize, je vais être là pour te soutenir là-dedans.

— Je sais ben pas, j'espère que tu as raison, répondit-elle en s'approchant de lui pour l'embrasser.

— Tes lèvres m'ont manqué ma toute belle.

— Juste mes lèvres, lui murmura-t-elle à l'oreille.

— Oh non, pas juste tes lèvres, répondit-il en prenant ses mains dans les siennes. Faut être raisonnable Eva, pas ce soir.

— Comment ça, pas ce soir ?

— Pas ce soir, c'est tout. Allez viens, il est tard, nous devrions nous coucher pour être en grande forme demain.

Une fois au lit, William se tourna sur le côté et s'endormit aussitôt. Eva, hébétée, demeura sur le dos, incapable de s'endormir. William s'était montré si amoureux, puis soudainement si distant. Comment avait-il pu la repousser si gentiment après tous ces mois d'abstinence ? Il l'aimait, elle en était certaine, mais avait-il trouvé réconfort dans les bras d'une autre ? Serait-ce possible qu'il lui soit infidèle ? Catherine avait-elle profité de leurs malheurs pour faire valoir ses charmes ? Le William qu'elle connaissait lui aurait fait l'amour avec fougue. Jamais, il n'aurait répondu que ce n'était pas le bon soir. Quelque chose n'allait pas, c'était l'évidence. La maladie l'avait-elle rendue indésirable ? Elle n'avait plus le choix, elle devait reprendre ses humeurs en main et sa place à l'épicerie afin de garder un œil sur William.

La tempête avait laissé un tel amas de neige que les routes furent ensevelies pendant plus de deux semaines, rendant presque impossible le déplacement dans la ville. Ceux qui se rendaient au commerce des Leduc racontaient comment ils étaient parvenus à s'extirper de leur demeure. Certains y furent prisonniers durant des jours, incapables d'ouvrir porte et fenêtres. On trouva d'ailleurs la veuve Lamoureux décédée chez elle. Certains racontaient que c'était son cœur qui avait lâché tandis que d'autres affirmaient qu'elle était morte gelée. Les Leduc vendirent en un temps record toutes les paires de raquettes qu'ils avaient.

— Ce n'est pas rassurant de voir qu'on peut devenir mal pris aussi rapidement, fit remarquer le docteur Papineau, qui passait chercher du tabac à priser. Pour ben faire, faudrait que tout le monde ait un téléphone chez eux. Tu n'es pas ben avancé lorsque tu ne peux pas sortir demander du secours.

— J'ai entendu dire qu'il y avait de plus en plus de monde qui l'avait fait rentrer chez eux.

— J'ai rendu visite à Steverson pas plus tard qu'après Noël, et il me disait qu'il y avait quatre-vingt-treize abonnés, ce n'est pas tant que cela pour une ville comme la nôtre. Je vous le dis Monsieur Leduc, vous devriez faire rentrer la ligne.

— Ça fait un bout que je pense la faire rentrer à l'épicerie, ça pourrait être utile.

— Vous devriez songer à la faire rentrer chez vous aussi. Imaginez-vous ce qui aurait pu arriver si Henri Vinet n'était pas passé devant chez vous ce jour-là, pour votre femme.

— Vous avez raison Docteur, c'est drette ce que je vais faire !

— Il y a autre chose qui m'amène ici aujourd'hui. Vous n'êtes pas sans savoir que le procès des Rouleau est prévu pour bientôt et il semblerait que le coroner du district de Châteauguay n'ait pas le témoignage de votre épouse. Il aimerait la rencontrer dès que possible.

— Vous me voyez ben embêté par cette histoire-là. Ma femme a vécu un mauvais coton dernièrement, je crains que de ressasser tout ça lui fasse pas mal de tort…

— Je comprends, mais c'est malheureusement nécessaire. Le procès ne sera pas une mince affaire. Le procureur doit réviser tous les témoignages pour la préparation de ses interrogatoires. Pour une raison qui nous échappe, il semblerait que votre femme n'ait pas été rencontrée lors de sa visite à Saint-Antoine.

— Je me trompe peut-être, mais je crois qu'elle était revenue chez sa sœur Émilienne, icitte à Valleyfield.

— Ça expliquerait la chose en effet.

— Il aimerait la rencontrer quand, ma femme, le savez-vous ? Est-ce qu'il y a une date fixée pour le procès ?

— Dès que la construction du palais de justice sera terminée. À ce qu'il m'a dit, il passerait cette semaine ou l'autre à votre domicile si cela vous convient.

Léopold Savage, coroner du district de Châteauguay, se présenta chez les Leduc la semaine suivante. Tandis qu'il s'installait à la table de la cuisine, Eva traversa à l'épicerie afin de confier les enfants à William, le temps de son entretien. Elle proposa un café au coroner qu'il accepta volontiers.

— Madame Leduc, je m'excuse de venir vous relancer dans votre demeure, mais il semblerait que j'aie omis de vous rencontrer lors de mon enquête initiale. Il s'agit de mon erreur et j'en prends l'entière responsabilité. En relisant les témoignages, il est venu à mon attention que vous auriez vu la petite Laura Rouleau dans les jours précédant sa mort, est-ce exact ?

— Oui Monsieur, je l'ai vue la veille de mon départ pour Valleyfield.

— Pourriez-vous vous identifier et nous remettre dans le contexte de votre situation à l'époque de son décès ?

— Mon nom est Eva Leduc née Benoit. Laura Rouleau et sa famille étaient nos voisins à Saint-Antoine-Abbé. Ils habitaient la petite maison que mon père avait à louer un peu plus loin sur notre terrain.

— Étiez-vous fille à cette époque ?

— Oui Monsieur, je n'étais pas encore mariée, je demeurais chez mon père. J'avais dix-sept ans.

Eva entama son récit en lui racontant tout ce dont elle se souvenait. Réalisant qu'elle parlait si rapidement que le coroner suivait la cadence avec peine, elle se redressa sur sa chaise en soupirant longuement. Le souvenir de la petite Laura attachée au lit de métal dans l'annexe était encore si douloureux qu'elle laissa échapper quelques larmes devant son interlocuteur qui notait tout sans broncher. L'entretien dura plus d'une heure, puis le coroner se leva en la remerciant de lui avoir accordé son temps.

— Madame Leduc, vous serez appelée à témoigner dans le procès de Pierre Rouleau et sa femme Pauline Rouleau, accusés du meurtre de leur fille Laura Rouleau. Vous comprendrez qu'il serait préférable que vous ne parliez pas de votre témoignage dans l'espace public afin que les jurés n'en aient pas vent avant le procès. Vous recevrez une notice par le huissier Giguère afin de vous signifier la date à laquelle vous serez attendue au palais de justice. Veuillez aussi noter que vous ne pourrez pas assister au procès avant votre témoignage pour que vous ne soyez pas influencée par les autres témoins. Avez-vous des questions Madame Leduc ?

— Non, en fait, je ne crois pas. Je ne sais pas trop comment ça se passe un procès, alors je ne sais pas trop quelle question poser.

— Vous verrez, ça se passera bien. Vous serez interrogée par le procureur, puis par l'avocat des accusés. Vous n'aurez qu'à répondre aux questions en toute franchise et tout ira bien.

Eva salua le coroner et alla rejoindre William à l'épicerie en essuyant ses larmes du revers de sa manche. Dès qu'il l'aperçut, le petit Édouard se dirigea vers elle, lui tendit les bras en disant : « Ne pleure pas maman. » Il était si sensible, si avenant malgré son jeune âge, comme s'il était venu en ce monde avec la mission de réparer tout le mal que son géniteur avait fait. Eva lui sourit, le prit dans ses bras et lui chuchota doucement :

— Ne t'en fais pas mon beau Édouard, maman va bien. Tu es un gentil garçon, je suis si fière de toi.

— Comment ça s'est passé ? demanda William.

— J'imagine que ça s'est bien passé. Il m'a posé quelques questions et m'a demandé de lui raconter ce que je savais et ce que j'avais vu. Ça m'énerve un peu cette histoire de procès William, juste l'idée de revoir les Rouleau me met dans tous mes états.

— Je le sais, mais ne t'en fais pas, tout ira bien, et dis-toi qu'ensuite, toute cette histoire sera derrière toi.

— Je pense que ça ne sera jamais derrière moi, tu sais. Je ne pourrai jamais oublier Laura, jamais.

— Mais au moins tu auras contribué à lui rendre justice.

— Tu as bien raison William, c'est pour elle que je le ferai.

Ce soir-là, tandis qu'ils étaient tous attablés, Eva demanda à Louisa si elle avait reçu la visite du coroner peu après la mort de Laura. Sa jeune sœur répondit qu'elle s'était rendue accompagnée de leurs parents à la petite salle de la paroisse pour rencontrer un homme dont elle ne se souvenait plus du nom. Il les avait rencontrés à tour de rôle, leur demandant de raconter tout ce qu'ils savaient à propos des Rouleau. Eva, rassurée de savoir qu'elle ne serait pas seule à témoigner, car sa jeune sœur y serait pour appuyer ses dires, songea que ce procès était finalement une bonne chose, qu'il permettrait d'envoyer les Rouleau là où ils devaient être, c'est-à-dire derrière les barreaux. Il ne lui servait à rien de se faire du mauvais sang, elle les affronterait en temps et lieu. La construction du palais de justice n'étant pas terminée, elle avait amplement le temps de préparer son témoignage.

Elle lava la vaisselle, puis coucha les enfants. Elle sécurisa l'environnement de Vivian, plaça sa petite clochette à la tête du lit en lui rappelant de l'agiter si elle se réveillait en pleine nuit. Elle préférait accourir au chevet de sa fille que de la laisser traverser la maison à la recherche de leur chambre à coucher. Lorsque la petite Fleur-Ange se réveillait la nuit, elle allait rejoindre ses parents dans leur lit, puis réveillait Eva qui répondait patiemment à ses besoins avant de la remettre au lit. Quant à Édouard, de nature plutôt débrouillarde, il utilisait le pot de chambre sans aide et se recouchait sans faire de bruit. Pour Vivian, c'était différent. Se rendre jusqu'à la chambre de ses parents pouvait lui prendre près de dix minutes tout en se cognant ici et là sur le coin des meubles. Le système de la clochette leur évitait bien des soucis.

* * *

Depuis quelque temps, Eva mijotait secrètement l'idée de se rendre au magasin Dion sur la rue Victoria afin d'acheter un cadeau pour William. Elle désirait souligner sa reconnaissance pour son amour, son empathie et son dévouement. Étant responsable du livre de comptes de l'épicerie, elle était parvenue à mettre vingt-cinq piastres en dollars du Dominion de côté sans trop de difficulté. Elle hésitait encore entre lui offrir une montre de poche ou un harmonica puisqu'il avait déjà mentionné le désir de posséder les deux. Elle avait pris soin de demander à Berthe de venir surveiller les petits en ce lundi avant-midi. Comme toujours, sa belle-mère avait accepté sans la moindre hésitation.

Fébrile à l'idée d'aller magasiner pour la première fois au magasin Dion, elle marcha d'un pas rapide en direction de chez son amie Marie-Renarde qui avait accepté de l'accompagner, bien que cela ne semblât pas l'enchanter outre mesure. Elle lui avait d'ailleurs dit que ce n'était pas le genre d'endroit qu'elle aimait fréquenter et qu'elle n'y était généralement pas la bienvenue. Eva l'avait rassurée en lui disant qu'ici, à Valleyfield, elle serait toujours la bienvenue partout, qu'elle y veillerait personnellement. Marie-Renarde l'attendait en faisant les cent pas dans l'entrée de son logement. En entendant les pas de son amie dans l'escalier de fer forgé, elle jeta un dernier coup d'œil au miroir, ajusta son chapeau, puis sortit la rejoindre.

— Mon doux Seigneur, Marie-Renarde, tu es d'une telle élégance, fit remarquer Eva. Dis-moi donc, tu t'es parée de tes plus beaux atours pour moi, se moqua-t-elle gentiment. Tu pourrais passer pour une dame de la haute et moi pour ta pauvre servante.

— Tu exagères un peu, répondit timidement Marie-Renarde. Je ne voulais surtout pas te faire honte.

— Mais que dis-tu là ? Jamais au grand jamais je ne pourrais avoir honte d'être en ta compagnie, ma tendre amie.

Elles marchèrent le long du canal, puis empruntèrent la rue Victoria où le magasin Dion s'imposait par sa haute stature. Les passants pouvaient admirer ses deux immenses vitrines décorées avec soin, dont la thématique changeait quatre fois par année. D'ailleurs, les deux amies flânèrent longuement devant celles-ci. Elles admirèrent la première scène où prenaient place trois mannequins féminins vêtus de somptueuses robes blanches à volants et à large col de dentelle. Les tenues, visiblement pour la haute classe, étaient agrémentées de longs gants blancs et d'un chapeau à faire pâmer ces dames.

— D'après moi, il n'y a que les riches Anglaises qui peuvent porter de telles tenues, fit remarquer Eva. Nous imagines-tu nous autres avec des gants blancs comme ça ? À part pour la messe ou les grandes occasions ? Avec tout l'ouvrage qu'on fait dans une journée, ils ne resteraient pas blancs longtemps.

— Je pense pas qu'elles gardent leurs gants tout le temps. Elles doivent les mettre juste lorsqu'elles sortent. Nous en avons nous autres aussi des gants comme ça pour les grandes occasions.

— Peut-être Marie-Renarde, mais ils ne sont pas en fine dentelle comme ceux-là.

— Tu pourrais, toi, porter des belles affaires comme ça, tu es toujours ben la femme d'un homme respectable.

— Ah pour être respectable, ça, il l'est mon beau William, mais nous ne sommes toujours ben pas de cette classe-là.

— Tu crois ? Ça ne saurait tarder, fie-toi sur moi.

— As-tu vu la belle ombrelle qui va avec l'ensemble ? Sa dentelle est aussi fine que celle des gants. C'est tellement beau, ça doit coûter un mois de salaire !

— C'est ben certain que c'est pas laid, mais moi je serais jamais capable de porter ça. Je me sentirais étouffer là-dedans. Je préfère de loin continuer de respirer.

Les deux amies éclatèrent de rire. En entrant dans le magasin, un employé les salua poliment, puis leur demanda si elles avaient besoin d'être dirigées vers un comptoir en particulier. Eva le remercia en lui disant qu'elle aimerait voir les montres de poche et autres articles pour hommes. L'employé les conduisit au deuxième étage où se trouvaient la mercerie et le département horloger. Un autre employé prit aussitôt la relève en les accueillant chaleureusement.

— Je suis Charles Hudon, se présenta-t-il, à qui ai-je l'honneur aujourd'hui ?

— Heureuse de faire votre connaissance Monsieur Hudon, je suis Madame William Leduc et voici Madame Bernard Giroux. J'aimerais offrir un présent à mon époux, je ne suis pas bien certaine de mon choix, mais j'aimerais voir vos montres de poche si possible, peut-être vos boîtes à bouche, euh, je veux dire vos harmonicas ou j'hésite pour des gants en cuir.

— Soyez sans crainte Madame Leduc, nous avons tout cela en magasin et bien plus encore. Il me fera plaisir de vous aider à trouver le présent qui vous conviendra. Et si nous commencions par les montres de poche ?

Le commis les escorta devant un long comptoir en noyer où les façades vitrées exposaient une centaine de montres déposées soigneusement sur un chemin de velours bleu marin.

— Me permettez-vous de vous demander si vous aviez une idée du montant que vous aimeriez payer ? demanda le commis.

— J'ai vingt-cinq piastres, mais en toute franchise, j'aimerais ne pas tout le dépenser.

— Nous avons plusieurs Waltham qui pourraient faire votre bonheur. Celles-ci sont entre sept et seize piastres. Elles sont toutes munies d'un petit cadran pour les secondes. Elles sont généralement très appréciées par nos clients.

— Entre sept et seize piastres dites-vous, ce n'est pas donné !

— Non effectivement, mais vous savez, son propriétaire la gardera pour la vie. C'est un luxe apprécié par ceux qui peuvent se l'offrir.

— Par curiosité, quel est le prix des harmonicas ?

— Ils se chiffrent entre soixante-quinze sous et une piastre et vingt-cinq.

— J'aimerais payer quinze piastres pour une montre et un harmonica.

— Alors je vous suggère cette magnifique montre Waltham plaqué or avec sa petite chaînette et pour l'harmonica, j'en ai un en tête qui saura certainement faire votre bonheur.

— Pourrais-je avoir deux écrins à ce prix-là ?

— La montre vient dans un écrin. Pour l'harmonica, ils viennent tous dans leur boîte d'origine et une vendeuse vous emballera le tout soigneusement.

Tandis qu'ils se dirigeaient vers le présentoir des harmonicas, Marie-Renarde chuchota à Eva que les prix étaient beaucoup plus élevés qu'elle le pensait, se moquant d'avoir apporté une piastre en espérant trouver un petit quelque chose pour Bernard.

— C'est vrai que c'est pas donné, j'espérais dépenser moins de dix piastres. Tu ne m'avais pas dit que tu voulais acheter un présent pour Bernard.

— Lorsqu'on s'est rencontrés, il jouait de la musique à bouche durant les veillées. Il était bon. Ce n'était pas son instrument, j'aurais aimé lui en offrir un, mais je ne pensais pas que c'était si cher !

Le commis, visiblement heureux de conclure sa vente, leur présenta les harmonicas en vantant les mérites du plus coûteux du présentoir. Marie-Renarde s'éloigna quelques instants afin d'admirer un petit tambourin posé un peu plus loin. Eva arrêta son choix sur un joli *Hohner* chromé. Discrètement, elle en demanda un deuxième, désirant l'offrir en présent à son amie. Le commis s'exécuta rapidement. Une fois les achats payés, les deux amies quittèrent le grand magasin, satisfaites de leur expérience.

— Quel beau magasin, Marie-Renarde ! Faudrait pas y aller souvent, ça nous coûterait cher. C'est comme regarder un catalogue Eaton, mais en vrai ! Tout brille sans bon sens là-dedans, rien à voir avec notre épicerie.

— Vous n'avez rien à envier à personne.

— Dire que je rêve de transformer l'épicerie en magasin général. Quelle folle idée lorsque j'y pense ! Qui viendrait à notre magasin tandis que Dion offre déjà tant de variétés ?

— J'y irais moi ! Et ça ne serait pas la même chose. C'est pas mal un magasin de luxe qu'il tient lui, vous autres vous pourriez faire un magasin plus accessible aux gens comme nous.

— Je ne sais pas trop.

— Peu importe ce que tu feras, tu as toutes les raisons du monde d'être fière de toi. Tu es vraiment une femme épatante Eva.

— Je suis surtout fière d'avoir une amie telle que toi, dit Eva en prenant les mains de Marie-Renarde. Je ne te l'ai jamais dit, mais tu es précieuse pour moi. Je n'ai jamais connu personne qui te ressemblait. Tu es si sage, si calme et t'avoir à mes côtés me fait tellement de bien.

— C'est toi qui me fais du bien, murmura Marie-Renarde en essuyant la larme qui coulait le long de sa joue. Je n'ai que Bernard et toi.

— En parlant de Bernard, j'aimerais t'offrir ceci, dit-elle en sortant une petite boîte bleue de la poche de son capot. Offre-lui de ta part.

— Je ne peux pas accepter, rétorqua Marie-Renarde, émue.

— Disons que c'est ta paie pour toutes les heures que tu as passées à me tenir compagnie à l'épicerie.

— Je n'y suis pas allée souvent.

— Alors viens plus souvent!

— Je ne peux pas accepter Eva, c'est beaucoup trop, c'est beaucoup trop cher!

— Ne discute pas, on ne refuse pas un cadeau!

— Eva, je sais pas quoi dire...

— Ne dis rien, ton amitié n'a pas de prix!

— Non, bafouilla Marie-Renarde, je ne peux pas...

— Bien sûr que tu peux, insista Eva en tenant fermement les mains de son amie entre les siennes. Veux-tu que je te reconduise jusque chez toi en marchant?

— Non, ne traverse pas la ville pour rien, je vais marcher seule, ne t'en fais pas. Eva, je ne sais pas quoi dire, personne ne m'a jamais offert de présent, j'ignore ce que je dois dire ou faire.

— Ne dis rien!

— Merci, je te rembourserai.

— C'est hors de question!

— Tu es plus têtue qu'une Indienne, et crois-moi, nous sommes entêtées!

Les deux amies se quittèrent le cœur allégé par cette journée partagée. Marie-Renarde, ébranlée par la générosité de son amie, se dirigea vers son domicile le sourire aux lèvres. Sa nature très fière lui aurait normalement fait décliner le présent, mais le geste l'avait tant touchée qu'elle n'avait su comment réagir. Si seulement Eva savait à quel point sa présence était essentielle dans sa vie.

William attendait le retour de sa douce, impatient de lui montrer leur nouvelle acquisition. À peine fut-elle entrée dans la boutique qu'il alla à sa rencontre en l'embrassant tendrement.

— Quel bel accueil ! s'exclama-t-elle. On dirait que tu as passé un aussi bel après-midi que moi.

— Elle l'est comme chacune de mes journées depuis que tu es dans ma vie, ma toute belle.

— Toujours aussi charmeur mon mari. J'aime te voir de si belle humeur. Ça tombe bien, murmura-t-elle à son oreille, j'ai une idée en tête pour ce soir.

— Une idée ? demanda-t-il. Quel genre d'idée ?

— Tu verras bien mon bel amour, tu verras bien…

— Tu m'inquiètes avec tes grands mystères. Viens, j'ai une surprise pour toi, poursuivit-il en lui prenant la main pour la guider derrière le comptoir.

— Un téléphone ? interrogea Eva visiblement surprise. Nous avons le téléphone William ?

— Tu voudrais l'essayer ? Tu voudrais passer un appel ?

— L'essayer ? Pour passer un appel à qui ? Je ne connais personne qui ait la ligne téléphonique.

— Attends, j'ai une idée ! Je connais peut-être quelqu'un qui serait heureux de recevoir ton appel. Prends le combiné, porte-le à ton oreille et tourne la manivelle. Lorsque le standardiste répondra, dis-lui que tu veux rejoindre le quatre-vingt-quinze dans Frontenac.

— Il répond ! s'exclama Eva. Y a quelqu'un ? demanda-t-elle en criant dans le combiné. C'est Madame William Leduc qui parle. Je voudrais rejoindre le quatre-vingt-quinze dans Frontenac. Oui, merci. Il a dit d'attendre sur la ligne William, que ça ne serait pas long.

— Je sais, ricana William, mais tu ne dois pas me parler en même temps, tu vas le mêler. Tu n'auras qu'à dire bonjour lorsque tu auras la communication. Tu n'as pas besoin de crier non plus, lui précisa-t-il en souriant.

— Mais je fais comment pour savoir quand j'aurai la communication ? Allo ? Il y a quelqu'un qui dit *Allo* William. Qu'est-ce que je fais ?

— Mais parle-lui !

— Oui, bonjour ! C'est Madame William Leduc qui parle, à qui je parle moi ? Parlez plus fort je n'entends pas, cria-t-elle. Qui parle ? Édouard Leduc ? Mon Édouard ? Mais que fais-tu dans le téléphone Édouard ? Tu es où là ? William, c'est Édouard qui parle, comment peut-il être sur la ligne du téléphone ?

— Je ne sais pas, se moqua-t-il gentiment.

— Où es-tu en ce moment mon beau garçon ? Dis tout de suite à maman où tu es ! À la maison avec grand-maman Berthe ? William, le p'tit dit qu'il est à la maison. Je ne comprends pas. On peut entendre la ligne jusque dans la maison ? Mon grand ? Tout va bien ? Maman s'en vient dans pas longtemps, conclut-elle en raccrochant le combiné. William, je ne suis pas certaine d'aimer ça. Tu penses vraiment que nous en avions besoin ?

— Je le pense vraiment Eva. Je pense que ça pourrait nous être utile pour l'épicerie, nous pourrions prendre les commandes et faire la livraison. Les clients pourraient aussi faire des appels eux aussi. En plus, je pourrais passer des commandes à mes fournisseurs à Montréal, ça pourrait me faire sauver ben du temps ça. Mais c'est surtout que si l'un de nous a besoin de soins d'urgence, nous pourrons rejoindre le docteur sans tarder.

— Tu as peut-être raison, admit-elle. Mais faut trouver une façon pour que les enfants n'entendent pas les conversations jusqu'à la maison.

— Nous trouverons bien, répondit-il, en se mordant la lèvre inférieure pour ne pas rire.

Ils rangèrent l'épicerie, se préparant à la fermeture. William fit le remplissage des pots de farine et de mélasse. Eva nettoya les comptoirs. Chacun dans ses pensées, songeant à la surprise qu'il réservait à l'autre.

Ils comptèrent le contenu de la caisse, rangèrent les gains de la journée dans une petite pochette de toile blanche que William plaça dans sa poche. Ils tournèrent l'affiche en bois suspendue à la porte d'entrée du côté indiquant « Fermé », puis sortirent après avoir mis la clef dans le verrou.

Dès qu'elle ouvrit la porte de sa demeure, Eva comprit la supercherie.

— C'est toi mon petit tannant qui me parlais au téléphone, dit-elle à Édouard qui lui répondit d'un sourire coupable. Deux téléphones, n'est-ce pas beaucoup ? demanda-t-elle à William.

— S'il arrive une autre urgence, tu pourras facilement m'aviser. Tant qu'à en avoir un à l'épicerie, aussi bien en avoir un ici aussi.

— T'es chanceuse d'avoir un mari aussi prévenant que mon fils, ajouta Berthe.

— Ne vous en faites pas Berthe, je reconnais ma chance. Je n'aurais pu espérer mieux que lui.

— Arrêtez-moi ça, je fais que prendre soin de ma femme. Êtes-vous parée maman ? Je vais vous reconduire jusque chez vous.

— Ne te donne pas cette peine mon grand, je vais marcher.

— Il n'en est pas question, il se fait tard et le temps s'est refroidi.

Berthe ne rouspéta pas. Connaissant bien son fils, elle savait que c'était peine perdue. Eva profita donc de l'absence de William pour dissimuler la montre de poche sous son oreiller. Elle donna l'harmonica à Édouard en lui expliquant qu'il devait le garder caché jusqu'à ce qu'elle lui fasse signe. Trépignant d'impatience, il s'installa devant la fenêtre pour surveiller le retour de son père.

— Il arrive maman, il arrive, répéta l'enfant avec enthousiasme.

— Chut Édouard, n'oublie pas que c'est une surprise ! Tu dois attendre que je te le dise avant de lui donner. En attendant, il faut garder le secret.

— Papa ! Maman a une surprise pour toi, s'écria-t-il dès que William eut passé le seuil de la porte.

— Édouard !

— Maman a une surprise pour moi ? demanda William en souriant à son fils.

— Oui papa, regarde, c'est pour toi, dit Édouard en sortant la petite boîte bleue de sa poche.

— Mais qu'est-ce que c'est ? demanda William, visiblement surpris. Un harmonica, pour moi ? Mais voyons…

— Tu le mérites William, pour tout ce que tu fais pour moi, pour nous.

— Mais où as-tu trouvé ça ?

— Chez Dion, j'y suis allée avec Marie-Renarde aujourd'hui.

— Tu es parfaite, dit-il en l'enlaçant tendrement. Merci ma toute belle. Voulez-vous que papa vous joue un petit quelque chose ?

La veillée se déroula sur les quelques airs que William connaissait à l'harmonica. Eva se félicita de son idée. Son mari était heureux, c'était l'évidence même. Les enfants se dandinaient, appréciant le spectacle offert par leur père. Le bonheur était palpable chez les Leduc et Eva s'en réjouissait.

Une fois les enfants endormis, ils se bercèrent devant le poêle à bois en se tenant la main en silence, savourant le moment présent. Ils se comprenaient sans rien dire. La présence de l'autre était tout ce dont ils avaient mutuellement besoin. William regarda sa femme en souriant, réalisant à quel point il était chanceux de partager sa vie. Il l'avait aimée dès la première fois qu'il l'avait vue dans la cuisine d'Émilienne. Il avait su dès lors qu'elle changerait sa vie, qu'elle le changerait lui. Elle avait fait de lui un homme meilleur, un père comblé. Sa vie était parfaite, grâce à elle.

Eva réajusta son châle sur ses épaules. Elle se leva, tendit la main à William, l'invitant à la suivre dans leur chambre à coucher. Il la suivit volontiers. Il prit place sur le bord du lit, enleva ses bas de laine, sa combine d'hiver, puis se glissa sous les couvertures. Elle enleva sa robe, enfila sa robe de nuit par-dessus sa chemise de corps, puis alla aussitôt se blottir contre son époux. Elle glissa sa main sous l'oreiller en lui disant qu'elle avait une autre petite surprise pour lui. Il sembla étonné lorsqu'elle lui tendit l'écrin dans lequel il découvrit la montre de poche.

— Je ne sais pas quoi dire, murmura-t-il. Elle est magnifique.

— C'est parce que je t'aime plus que tout, dit-elle, en l'embrassant doucement.

— Tu es la plus parfaite des femmes, chuchota-t-il, en répondant à son baiser.

Ils s'embrassèrent longuement, lascivement, tendrement. L'excitation augmenta au rythme des caresses échangées. Elle glissa sa main jusqu'à son sexe durci. Il la retira aussitôt.

— Qu'est-ce qui se passe ? demanda-t-elle.

— Rien, je suis simplement trop fatigué pour ça.

— Trop fatigué pour ça, répéta-t-elle, irritée.

— C'est pas toi, c'est moi, répondit-il tristement.

— Je ne comprends pas ce qui se passe William ! On dirait que tu me repousses depuis un certain temps.

— Non, pas du tout. Je suis simplement fatigué depuis un certain temps, ne t'en fais pas, ça finira par passer.

— Si tu le dis, rétorqua-t-elle en lui tournant le dos.

Eva s'endormit, le cœur lourd de peine. Elle se réveilla d'humeur maussade un peu avant l'aube. Elle prépara machinalement le petit déjeuner. Elle ignora William qui vint la rejoindre. Ne désirant pas revenir sur ce qui s'était passé la veille, elle préféra vaquer silencieusement à ses besognes matinales. William, qui la connaissait trop bien, devinait à son air qu'elle était contrariée. Il l'aida à mettre la table sans insister pour lui soutirer des confidences. Il respecta son silence. Si seulement il pouvait lui dire la raison pour laquelle il préférait garder ses distances dans l'intimité. Il trouverait comment aborder le sujet, mais pas maintenant, il serait trop maladroit. Il avala rapidement son déjeuner, puis traversa à l'épicerie préparer les commandes de la journée. Eva ne le salua pas, espérant qu'il comprenne qu'il l'avait blessée.

On frappa à la porte tandis qu'elle achevait la confection d'un linge à vaisselle à son métier à tisser. C'était Marie-Renarde qui, fidèle à son habitude, venait la visiter en avant-midi. Les deux amies s'installèrent dans la cuisine pour discuter autour d'une tasse de thé.

— Es-tu seule dans place ? demanda Marie-Renarde en scrutant les alentours.

— Oui, William est à l'épicerie et Louisa est à l'usine.

— Laisse-moi te dire que Bernard était content de son harmonica. Il n'en revenait pas. Il ne comprenait pas trop comment j'avais fait pour lui acheter ça. Je lui ai dit que c'était en échange du travail que je ferais pour vous à l'épicerie parce que j'ai l'intention de venir tous les jours ou presque te donner un coup de main. Bernard est d'accord tant et aussi longtemps que mon ouvrage est fait à la maison. Aussi bien me rendre utile plutôt que de me morfondre toute seule au logement.

— Ça va me faire ben plaisir de passer du temps en ta compagnie et je ne peux pas nier qu'un p'tit coup de main nous fera pas de tort.

— Est-ce que tout va bien Eva ? s'inquiéta Marie-Renarde, sensible à l'humeur de son amie.

— Ça paraît tant que ça ? demanda Eva.

— Les couleurs de ton esprit sont différentes aujourd'hui. Elles semblent teintées d'inquiétude.

— Mon esprit ?

— Oui, c'est ce qui t'entoure. Habituellement, la tienne est rosée, là, elle a beaucoup de gris.

— Tu ne devrais pas parler de ça, un plan pour qu'on te prête des intentions de sorcellerie.

— Il n'y a pas de sorcellerie là-dedans, tout ce qui est vivant a un esprit. Il faut voir au-delà des choses pour voir leur essence. Mais si ça te fait peur, j'en parlerai plus.

— Ça me fait un peu peur, t'as ben raison. Pour tout te dire, je me suis un peu disputée avec William. J'ai même refusé de lui adresser la parole ce matin.

— Il n'a pas apprécié tes présents?

— Non, au contraire, il était ben heureux. C'est pas ça le problème... Je sais ben pas comment aborder la question, c'est plutôt personnel si tu veux tout savoir... Je me demande s'il ne se serait pas amouraché d'une autre femme. Peut-être même de la Catherine.

— Mais où vas-tu chercher ça? Il n'y a que l'amour qu'il a pour toi au fond de ses yeux, il n'y a rien d'autre. Son âme est en paix, il n'a rien de la tourmente qui hante le regard de l'homme infidèle.

— Tu crois? Parce que j'ai l'impression qu'il m'échappe doucement.

— Qu'est-ce qui te fait dire ça?

— Disons que, bien qu'il... Je sais pas trop comment dire ça... On devrait pas parler de ces choses-là.

— Le problème est dans votre chambre à coucher?

— On peut dire ça. J'ai l'impression qu'il me repousse, qu'il veut plus...

— Il ne veut plus faire son devoir conjugal?

— Oui, répondit Eva, mal à l'aise.

— Et tu crois que c'est à cause de toi?

— Oui!

— Mais penses-tu que ça pourrait être parce qu'il a peur que tu repartes en famille? Tu as failli y rester la dernière fois, il doit avoir peur de te perdre.

— Tu penses?

— C'est ce que je crois. Tu sais que vous pouvez le faire en faisant attention de ne pas partir pour la famille, murmura Marie-Renarde.

— Ah oui ? demanda Eva avec étonnement. Mais c'est un péché d'empêcher la famille.

— L'Église devrait pas se mêler de ce qui se passe dans votre chambre à coucher. Vous n'êtes pas obligés d'en parler à Monsieur le curé. Si vous faites pas votre devoir, vous l'empêchez aussi d'une certaine façon, non ?

— Tu as peut-être raison... Comment on fait pour faire attention ?

— Il doit s'enlever avant de répandre sa semence.

— Sa semence ?

— Tu sais comment se font les bébés ?

— Ben sûr que je le sais ! En faisant notre devoir !

— Oui je sais, mais sais-tu à quel moment ?

— Je sais pas trop où tu veux en venir, s'impatienta légèrement Eva.

— Pendant qu'il finit son devoir, l'homme expulse sa semence. C'est ce qui fait les bébés. Pour éviter de tomber en famille, il faut que l'homme s'enlève avant.

— Es-tu certaine de ça ?

— Absolument certaine !

— Je pourrai jamais parler de ça avec William !

Eva ne savait que penser des révélations de son amie. Comment était-elle au courant de ce fait ? Et si Marie-Renarde avait raison ? William était-il simplement inquiet des conséquences que pourrait avoir une grossesse prochaine ? Avait-il, à ce point, peur de la perdre ? Cela pourrait expliquer pourquoi il était soudainement si distant dans leur intimité. Elle aimait profondément son mari et avait besoin de s'abandonner dans ses bras. Elle prit quelques jours pour évaluer la situation, pour trouver une façon d'aborder le sujet. Elle prit finalement son courage à deux mains un soir tandis qu'ils étaient enlacés sous les couvertures. Comme elle s'y attendait, William la repoussa gentiment. Elle le confronta alors et lui demanda sans détour si la peur de la voir partir en famille était la cause de ses refus. Il acquiesça, s'excusant de l'avoir blessée. Il lui expliqua que sans elle, sa vie n'aurait plus de sens et qu'il devait se faire violence pour ne pas lui faire l'amour. Rassurée, elle lui expliqua qu'il était possible de s'aimer en faisant attention. Il refusa tout d'abord de prendre le risque, mais ne put résister à Eva qui insista fortement. Ils s'abandonnèrent enfin.

CHAPITRE 5
Incendies

L'hiver 1902 s'éternisait, ne donnant aucune chance au printemps de s'installer. Il avait tant neigé ces derniers mois que les habitants ne savaient plus où entasser la neige et espéraient un prompt redoux. La neige était d'ailleurs le principal sujet de conversation à l'épicerie des Leduc. Tous se plaignaient du froid et affirmaient même que c'était, de loin, le pire hiver qu'ils avaient affronté. Certaines familles campivallensiennes avaient perdu un proche à la suite d'une pneumonie. Les ventes de gin, de moutarde et de camphre avaient considérablement augmenté, au point où l'épicerie suffisait à peine à la demande. Tous avaient espoir que le mois d'avril apporterait une accalmie.

De nombreux incendies avaient décimé commerces et maisons des milles à la ronde. Saint-Timothée, la ville voisine, vit son église s'enflammer, incendie qui avait nécessité l'aide des pompiers de Valleyfield et de Coteau-du-Lac. Puis, ce fut au tour de l'usine Kilgour de Beauharnois de disparaître dans les flammes. La perte de cette importante manufacture de meubles laissa plus d'une centaine d'employés sans revenu. La vague d'incendies n'avait pas épargné les habitants de Valleyfield qui avaient vu une famille de six personnes périr dans un brasier. L'odeur de la mort flottait encore sur la rue Danis, où les décombres rappelaient à tous la tragédie qui s'y était déroulée.

Le soir du 18 avril 1902, le couple s'endormit rapidement, épuisé par sa journée. Vers deux heures du matin, William se réveilla en sursaut. Les cloches de l'église retentissaient, indiquant qu'un incendie majeur était en cours et que l'aide des hommes de la paroisse était requise. Il se leva d'un bond, enfila ses vêtements et murmura à Eva qu'il devait aller voir ce qui se passait. Eva, inquiète, tenta de le persuader de rester au lit. Il lui expliqua qu'il était du devoir de tous de porter assistance dans de pareilles circonstances. Elle n'insista pas, sachant qu'il avait raison. Elle l'accompagna jusqu'à la cuisine où ils virent à travers la fenêtre la lueur lointaine de ce qui leur sembla être des flammes.

— On dirait que ça vient de la rue Victoria. Ça m'a pas l'air d'un p'tit brasier, dit-il nerveusement.

— J'aime pas ça, t'es certain de vouloir y aller ?

— J'ai pas le choix, j'aurais l'air de quoi de pas y aller, surtout qu'on reste pas loin ? T'en fais pas, je serai prudent et les pompiers feront le plus gros de la job. Dans le meilleur des cas, ils n'auront pas besoin d'aide.

— Ils ont demandé à faire sonner les cloches de l'église, c'est pas bon signe...

— C'est sans doute parce qu'ils ont besoin de bras de relève pour la pompe à bras, t'en fais pas, tout ira bien. Attends-moi pas, retourne te coucher.

— Penses-tu vraiment que je pourrai retourner me coucher ?

— Je dois y aller, dit-il en déposant un baiser sur son front.

William se rendit rapidement sur la rue Victoria où une vingtaine d'hommes étaient déjà réunis, prêts à porter secours. Les flammes avaient déjà consumé une bonne partie du deuxième étage du magasin Dion. Le propriétaire, un septuagénaire, présent sur les lieux, ordonnait aux pompiers de redoubler d'ardeur, ceux-ci lui répétant qu'ils faisaient tout ce qu'ils pouvaient. Un pompier cria aux hommes présents qu'ils devaient former des équipes de relève pour la pompe à bras et pour la garder pleine d'eau. Il régnait un véritable tintamarre. Des hommes s'activaient dans tous les sens, certains discutaient tandis que d'autres transportaient des seaux d'eau du lac jusqu'à la pompe. Un sapeur-pompier faisait crier sa trompette, annonçant qu'une autre équipe devait embarquer sur la pompe à bras, pendant que son collègue chantait pour les encourager : « On a pas peur de l'ouvrage quand on a travaillé comme des forcenés pour notre pain gagné, on a pas peur de travailler quand on a dix enfants à élever et une bonne femme à contenter. L'ouvrage nous fait pas peur quand on a un peu de cœur au ventre, oh hé oh. »

William se sentit soudainement faiblir. Il avait peine à respirer. L'odeur de la fumée, la chaleur des flammes lui rappelèrent l'incendie qui avait coûté la vie au docteur Gendron. Bien qu'il le détestât profondément pour ce qu'il avait fait subir à Eva, il demeurait tout de même responsable de sa mort. Il dut s'avouer que ce secret pesait sur sa conscience. Il reprit ses esprits en entendant Bernard Giroux dire au maire Longtin, nouvellement élu, qu'il craignait que le brasier ne s'étende aux commerces voisins ou pire, à la ville entière.

— Pensez pas au pire, répondit Onésime Longtin, nous saurons maîtriser le feu.

— C'est probablement ce que le maire de Hull a dit la nuit où le feu s'est déclaré dans le commerce des deux frères.

— Ce n'est pas la même situation, répondit sèchement le maire.

— Si vous voulez mon avis, c'est pas très différent. Imaginez-vous ce qu'il se passera si ça se rend jusqu'à la manufacture ! À Hull, le feu a toujours ben enflammé le lac pour traverser l'autre bord de la berge et finir par brûler la ville au grand complet. Faut être passé par là et avoir vu de ses yeux vu ce que j'ai vu pour comprendre !

— Monsieur Giroux, insista le maire, je ne crois pas qu'il soit bon de crier au loup avant l'heure. Relevons nos manches et activons-nous, c'est la seule chose que nous avons à faire ! Ressaisissez-vous immédiatement ou retournez chez vous, ne semez pas inutilement une panique générale !

— Monsieur, embarquez sur la pompe à bras avec les autres, ordonna un sapeur-pompier à William qui s'exécuta aussitôt en compagnie d'une dizaine d'hommes.

La tâche fut excessivement difficile. C'est à la force de leurs bras qu'ils activèrent un balancier permettant de refouler l'eau dans la cloche de pression, puis dans la conduite de refoulement. La capacité de la cuve étant négligeable, une équipe la remplissait à l'aide des trois cents seaux qui se relayaient entre le lac et la pompe. Au bout d'une quinzaine de minutes, un sapeur-pompier souffla dans sa trompette pour annoncer une rotation. L'équipe qui travaillait sur les pompes se chargea donc de remplir les seaux tandis que ceux qui avaient eu cette charge faisaient une pause et ceux qui étaient en repos s'activaient à nouveau sur la pompe à bras. Cela dura plus de huit heures. Bien que visiblement épuisés, les hommes ne se plaignirent pas. Certains toussaient à en cracher du sang, d'autres se sentaient faiblir, mais aucun n'abandonna.

Au petit matin, les flammes avaient ravagé le deuxième étage de l'immeuble. Par chance, l'absence de vent ne leur permit pas de s'étendre aux commerces environnants. Bien que l'incendie fût contenu, il était loin d'être maîtrisé. Des curieux s'étaient rassemblés ici et là au grand dam des sapeurs-pompiers qui tentèrent de les convaincre de retourner chez eux. C'était bien mal connaître les femmes qui s'inquiétaient pour leur mari. Elles refusèrent catégoriquement de quitter les lieux.

Les dernières flammes furent éteintes vers quinze heures au grand bonheur des volontaires dont une quinzaine s'effondrèrent, complètement épuisés. La scène était désolante. Le peu de neige qui restait était noircie, des débris de l'édifice flottaient sur le lac. L'odeur de fumée était poignante. Le maire Longtin proposa aux volontaires épuisés de les reconduire chez eux en charrette. Bien qu'il demeurât tout près des lieux, William se sentait incapable de mettre un pied devant l'autre et il accepta volontiers. À peine eut-il franchi le seuil de la demeure familiale que les enfants se ruèrent sur lui en acclamant son retour. Seule la petite Vivian demeurait à l'écart, repoussée par l'odeur de fumée qu'il dégageait.

— Papa va bien Vivian, la rassura William. C'est l'odeur du feu que ça sent. Il y avait un gros feu et papa a aidé d'autres messieurs à l'éteindre.

— Maman va remplir une cuve d'eau chaude et papa va se laver pour enlever cette odeur-là et sentir le monsieur propre qui sent bon, ajouta Eva.

— Ça veut dire que tu trouves qu'en temps ordinaire je sens bon ? lui demanda-t-il en souriant.

— Je n'ai jamais dit le contraire, répondit-elle en lui caressant tendrement la joue. J'pas mal contente de te voir revenir, même avec cette puanteur-là. Bon, j'vais préparer la cuve à lessive aussi, tu me donneras ton linge. J'ai ben l'impression que ça prendra quelques jours de trempage pour espérer chasser cette odeur-là.

— Je suis contente aussi de voir que tout est fini et que tu es revenu en un morceau le beau-frère, ajouta Louisa qui observait la scène assise à la table où elle était affairée à couper des carottes.

— Coudonc, vous êtes donc ben mémères, vous autres. J'étais parti donner un coup de jus de bras, j'étais pas parti risquer ma vie, y avait pas danger que je revienne pas.

— Il aurait pu t'arriver quelque chose William. Le feu, ça pardonne pas tu sauras, rétorqua Eva.

— Je le sais très bien ma femme, répondit-il, en gardant pour lui le fait qu'il avait déjà vu les flammes emporter sous ses yeux le mal en personne.

Dans les jours qui suivirent, sur la place publique, on ne parlait que de l'incendie du magasin Dion. Les décombres trônant tristement au coin des artères principales du centre-ville reflétaient sur le lac miroir un sinistre tableau. Si certaines personnes affirmaient que l'incendie avait démoralisé le vieux Dion au point de se laisser mourir, d'autres affirmaient que c'était mal le connaître. William profita du passage du fils Dion à l'épicerie pour lui poser directement la question.

— Tu me vois ben content de te voir à matin, lui dit-il. Tu te doutes pas mal que ça jase que de l'incendie ces temps-ci. Comment va ton père ?

— C'est ben évident que c'est pas facile, son père et lui ont bâti ce commerce il y a plus de vingt-cinq ans. C'était sa vie le magasin. La nôtre aussi… Mais l'père est pas du genre à s'apitoyer longtemps sur son sort. On compte ben se retrousser les manches et rebâtir la place.

— C'est une bonne nouvelle, ça.

— On a du pain sur la planche, c'est le cas de le dire, mais lorsqu'on aura fini, notre magasin n'aura rien à envier aux grands magasins de Montréal !

— C'est une bonne chose pour la place parce que je vais te dire que Victoria semble plus triste sans votre magasin. Le monde jasait pas mal dernièrement, y était inquiet pour ton vieux père.

— Ben tu leur diras qu'ils n'ont pas à se faire de mauvais sang pour lui, le vieux est pas tuable ! L'année prochaine à pareille date, y aura plus de trou sur Victoria, on se sera redressé, pis en splendeur à part ça.

Blanche Benoit entra tandis que Dion s'apprêtait à sortir. Elle le salua d'un signe de la tête, puis se dirigea vers son gendre.

— Eva est pas avec toi ? demanda-t-elle.

— Non, elle est avec les p'tits qui font la sieste, elle devrait revenir bientôt.

— Je traverserai pas chez vous d'abord, je veux pas réveiller les p'tits. Je suis venue aux nouvelles, comment ça se passe pour vous autres ?

— Ça va comme ça va. Eva est un peu nerveuse par rapport au procès qui approche, mais sinon je pense que tout va bien. Pis vous, comment ça se passe la cohabitation avec votre fille ?

— Y a pas une journée pareille ! C'est pas à toi que je vais apprendre que mon Émilienne est ben changeante. On s'arrache pas les cheveux, c'est toujours ben ça, mais c'est pas tous les jours la fête. Émilienne a ben de la misère à venir à bout de sa besogne quotidienne, alors je m'essouffle pas mal à rattraper son retard. Pis le pauvre Victor, j'ai ben peur qu'il ne fournisse pas à nous nourrir tous. Je jongle à peut-être me faire embaucher à l'usine, ça pourrait nous aider à mettre un peu plus de pain sur la table.

— Vous songez à rentrer à la Cotton ? C'est pas un ouvrage facile, vous savez...

— Douterais-tu de ma vaillance mon p'tit gars ? Tu sauras que j'ai pas peur de la grosse ouvrage et que je suis encore capable de travailler dur.

— Je sais Blanche, ne vous méprenez pas sur mes dires. Je pense seulement que c'est pas une ouvrage pour une femme respectable comme vous.

— Qu'est-ce que tu veux que je fasse d'autre ? Le logement de ma fille est pas mal petit pour tout nous autres. On se pile sur les pieds. Il va ben falloir que je commence à penser à ce que je vais devenir. C'est pas à ma fille pis son mari de nous faire vivre non plus. Il me reste encore un peu d'argent de la vente de la maison, mais si ça continue à ce rythme-là, j'aurai pu rien dans pas longtemps. Y a pas des veufs de mon âge à tous les coins de rue ni ben des places disposées à m'engager.

— Vous songez à vous remarier ?

— J'y songe pas de gaieté de cœur tu sauras. Je ne me suis jamais imaginé partager ma vie avec un autre homme que mon Honoré. Soit je travaille et je trouve un logement pour les p'tits pis moi, soit je me remarie.

— Vous savez que vous pourriez faire engager Gérard ? Y a treize ans non ?

— Oui y a eu ses treize ans. C'est ben vrai qu'il est peut-être en âge de travailler un peu pour m'aider. S'ils l'engagent, faudrait qu'ils m'engagent aussi parce que je ne me vois pas envoyer mon gars à l'ouvrage tandis que je reste chez Émilienne les bras croisés.

— Je sais ben que c'est pas de mes affaires, mais est-ce que Victor et Émilienne vous donnent les gages de Louisa ? Y a toujours ben Louisa qui travaille pour vous aider un peu.

— Non, ils ne me les donnent pas, ça sert à acheter un peu de manger et à payer notre part du logement. Si seulement mon Honoré était encore là, y a plus rien de pareil pour nous autres depuis qu'il est parti. Si tu savais mon p'tit gars ce que je donnerais pour qu'il n'ait jamais eu ce malaise-là. J'en veux sans bon sens au Seigneur de m'avoir enlevé mon Honoré.

— Tombez pas là-dedans Blanche, ne remettez pas en cause les décisions du Tout-Puissant, il pourrait éprouver davantage votre foi.

— Tu as sans doute raison, de toute façon, je ne suis pas venue ici pour me plaindre sur mon sort, je suis venue chercher quelques affaires et saluer ma fille. Je te prendrais un litre de mélasse, de la farine, des œufs et des patates.

William proposa de la reconduire chez elle. Blanche refusa, mais accepta finalement après avoir salué Eva et les enfants. William, quelque peu inquiet du sort de sa belle-mère, arrêta chez sa mère afin de lui exposer la situation. Berthe Leduc était bien seule dans sa grande maison depuis son veuvage. Son mari lui ayant laissé une coquette somme, elle pouvait assurer ses vieux jours sans trop de soucis, contrairement à Blanche. Certes, elle ne devait pas faire de folie, mais elle pouvait tout de même aspirer à une vieillesse à l'abri de l'infortune.

— Pensez-y maman, dit William, vous seriez en bonne compagnie avec Blanche et les enfants. Elle saurait vous aider à vos besognes et ça vous ferait une présence. Vous me disiez trouver le temps long depuis le départ du père...

— Je sais ben pas mon fils. Je ne suis pas certaine que ça me tente de ravoir des enfants plein la maison. J'apprécie de plus en plus le calme et quand ça me manque, je vais chez vous. Je sais ben pas ce que le monde dirait de voir deux veuves vivre ensemble.

— C'est pas important les mémérages du monde.

— Je dis pas non William, je vais jongler à ça.

— Sentez-vous ben à l'aise, c'est une idée lancée en l'air, vous n'êtes pas obligée à rien. J'en ai pas parlé à Blanche non plus, ça se pourrait ben qu'elle ne veuille pas non plus...

Quelques jours plus tard, William se rendit à l'épicerie avec une idée bien précise en tête. Ayant pris soin de demander à Eva de rester sagement à la maison et de solliciter l'aide de Marie-Renarde, il s'affaira aux préparatifs de la surprise qu'il prévoyait faire à son épouse. Il avait longuement réfléchi à la question ; la clientèle du magasin Dion était à prendre. C'était le moment propice pour changer la vocation de l'épicerie, de s'emparer du marché en tant que commerce au détail. Sans le dire à Eva, il avait passé des commandes avec des grossistes de Montréal afin de diversifier leur inventaire. Ainsi, dans la dernière semaine, il avait reçu par le train de marchandises des articles tels que des pipes, des vêtements, des poupées de cire, des ombrelles, des pièges à petit gibier et même du parfum pour dame. Il avait pris soin d'entreposer ses caisses de marchandises à la gare, promettant d'aller les récupérer au plus tard dans les sept jours. Il ne désirait pas devenir une réplique du magasin Dion, il espérait plutôt offrir à ses clients une expérience d'achat unique. Son but était de convaincre la clientèle qu'elle pouvait trouver tout ce dont elle avait besoin sous le même toit. Pourquoi perdre son temps à faire plusieurs commerces alors qu'on pouvait trouver tout le nécessaire chez les Leduc ? D'ailleurs, ce serait leur nouvelle devise. En plus de leur célèbre « Vous servir est notre plaisir », William avait élaboré le nouveau slogan « Ici, nous avons de tout pour vous ». Aidé par Marie-Renarde, il s'affaira à mettre en place les nouveaux étalages en y déposant soigneusement les nouvelles marchandises au fur et à mesure qu'ils les déballaient.

Le plus difficile fut de garder Eva à la maison durant les quelques jours que dura la métamorphose. Le dernier jour, tandis que Marie-Renarde s'occupait des détails tout en servant les clients qui se montrèrent enthousiastes face aux changements proposés par William, ce dernier termina la confection d'une immense affiche en bois sur laquelle il peignit à la main l'inscription « Magasin général Leduc ». Lorsque tout fut en place dans le magasin, il demanda à Marie-Renarde d'aller occuper Eva, puis il installa l'affiche sur la façade du commerce. Il traversa de l'autre côté de la rue, puis examina fièrement son œuvre confiant que sa femme aimerait le résultat. Il ferma ensuite le magasin puis alla chercher Eva. Il lui banda les yeux, lui prit la main en lui demandant de le suivre. Eva, nerveuse, se demanda ce que William avait derrière la tête. Elle connaissait son mari, elle savait qu'il aimait la surprendre et elle se devait d'avouer qu'elle adorait cela. William la plaça en face du magasin, de l'autre côté de la rue afin qu'elle puisse avoir une vue d'ensemble de la devanture. Il lui murmura à l'oreille: « Tu sais ma toute belle que je n'ai qu'un seul but dans la vie et c'est de réaliser tous tes désirs », puis il lui retira délicatement le bandeau qui lui couvrait les yeux. Eva demeura quelques instants béate, incapable de prononcer le moindre mot.

— Tu es complètement fou William Leduc, finit-elle par dire.

— Tu n'as rien vu encore, viens, suis-moi à l'intérieur.

Eva remarqua chacun des changements apportés par William, rendant ce dernier très fier. Émue par le dévouement de son mari, elle versa quelques larmes en lui répétant que c'était beaucoup trop, qu'elle était chanceuse d'avoir épousé un homme aussi attentif à ses désirs. William, fidèle à lui-même, lui répondit qu'elle méritait bien plus encore.

Les clients de l'épicerie accueillirent les changements avec enthousiasme. C'était, selon leurs dires, une excellente idée qui leur permettrait de tout acheter sous le même toit. William, pas peu fier de leur réaction, répondait systématiquement que c'était exactement l'objectif. Si certains continuaient de parler du commerce des Leduc comme étant l'épicerie, la plupart adoptèrent rapidement la nouvelle appellation, soit « Le magasin général ».

CHAPITRE 6
Le procès

Tandis que l'été 1902 s'installait doucement, les habitants de la ville s'activaient afin de nettoyer les vestiges de l'hiver. Il y avait tant à faire que les hommes redoublaient d'efforts pour mener à terme tous les projets. Des hommes travaillaient à la reconstruction du magasin Dion, certains à la finition du nouveau palais de justice tandis que d'autres s'affairaient à terminer le petit monastère des sœurs débarquées à Valleyfield à la fin du mois d'avril et logées momentanément chez les sœurs de la Providence. La cérémonie d'accueil étant prévue pour le 10 août, Monseigneur Émard faisait pression sur les travailleurs. Selon lui, tous les hommes de la place devaient mettre l'épaule à la roue, ce qui ne faisait pas l'affaire de plusieurs qui peinaient déjà à récupérer de leur semaine à l'usine. Si la plupart des clients du magasin général se montraient fébriles devant tant d'agitation, d'autres faisaient part de leur mécontentement face aux corvées obligatoires.

Le procès des parents de la petite martyre était sur toutes les lèvres, au grand dam d'Eva qui angoissait depuis qu'elle avait reçu l'avis de l'huissier lui confirmant qu'elle était attendue comme témoin de la Couronne au début du mois de juillet. Elle se garda bien d'affliger William avec ses inquiétudes, car entre le magasin et les heures passées à construire le petit monastère avec les autres bénévoles, il était visiblement au bord de l'épuisement. Par chance, elle pouvait compter sur la présence de Marie-Renarde qui l'aidait au quotidien tant avec les petits qu'avec la tenue du magasin général.

Monseigneur Émard en personne était passé lui expliquer le déroulement de la cérémonie d'accueil des sœurs Clarisses. Ce serait, selon ses dires, un événement que personne n'oublierait de sitôt. Tous les habitants de la ville y étaient conviés. Tous s'attendaient à une cérémonie à la hauteur des ambitieuses attentes de l'homme d'Église. Grâce à son implication auprès du petit orphelin, Monseigneur réservait à Eva une place de choix dans le cortège devant suivre celui des Clarisses. Bien que cet honneur suscitât l'envie de plusieurs, Eva eut nettement préféré laisser sa place à une autre. Elle se garda de le mentionner à Monseigneur Émard qui semblait si fier de lui annoncer le rôle privilégié qu'elle allait tenir dans cette cérémonie historique, mais ce n'était pour elle qu'une tracasserie supplémentaire. Le prélat lui rappela à quel point il avait multiplié les efforts et les innombrables démarches qu'il lui avait fallu entreprendre pour les faire venir en leur sol. Après neuf longues années d'espérance, elles étaient enfin là et Monseigneur se faisait un point d'honneur de célébrer en grand leur entrée dans le petit monastère.

Les jurés pour le procès des Rouleau furent désignés au début de juillet 1902. Douze hommes de toutes les paroisses des alentours, scrupuleusement choisis pour leur impartialité. Le procès devait débuter le lundi suivant tôt le matin. Eva, Blanche, Louisa et Émilienne n'étaient pas attendues avant le cinquième jour. William, qui avait suivi assidûment le procès de Shortis en 1896, allant même jusqu'à faire quotidiennement l'aller-retour à Beauharnois, demanda à Eva s'il pouvait assister au procès des Rouleau. Eva accepta sans trop d'enthousiasme.

Elle s'occuperait du magasin en compagnie de Marie-Renarde qui resterait avec les enfants le jour où elle irait témoigner. William avait proposé de fermer le commerce ce jour-là, ce à quoi Eva avait acquiescé.

— Ne te fais pas de mauvais sang Eva, lui murmura William tandis qu'elle faisait les comptes de la journée. Je le vois bien que tu es dans tous tes états et ça me peine de te voir comme ça. Tu n'as qu'à répondre aux questions qui te seront posées et tout ira bien.

— Mais si je ne me souviens plus des réponses? demanda-t-elle, inquiète.

— Alors réponds tout simplement que tu ne t'en souviens pas. C'est pas plus compliqué que ça.

— C'est plus fort que moi, ça m'énerve sans bon sens et je ne te parle pas de l'idée de revoir les parents de Laura. Ils sont le mal en personne William, du mauvais monde comme t'en as jamais vu. Ça brasse des souvenirs que j'aimerais mieux oublier.

— Je le sais ben Eva, mais une fois que tout ça sera fini, tu seras fière de toi et tu pourras être en paix avec ta conscience. Tu auras fait ce que tu devais faire.

— Tu as raison, j'ai juste hâte que tout ça soit loin derrière et que justice soit enfin faite pour cette pauvre petite Laura. Si seulement tu l'avais vue comme je l'ai vue ce jour-là. Elle aurait pu être sauvée si on nous avait écoutées! Il aurait fallu aller la sortir de là à la minute même où Louisa et moi sommes revenues à la maison. Je comprendrai jamais pourquoi mon père n'est pas aussitôt traversé l'autre bord la chercher!

— Ça devait pas être si simple que ça. Il devait avoir son idée en tête, je suis certain qu'il n'est pas resté les bras croisés.

— C'est vrai que je ne sais pas tout ce qui s'est passé. J'étais chez Émilienne. Quand il est venu me chercher, la petite était décédée. Il n'a pas trop élaboré. Les enfants Rouleau étaient à la maison en attendant d'être déplacés. C'est ben vrai qu'à bien y penser, le père avait l'air pas mal atteint par la situation. Il s'est même fâché après le vieux Gendron et le curé du village. Il n'avait pas l'air content et avait l'air de leur tenir rancune. Le père nous tenait pas mal à l'écart des histoires d'adultes.

— C'est ce que je dis, tu ne sais peut-être pas tout. Il a sans doute essayé de faire quelque chose.

— On le saura jamais!

— À moins que ta mère soit interrogée sur le sujet ou que tu lui poses directement la question?

— Je ne peux pas parler de la cause avec elle ni avec aucun autre témoin. Le coroner Savage a été ben clair là-dessus.

— Si tu veux mon avis, tu risques d'aller au fond de cette histoire-là avec le procès.

— Je ne vais pas y assister, je saurai pas tout ce qui sera dit.

— Tu peux y assister après ton témoignage, tu sais.

— Mais je ne pense pas en être capable !

— On traversera le pont lorsqu'on arrivera à la rivière, pas avant. Tu verras ben rendue là comment tu te sens par rapport à ça. Si tu te sens capable, je serai à côté de toi, on fermera le magasin le temps qu'il faudra. Pis pour le reste, je te raconterai ce qui sera dit. J'y pense, je ne pourrai pas t'en parler avant ton témoignage…

— C'est pas grave William, je préfère ne rien savoir avant que mon tour soit passé. Ça m'évitera d'être trop bouleversée par tout ce que les autres auront dit.

— Tu n'auras qu'à me regarder dans la salle pendant que tu témoignes et tout ira bien. Tu imagineras que nous sommes que nous deux et que tu te confies à moi.

Le matin de l'ouverture du procès, William quitta la maison en embrassant tendrement Eva. Il avait pris soin de lui demander si elle préférait qu'il demeure à ses côtés. Elle avait répondu qu'elle aimerait mieux qu'il y aille afin de pouvoir tout lui raconter en temps opportun. Il marcha d'un pas rapide jusqu'au palais de justice qui n'était pas bien loin. Il s'était bien gardé de le dire à Eva compte tenu de ce que le procès évoquait pour elle, mais il était bien fébrile d'y assister. Il était fasciné depuis toujours par tout ce qui touchait la scène judiciaire. Il aurait aimé faire des études qui lui auraient permis de travailler sur le terrain, d'être au cœur des enquêtes, mais la vie en avait décidé autrement. Une foule de curieux était déjà entassée devant les portes du palais de justice. William se faufila discrètement dans la foule espérant être dans les premiers à entrer.

— Hey Leduc ! Tu te prends pour qui de dépasser le monde comme ça ? lança Roméo Lessard, visiblement contrarié.

— Calme-toi le gros nerf Lessard, ce procès-là me concerne, j'ai pas l'intention d'être pogné en arrière de la salle à rien entendre.

— En quoi est-ce qu'il te concerne plus que nous autres, le procès ?

— Ben figure-toi donc que ma femme, ses sœurs pis sa mère vont témoigner et que ce drame-là s'est passé sur la terre de mon défunt beau-père !

— Ben t'avais juste à faire comme nous autres, pis à arriver plus de bonne heure pis c'est toute ! Retourne en arrière de la file, pis ça presse.

— Prends pas ça de même mon Roméo, rétorqua Catherine Dupuis, il est avec moi, William, mon cousin pis moi avons fait la file pour lui !

— Je vais pas laisser une créature me parler comme ça certain, répondit Roméo Lessard en fulminant.

— Je suis désolé Roméo, j'ai pas l'intention de me chicaner icitte à matin, ajouta William. Fie-toi sur moi que demain j'arriverai plus de bonne heure. Ça fait ton bonheur ça mon Roméo ?

Roméo Lessard ne répondit pas, se contentant de fusiller William du regard. William se tourna vers Catherine en lui faisant un sourire en guise de remerciement.

— Je ne pensais pas te voir ici ce matin, lui dit-elle.

— Ne la crois pas, c'est une sacrée menteuse, taquina Hector Dupuis. Elle savait ben trop que tu serais icitte, c'est pour ça qu'elle voulait venir.

— Franchement Hector, ne dis donc pas des niaiseries ! Je voulais venir pour assister au procès comme tout le monde, un point c'est tout !

— Si tu le dis Catherine, se moqua Hector.

— Mais si tu veux William, nous pouvons te garder une place tous les jours tu sais, ça t'évitera de te chicaner avec le monde en dépassant dans la file.

— Tu es ben gentille de l'offrir Catherine, mais par respect pour ma femme, je pense qu'il vaudrait mieux que je m'assois seul dans la salle. C'est déjà pas évident pour elle de devoir brasser cette histoire-là, j'aime mieux pas en rajouter.

— Es-tu en train de me dire que ta femme est jalouse de moi ?

— Elle est pas jalouse, elle n'a aucune raison de l'être. Elle a confiance en moi et elle sait que je l'aime et que je ne regarderai jamais aucune autre femme. J'aurais beau être veuf que je ne les regarderais toujours pas. C'est pas une question de jalousie Catherine, c'est une question de respect et disons que tu en as pas mal manqué à son endroit. Par respect pour elle, je ne fraternise pas avec ceux qui ne sont pas capables de la respecter elle, c'est aussi simple que ça.

— Je pensais que nous étions amis William, ça me désole d'apprendre que je me trompais.

— Nous étions amis Catherine et c'est pour ça que j'ai trouvé ça ben désolant de voir que mon amie n'était pas capable d'avoir de la considération pour la femme que j'aime. Pis si elle aime pas qu'on se parle, ben on se parlera pas. C'est plate, mais c'est comme ça.

— Ça me surprend de voir que c'est pas toi qui portes les culottes chez toi et que tu parles pas au monde que ta femme veut pas que tu parles. Laisse-moi te dire William qu'elle monte sur ses grands chevaux pour rien, que j'ai rien dit ou fait de mal. C'est de la pure jalousie son affaire.

— Tu peux penser ce que tu veux Catherine, je le sais moi que ma femme est pas jalouse. Je sais pas comment ça se passe chez les autres, mais chez nous, il y en a pas un plus que l'autre qui porte les culottes ! Y en a pas un qui mène plus que l'autre, on mène ensemble !

— Je sais pas ce qu'il y a dans l'air à matin, mais on dirait ben que tout le monde a mangé de la vache enragée ! Coudonc, je vais parler juste avec toi mon Hector, toi au moins, t'es parlable, dit-elle en se tournant vers son cousin.

— Je m'excuse Catherine, ajouta William. Je voulais pas me disputer avec toi, mais le bonheur de ma femme passe avant tout, pis ça adonne qu'elle est dans tous ses états quand tu es pas loin, alors j'aime mieux que tu te tiennes le plus loin possible ou que tu arranges les choses avec elle.

Les portes s'ouvrirent enfin. La foule s'entassa pour entrer. Deux hommes dirigèrent les curieux vers la salle où se déroulerait le procès. William s'installa à l'avant, derrière le bureau du procureur. Il regarda les gens prendre place, vêtus de leurs plus beaux habits, visiblement fébriles d'assister à un procès de cette envergure. Le greffier somma l'assistance de se lever, invita l'honorable juge Joseph Archambault à prendre place sur son siège, puis fit de même pour les jurés. Ludger Codebecq se présenta pour la Couronne, puis Alex Legault se leva à son tour, mentionnant qu'il représentait la défense. Les accusés furent conduits à leur banc respectif, menottes aux poignets. Ils ne bronchèrent pas tandis que le magistrat énonça les accusations les visant. Le premier témoin, Ernest Dion, fut appelé à la barre. Après qu'il fut assermenté, le procureur Codebecq commença son interrogatoire.

— Vous vous êtes occupé de la cause, Monsieur Dion ?

— Oui, monsieur.

— À quel titre ?

— À titre de constable de la province de Québec.

— Est-ce que vous avez ramassé les pièces à conviction ici présentes ?

— Oui monsieur.

— Pouvez-vous me dire où vous avez ramassé cette chaîne ? demanda-t-il en montrant une grosse chaîne.

— Je l'ai trouvée sur la terre d'un dénommé Lindsay sur laquelle Pierre Rouleau demeurait juste avant de partir pour Saint-Antoine-Abbé.

— Où exactement avez-vous trouvé cette chaîne ?

— Je l'ai trouvée dans la maison où habitait Pierre Rouleau à Rockbrun.

— Dans la maison d'accord, mais dans quelle partie de la maison se trouvait-elle ?

— Il s'agit d'une maison d'une seule pièce, je l'ai trouvée dans la maison générale monsieur.

— Est-ce qu'elle était en plein sur le plancher ou était-elle fixée à quelque part ? Comment se trouvait-elle ?

— Elle était tenue par un clou de façon à ce qu'il retienne l'anneau de la chaîne sur le colombage de deux par quatre, sur le côté du mur à environ deux pouces du plancher.

— Vous l'avez enlevée vous-même ?

— Je l'ai enlevée moi-même oui.

— Est-ce que cela a été facile ?

— Ç'a requis les services d'un marteau, je ne pouvais pas l'enlever avec mes mains, elle était trop solidement clouée.

— Est-ce vous qui avez trouvé ces deux cadenas-là Monsieur Dion ?

— Oui monsieur, les cadenas me furent remis par l'accusé lui-même tandis que je fouillais les lieux. Les cadenas étaient en dessous d'une roche dans un tas de pierres près de la maison de Saint-Antoine-Abbé.

— Est-ce vous qui avez mis en arrestation les accusés ?

— Oui monsieur.

— Est-ce vous qui avez conduit les accusés à la Sûreté provinciale ?

— Oui monsieur.

— Sous quels motifs les avez-vous conduits ?

— J'avais des doutes raisonnables de croire que l'enfant avait été victime de mauvais traitements. De par ses marques sur le corps et de par l'état des lieux et les preuves qui s'y trouvaient.

— Pouvez-vous élaborer ?

— Il y avait des chaînes posées sur un lit qui se trouvait dans une pièce annexée à la maison qu'habitaient les Rouleau.

— Vous parlez de ces deux bouts de chaîne ?

— Oui monsieur.

— Avez-vous remarqué autre chose sur les lieux ?

— J'ai remarqué qu'un trou avait été creusé derrière la maison.

— Un trou de quelle grandeur ?

— D'un peu moins de cinq pieds de longueur par trois pieds de largeur.

— Je n'ai plus de question pour le témoin.

— Je n'ai pas de question pour le témoin, lança l'avocat de la défense en se levant.

— La Couronne appelle à la barre Léopold Savage.

L'homme prit place à la barre des témoins, prêta serment tout en regardant les témoins du coin de l'œil.

— Monsieur, pourriez-vous, je vous prie, vous identifier pour les besoins de la Cour ? demanda le procureur.

— Je suis Léopold Savage, coroner en chef pour le district de Beauharnois dans le comté de Châteauguay.

— Est-ce vous qui avez mené l'enquête sur les circonstances de la mort de la petite Laura Rouleau ?

— Oui monsieur.

— Pouvez-vous nous dire en quelles circonstances ?

— Dans des circonstances un peu particulières je dois dire.

— Pouvez-vous élaborer ?

— Lorsque j'ai été avisé du fait qu'une petite fille était possiblement décédée à la suite de maltraitances, je n'étais pas dans le comté de Châteauguay.

— Vous étiez où ?

— J'étais exceptionnellement à Trois-Rivières. J'accompagnais mon épouse qui assistait aux funérailles de sa mère. J'ai été mis au courant des faits deux jours après le décès de l'enfant. Je me suis aussitôt mis en route mais je n'ai pu me rendre sur place que six jours après son décès. Le constable Dion qui s'était rendu sur place, ayant des raisons de croire que les parents étaient responsables, a demandé un mandat d'arrestation auprès du Procureur général. Lorsque je suis arrivé sur les lieux, l'enfant était déjà inhumée. J'ai eu des entretiens avec différents témoins qui affirmaient que l'enfant était victime de sévices. J'ai alors pris la décision de demander au Procureur général de la province la permission de faire exhumer le corps pour fin d'enquête. En fait, un manque de communication a fait en sorte que l'enfant soit inhumée avant qu'une autopsie soit pratiquée. Nous ne pouvions faire autrement qu'exhumer l'enfant. J'ai alors procédé à une autopsie sur le cadavre de la petite dans la salle paroissiale.

— La mort de la petite remontait à combien de jours ?

— Six jours monsieur.

— Pouvez-vous nous faire part de vos observations ?

— Le cadavre de l'enfant de six ans était dans un bon état de conservation, ce qui m'a permis de faire un bon examen. L'enfant était amaigrie et de faible constitution. Mon premier constat fut la pelade sur les parties gauche et droite de la tête de l'enfant. Le reste de sa tête était couvert de cheveux, mais il était facile de les arracher, ce qui m'indiquait qu'elle avait peut-être la teigne.

— Pouvez-vous nous expliquer ce qu'est la pelade je vous prie ?

— C'est une perte de cheveux prononcée. La petite n'avait plus de cheveux sur les côtés de son crâne. Une superficie d'un pouce et demi.

— Qu'avez-vous relevé d'autre lors de l'autopsie ?

— L'œil droit de l'enfant était le siège d'une ecchymose qui me semblait être le résultat d'une infiltration de sang dans la paupière provenant d'un large hématome de la bosse frontale droite. Cet hématome consécutif à un traumatisme semblait dater de deux ou trois jours précédant le décès de l'enfant.

— En d'autres mots, selon vous, l'hématome présent sur le visage de l'enfant était le résultat d'un coup qu'elle aurait reçu ?

— Oui.

— Avez-vous relevé d'autres traces de violence sur le corps de l'enfant ?

— Oui.

— Pouvez-vous les décrire je vous prie ?

— Le corps de l'enfant montrait des plaies sur son avant-bras droit. Plusieurs ecchymoses également ainsi qu'une longue grafigne d'environ six pouces de longueur et d'un quart de pouce de profondeur. Elle avait également à l'avant-bras gauche de nombreuses éraflures. L'extrémité des doigts de la main gauche était tuméfiée, couverte d'ecchymoses et l'épiderme était disparu. Les ongles de l'enfant étaient usés ou plutôt usés au ras de la chair, conséquences évidentes dues à des traumatismes répétés sur l'extrémité des doigts. Les doigts de la main droite portaient également des lésions semblables, mais de façon moins marquée.

— Avez-vous remarqué autre chose ?

— Oui, j'ai constaté de nombreuses lésions sur le dos de l'enfant allant de la région cervicale jusqu'à la région lombaire. Les plaies semblaient avoir été causées par un fouet ou une verge.

— Est-ce que l'enfant avait été examinée par un docteur lors de son décès ?

— Oui monsieur, par le défunt docteur Gendron.

— Avez-vous discuté avec le docteur Gendron de cette enquête ?

— Non, il était absent lors de mon passage. J'ai discuté avec son défunt fils, docteur également. Selon lui, la petite serait morte d'une pneumonie.

— Avez-vous pris connaissance du rapport du docteur Gendron ?

— Non, son fils ne savait pas où il était rangé. Il m'a assuré que son père me le ferait parvenir à son retour, mais je ne l'ai jamais reçu. Lorsque j'ai voulu faire un suivi par rapport à cedit rapport, les deux étaient décédés. Selon la veuve du docteur, les rapports de son mari étaient chez son fils. Malheureusement, ce dernier étant décédé dans l'incendie de sa maison, aucun rapport n'a été trouvé.

— Selon vous, y aurait-il eu des lacunes de la part du docteur Gendron ?

— Selon moi, oui.

— À la suite de votre enquête, avez-vous interrogé un certain Honoré Benoit ?

— Oui, j'ai recueilli son témoignage.

— En vous référant à sa déclaration que vous avez assermentée, pourriez-nous nous résumer ce qu'il vous a dit ?

— Objection votre honneur ! lança l'avocat de la défense. Ouï-dire !

— Votre honneur, j'aimerais porter à votre attention que monsieur Benoit est décédé et que son témoignage est important pour la cause qui nous occupe. Le coroner Savage est un homme de loi, il est donc apte à relater son entretien avec le défunt témoin !

— Objection rejetée, décréta le juge. Continuez maître Codebecq.

— Monsieur Savage, pourriez-vous, en vous tenant aux faits, nous relater votre entretien avec le défunt témoin Honoré Benoit ?

— J'ai tout d'abord demandé au témoin de s'identifier, ce à quoi il m'a répondu être Honoré Benoit, cultivateur, habitant de la paroisse de Saint-Antoine-Abbé. Je lui ai ensuite demandé s'il connaissait la petite Laura Rouleau, il m'a répondu oui puisqu'il était leur voisin immédiat et leur propriétaire. À la question

« avez-vous été témoin de maltraitance provenant de Pauline et Pierre Rouleau envers leur fille », monsieur Benoit a répondu non. Je lui ai alors demandé s'il en avait entendu parler, et il m'a répondu par l'affirmative.

— Il vous a dit qu'il avait entendu parler du fait que les accusés maltraitaient l'enfant ?

— Oui monsieur, il m'a dit qu'il en avait entendu parler, mais qu'il n'avait pas trop voulu s'en mêler, ne portant pas attention aux qu'en-dira-t-on. Un matin qu'il s'est rendu faire scier des billots de bois chez Thibault au moulin, ce dernier lui aurait dit : « Honoré, sais-tu quel genre de monde que tu as dans ta maison ? Quand tu descendras en bas au village, va demander à Joseph Roy, il va te le dire, lui, quel genre de monde que c'est. » Le témoin a ajouté ne pas y avoir porté attention. Quelques jours plus tard, en allant dans le bas du village, il aurait rencontré Joseph Roy qui lui aurait dit : « Ça te dérange pas Honoré d'avoir du monde comme ça dans ta maison ? » Il lui aurait répondu : « Tu sauras qu'il y a du bon monde parmi le pauvre monde. » Joseph Roy lui aurait fait remarquer que ce n'était pas le cas pour les Rouleau, qu'ils maltraitaient leur enfant et qu'il manquait deux gros ronds de cheveux à une de leurs filles. Honoré aurait répondu que cela ne devait pas être vrai, mais Joseph Roy lui a donné comme réponse qu'il l'avait vu de ses propres yeux. Le témoin m'a dit que la famille Rouleau louait sa maison depuis près de dix mois, soit depuis la fin de l'année 1897. Qu'il était fort pour lever les pattes et la bouteille, qu'il n'était pas un bon payeur ni un bon travaillant.

— A-t-il évoqué avoir été témoin de violence de la part de l'accusé ?

— Non monsieur.

— Vous a-t-il dit quand lui avaient été rapportés les propos alléguant qu'un des enfants des Rouleau était possiblement victime de maltraitance ?

— Je lui ai posé la question et c'était selon lui la semaine précédant la mort de Laura Rouleau. Il m'a dit l'avoir mentionné à son épouse et qu'ils avaient convenu de vérifier si les dires de Joseph Roy étaient véridiques.

— Est-ce qu'il a vérifié ?

— Non, il n'en a pas eu la chance, mais deux jours plus tard, son épouse a envoyé leurs filles chez les Rouleau et elles leur auraient rapporté avoir vu l'enfant attachée à un lit.

— Ses filles seront-elles appelées à témoigner dans cette cause ?

— Oui monsieur.

— Feu Honoré Benoit vous aurait-il dit autre chose de pertinent pour cette Cour ?

— Oui monsieur, il m'a dit avoir fait pression en vain auprès du curé de la paroisse afin d'intervenir rapidement. Ce dernier aurait insisté pour attendre le retour du docteur Gendron qui devait revenir d'un jour à l'autre. Il s'est rendu chez les accusés, a trouvé étrange qu'un trou avait été creusé derrière la maison et a insisté pour rentrer dans la maison voir la petite. C'est là qu'il l'aurait trouvée morte. Il a également indiqué avoir fait le cercueil pour la petite défunte. Qu'il avait déposé la petite dans le cercueil et qu'il avait remarqué des lésions sur le cadavre de l'enfant.

— Pourriez-vous nous faire part de vos conclusions suite à votre enquête ?

— J'en conclus que l'enfant âgée de six ans est décédée à la suite d'une pneumonie causée et aggravée par les mauvais traitements infligés par ses parents Pauline et Pierre Rouleau. La conclusion de mon enquête est que la mort est directement liée à de la maltraitance.

— Je n'ai plus d'autre question Votre honneur.

— Monsieur Savage, est-ce exact de dire que l'enquête a été bâclée ? demanda le juge.

— Ce ne sont pas les termes que j'utiliserais.

— L'enquête s'est-elle déroulée conformément à vos procédures habituelles ?

— Non.

— Merci, je n'ai pas d'autre question.

L'audience fut levée. La foule évacua rapidement la salle. Un rassemblement de curieux attendait impatiemment à l'extérieur, désirant être les premiers à connaître tous les détails concernant l'histoire de la petite martyre. Si la plupart de ceux qui avaient assisté au procès demeurèrent sur le palier pour discuter de ce qu'ils avaient entendu, William quitta aussitôt les lieux.

Eva l'attendait en faisant les cent pas dans le magasin. Elle avait tenté de se garder occupée, mais elle n'avait pas l'esprit à ses tâches. Par chance, Marie-Renarde s'était montrée de bonne compagnie. Les enfants plaçaient des boîtes de conserve sur les étagères pendant que les deux amies replaçaient la table des tissus.

— Ça travaille fort icitte, lança William en entrant.

— Papa, s'écria Édouard en se dirigeant vers lui.

— Mon petit homme ! J'espère que tu as bien pris soin de ta mère aujourd'hui.

— Il a bien pris soin de nous en ton absence, le rassura Eva. C'est un grand garçon que nous avons là ! Comment s'est passée ta journée ? demanda-t-elle.

— C'est pas évident comme histoire…

— À qui le dis-tu…

— Y a pas dû avoir grand monde dans place aujourd'hui ?

— Non, ç'a été pas mal tranquille.

— C'est ce que je me disais, toute la ville était au palais de justice. Il devait y avoir trois cents personnes là-bas. Y a pas le quart du monde qui ont été capables d'entrer.

— T'aurais pas dû me dire ça, je vais être encore plus nerveuse, moi là !

— T'en fais pas Eva, ça va bien aller. L'avocat de la Couronne semble sympathique et la défense n'est pas vraiment agressive. Y a un grand respect dans salle, tu verras, y a rien d'énervant là.

— Je veux pas en parler, je verrai ben rendue là. Ça ne me donne rien de me faire du mauvais sang des jours d'avance. Pis je veux pas trop brasser ça pour rien.

— Tu as raison, ça donnerait rien. Tu sais que je t'admire d'être aussi forte.

— Arrête-moi ça, je suis loin d'être forte !

— Si seulement tu pouvais te voir comme moi je te vois…

Le lendemain matin, William se leva une heure plus tôt que la veille. Il prit soin de ne réveiller personne, se prépara quatre beurrées de mélasse, s'habilla, puis quitta la maison en laissant un message sur la table de la cuisine afin de rappeler à Eva combien il l'aimait. Il arriva le premier devant le palais de justice. Il avait plus de quatre heures à attendre avant l'ouverture des portes, mais cela lui importait peu.

Premier à entrer dans la salle, il s'installa au même endroit que la veille. Une fois tout le monde installé, le procureur appela à la barre Joseph Rouleau, frère de l'accusé.

— Joseph Rouleau, trente-neuf ans, bûcheron et résident de Rockbrun, déclara le témoin en s'adressant au sténographe qui lui avait demandé de s'identifier.

— Connaissez-vous Pierre Rouleau ? demanda le procureur Codebecq.

— Oui monsieur, c'est mon frère.

— Connaissez-vous Pauline Rouleau née Deschamps ?

— Oui, c'est ma belle-sœur.

— Dans le même ordre d'idées, connaissiez-vous leur fille Laura Rouleau ?

— Oui, c'était ma nièce.

— Est-ce que vous avez déjà demeuré dans la même maison que votre frère depuis qu'il est marié et père de famille ?

— Oui, je pensionne chez eux depuis près de quatre ans.

— Lors du décès de l'enfant vous demeuriez donc chez eux ?

— Non, j'étais parti au printemps, j'étais revenu en décembre et j'étais reparti en janvier.

— Vous connaissiez donc bien les enfants de votre frère ?

— Oui monsieur.

— Diriez-vous que les enfants Rouleau étaient intelligents ?

— Oui monsieur.

— Tous aussi intelligents les uns que les autres ?

— Pour moi oui, ils étaient tous pareils.

— Est-ce qu'il y avait parmi les enfants des plus faibles d'esprit ?

— Non, pas du tout.

— Étaient-ils tous en bonne santé ?

— J'aurais tendance à dire que oui.

— Pourquoi êtes-vous parti de chez votre frère Monsieur Rouleau ?

— Je vais vous le dire moi pourquoi je suis parti ! J'ai quitté la maison de mon frère par rapport au fait qu'ils maganaient l'enfant qui est aujourd'hui dans sa tombe.

— Quand vous dites qu'ils maganaient l'enfant qui est aujourd'hui dans sa tombe, vous parlez bien de Laura Rouleau ?

— Oui monsieur, c'est bien d'elle que je parle.

— Et qui la maganait ? Votre frère ? Sa femme ? Les deux ensemble ?

— Non, je ne dirais pas les deux ensemble. C'est que ce que le père faisait à la petite, c'est la mère qui le poussait pour qu'il le fasse.

— Pouvez-vous être plus clair ?

— Ma belle-sœur poussait mon frère à punir la petite. Elle le montait contre sa fille sans arrêt. S'il ne la punissait pas suffisamment, Pauline refusait de lui adresser la parole et bougonnait sans bon sens.

— Avez-vous été témoin des mauvais traitements que les accusés ont fait subir à leur enfant ?

— Oui monsieur.

— Pouvez-vous nous raconter la première fois où vous vous en êtes rendu compte ?

— Le premier mauvais traitement que j'ai vu de mes yeux est qu'ils la laissaient mourir de faim et de soif.

— Qui laissait l'enfant mourir de faim et de soif ?

— La mère de l'enfant.

— Elle refusait de donner à boire à l'enfant, c'est bien ce que vous dites, Monsieur Rouleau ?

— Oui monsieur. C'est pas arrivé qu'une seule fois là ! C'est arrivé un millier de fois à ma connaissance.

— Maintenant, vous dites qu'elle refusait de lui donner à manger ?

— Oui, très souvent monsieur.

— Et lorsqu'elle lui donnait à manger, est-ce que les aliments étaient aussi bons que ceux qu'elle donnait aux autres enfants de la famille ?

— Je ne pourrais pas dire, je n'ai pas vu souvent l'enfant manger.

— Monsieur Rouleau, avez-vous déjà vu cette chaîne ? demanda le procureur en exhibant la pièce à conviction.

— Oh mon Dieu ! Je l'ai vue bien des fois, cette chaîne !

— Vous l'avez vue où ?

— À Rockbrun dans la maison que mon frère louait à un dénommé Joe Arthur !

— Pouvez-vous nous dire à quoi servait cette chaîne ?

— Elle servait à attacher la jambe de ma nièce qui est morte.

— Avez-vous déjà vu ce gros clou Monsieur Rouleau ou un clou qui lui ressemblerait ?

— Oui, ce gros clou de forge servait à clouer la chaîne au mur.

— Avez-vous déjà vu un de ces deux cadenas-là ?

— Oui monsieur, j'ai déjà vu le plus gros des deux.

— À quoi servait ce cadenas ?

— C'était pour barrer la chaîne sur le pied de l'enfant.

— L'enfant était-elle enchaînée en tout temps ?

— Non monsieur, que le soir.

— Tard dans la veillée ?

— Quand c'était le temps de se coucher, ils enchaînaient l'enfant pour la nuit.

— Est-ce exact de dire que la chaîne était attachée près du poêle ?

— Elle était tout près du poêle oui, en arrière de la fournaise. Je dirais à un pied et demi de la fournaise. La chaîne était attachée après le colombage qui montait sur le mur pas loin du plancher.

— Qu'avait la petite pour se coucher dessus ?

— Absolument rien monsieur.

— Elle n'avait pas un petit matelas ?

— Non, elle dormait nue sur le sol.

— La mère ne lui mettait pas d'habit ?

— Non sauf un soir parce que je lui ai fait honte.

— Vous vous y êtes pris comment pour lui faire honte ?

— Je lui ai dit que l'enfant ne devrait pas dormir nue sur le sol, que c'était indécent. Elle s'est levée et lui a donné un capot.

— Seulement un capot ?

— Oui.

— Elle lui a donné un capot tous les autres soirs ou seulement ce soir-là ?

— Seulement ce soir-là monsieur.

— Maintenant, pouvez-vous nous dire qui enchaînait l'enfant ?

— Ben pour être honnête, c'était la plupart du temps la mère de la petite.

— C'était la mère qui attachait la petite la plupart du temps, mais est-ce que vous avez eu connaissance que le père l'attachait aussi ?

— Oui.

— Qui détachait l'enfant le matin ?

— Quand c'était le temps de la détacher, nous partions à l'ouvrage nous autres.

— Pardon ?

— Ben quand c'était le temps de détacher l'enfant, nous, on partait pour l'ouvrage. On la détachait à ce moment-là.

— Vous partiez à l'ouvrage vers quelle heure, Monsieur Rouleau ?

— Vers sept heures moins le quart.

— Étiez-vous au courant que l'enfant avait le défaut de mouiller son linge ?

— Oui monsieur.

— Croyez-vous que la mère attachait l'enfant pour corriger ce défaut-là ?

— Je ne vois pas en quoi ça aurait pu aider à corriger son défaut.

— Lorsque la petite mouillait son linge le matin, que faisait la mère ?

— Je vais vous le dire ce qu'elle faisait ! Lorsque la petite mouillait son linge le matin ou si elle l'avait sali, parce que je vais dire comme on dit, un enfant attaché après le mur, ben des fois ça se salit si vous comprenez ce que je veux dire par là.

— Soyez un peu plus clair Monsieur Rouleau.

— Ben, comment je pourrais ben dire ça ? Elle faisait ses besoins sur elle.

— Donc l'enfant n'était pas propre ? Elle n'utilisait pas le pot de chambre ?

— Elle en avait pas !

— Que faisait la mère dans ce temps-là ?

— Le jour, la petite portait une robe pis des culottes. Quand elle se souillait la nuit, ma belle-sœur lui donnait au matin une chaudière et l'envoyait dehors avec ses vêtements pour la journée dans les mains. Elle l'envoyait toute nue avec rien dans les pieds en plein hiver, l'obligeait à laver ses vêtements dans la chaudière et à se les mettre sur le dos tout mouillés. La petite devait rester dehors sans bouger avec son linge qui lui figeait en glace sur le dos. Je me souviens qu'elle criait, qu'elle suppliait sa mère de la laisser rentrer se réchauffer. Je vous jure, je l'entends encore se lamenter ! Sa mère pouvait la laisser là une bonne demi-heure en plein mois de janvier ! Quand la petite finissait par pouvoir rentrer, elle en avait pour la journée à geler avec ses vêtements trempés et glacés.

— Faites attention Monsieur Rouleau, ce que vous dites en ce moment est très grave. Ne dites rien d'autre que la vérité, n'exagérez pas ! Vous jurez que tout ce que vous venez de dire là est l'entière vérité sans la moindre exagération ?

— Soyez-en ben certain ! Il est grand temps que la vérité se sache ! Je ne suis pas venu icitte pour protéger mon frère pis sa femme, je suis venu pour raconter la vérité et c'est ce que je fais !

— Si j'ai bien compris, Laura dormait nue, alors pourquoi sa mère l'envoyait-elle laver ses vêtements à l'extérieur ? Étaient-ils souillés ?

— Non, ma belle-sœur faisait ça pour la punir. La p'tite aurait pu mettre son linge sans sortir le laver, mais sa mère avait pour dire que ça l'occupait et que ça la faisait réfléchir en même temps.

— Est-ce que cela se produisait dans les grands froids d'hiver ?

— Ben ça arrivait même quand nous autres on pouvait pas aller travailler.

— Que voulez-vous dire par là ?

— Ben qu'il faisait trop froid pour qu'on se rende à l'ouvrage, c'est dire à quel point y faisait froid parce que faut qu'il fasse vraiment froid pour qu'on n'aille pas à l'ouvrage !

— Il faisait trop froid pour que des hommes habitués de travailler au froid ne puissent pas aller travailler, mais cela n'empêchait pas la mère d'envoyer l'enfant dehors toute nue, c'est bien ce que vous nous dites ?

— Exactement.

— Maintenant, avez-vous eu connaissance que cette chaîne avait fait des plaies à l'enfant ?

— Non, je n'ai pas eu connaissance de ça.

— Reconnaissez-vous cette *strap* Monsieur Rouleau ?

— Comment que je la reconnais ! Elle m'a assez donné de battements de cœur que je ne peux pas faire autrement que de la reconnaître !

— Savez-vous qui a confectionné cette *strap* ?

— C'est mon frère, le père de l'enfant qui l'a faite à la demande de sa femme.

— Est-ce qu'il s'est objecté à la faire ?

— C'était très malaisé de s'objecter aux demandes de Pauline. Il n'a rien dit et est aussitôt allé la faire.

— À quoi servait la *strap* ?

— À battre Laura.

— Qui s'en servait pour battre Laura ?

— La mère et le père.

— Monsieur Rouleau, avez-vous déjà vu des parents corriger des enfants avec une *strap* ?

— Oui très souvent.

— Vous connaissez donc la façon habituelle de corriger un enfant avec une *strap* ?

— Oui monsieur.

— Pourriez-vous nous dire si, selon vous, Laura était corrigée de façon habituelle, soit comme tous les autres enfants qui se font corriger avec une *strap* ?

— Oh que non monsieur.

— Pouvez-vous expliquer aux jurés de quelle façon inhabituelle elle était corrigée ?

— Je vais vous dire justement de quelle façon était corrigée la petite. Il n'y a pas un cheval ni aucun autre animal sur la terre qui aurait été capable d'endurer les coups qu'a mangés cet enfant-là. La mère avait une grosse chaise Canadienne, une chaise ronde avec de gros barreaux ronds. Elle la virait à l'envers et installait Laura dessus en lui remontant la robe jusque par-dessus la tête. Elle la battait sans arrêt avec la *strap* en lui donnant des centaines de coups. Je vous le dis, personne icitte ne pourrait endurer tous les coups qu'elle endurait.

— Est-ce que l'enfant criait ?

— Oui, elle criait.

— Est-ce qu'elle perdait connaissance ?

— Pas à ma connaissance.

— Est-ce que les coups laissaient des marques à l'enfant ?

— Oui.

— Est-ce qu'elle saignait ?

— Je n'ai pas vu de sang, juste les plaies. Mais je vais vous dire que j'essayais de regarder l'enfant le moins possible, ça me faisait trop mal au cœur.

— À votre connaissance, est-ce que le père était plus tendre envers l'enfant que pouvait l'être la mère ?

— Oui, il était plus tendre que sa femme. Je suis ben certain que s'il n'avait pas été poussé par Pauline, il n'aurait jamais magané l'enfant par lui-même.

— Avez-vous vu Pierre Rouleau battre l'enfant ?

— Oui monsieur.

— Avec la *strap* ?

— Oui.

— L'avez-vous vu battre l'enfant tandis qu'elle était enchaînée ?

— Oui.

— Vous jurez l'avoir vu ?

— Oui monsieur, je le jure.

— Vous l'avez vu battre Laura avec la *strap* pendant qu'elle était enchaînée ?

— Oui, souvent.

— Il lui donnait plusieurs coups ?

— Oui plusieurs.

— L'avez-vous vu utiliser autre chose que la *strap* pour battre l'enfant ?

— Je l'ai vu prendre une broche pour battre l'enfant avec.

— Maintenant, est-ce que vous avez souvenir d'un incident avec de l'huile à lampe ?

— Oui, je m'en souviens très bien.

— Pouvez-vous nous raconter ça ?

— Un soir, il y a eu une discussion entre les deux parents. Pauline a dit à mon frère qu'ils devraient ne pas attacher Laura pour la nuit juste pour voir ce qu'elle ferait de sa liberté. Pendant la nuit, la petite s'est mise à chercher de l'eau, mais elle en a pas trouvé parce que le seau pour l'eau à boire était caché sous le lit de mon frère et sa femme avec le manger.

— Qu'est-ce que la petite a alors fait ?

— Elle a trouvé la canisse d'huile à lampe qui était dans un coin près de la porte et a bu environ un demi-gallon d'une seule traite. Le lendemain à notre réveil, l'enfant était sanglante d'huile à lampe d'un bout à l'autre, du cou jusqu'au pied. Il y avait du vomi partout sur le plancher, c'était pas beau à voir.

— Qu'ont fait les accusés?

— Mon frère a couru chez le docteur de Rockbrun qui aurait fait comme réponse qu'il n'y avait rien à faire pour ça à part faire boire du lait à la petite.

— Le docteur ne s'est pas déplacé?

— Non.

— Est-ce que les accusés ont tenté de soigner la petite avec du lait?

— Non pas à ma connaissance.

— Est-ce qu'ils l'ont punie pour avoir bu l'huile à lampe?

— Non, aucune punition ce jour-là.

— Je n'ai plus d'autre question pour le témoin.

— Monsieur Rouleau, enchaîna l'avocat de la défense. Vous avez dit précédemment avoir quitté le domicile de votre frère en janvier, est-ce bien cela?

— Oui monsieur.

— Vous êtes bien certain que c'était en janvier?

— Grouillez pas que j'y pense comme faut. Attendez, vous avez ben raison, c'était en février, fin février.

— Vous vous êtes donc trompé?

— Oui monsieur.

— Diriez-vous que vous dites toujours la vérité?

— Non monsieur, pas toujours.

— Est-ce vrai que certains vous surnomment Jo-menterie?

— Certaines personnes me surnomment comme cela, c'est bien vrai.

— Donc, ce serait exact de dire que vous avez tendance à mentir ?

— Des fois oui, mais pas aujourd'hui !

— Avez-vous déjà été témoin de discussions entre les accusés au sujet de la façon de corriger l'enfant Laura Rouleau ?

— Jamais entendu parler.

— Vous n'avez jamais entendu votre frère dire par exemple « les traitements qu'on fait là, y faut faire attention » ?

— Non.

— Mais c'est pourtant ce que vous avez dit au coroner Savage lors de votre premier témoignage.

— Ah, ça me revient là, désolé, je commence à être un peu épuisé par toutes ces questions. Mon frère a dit à sa femme qu'elle serait dans une mauvaise position si elle se faisait prendre pour ce qu'elle faisait subir à la petite et qu'elle pourrait être punie.

— Et que répondait madame Rouleau aux remarques de son mari ?

— Qu'il fallait bien l'élever !

— Monsieur Rouleau, avez-vous déjà fait des remontrances à votre frère concernant les sévices dont vous déclarez avoir été témoin ?

— Une fois, je lui ai dit qu'il ne devrait pas abaisser l'enfant à de telles tortures, mais il m'a répondu de me mêler de mes affaires.

— Si ce que vous avez dit dans votre témoignage est véridique, pourquoi ne jamais avoir déclaré votre frère et son épouse aux autorités ?

— Il y a ben des raisons à ça, vous savez.

— Je veux bien vous croire, mais il faudrait nous faire part de vos raisons, Monsieur Rouleau, parce que voir un enfant se faire maltraiter de toutes ces manières sans jamais intervenir pour la défendre et sans dire le moindre mot…

— Si j'avais dit quelque chose, ma vie aurait été en danger.

— Votre vie aurait été en danger ?

— Oui monsieur, si j'avais rapporté mon frère aux autorités, il m'aurait tué, c'est ben certain.

— Mais vous n'avez pas hésité à parler une fois qu'il fut arrêté ?

— Oui, mais il ne pouvait plus me faire de mal, il était arrêté.

— Mais si vous l'aviez dénoncé, les accusés se seraient fait arrêter ?

— Possiblement.

— Merci, je n'ai plus d'autre question pour le témoin.

Puisque le témoignage de Joseph Rouleau avait duré de longues heures, le juge décréta que le prochain témoin serait entendu le lendemain matin. Une foule plus importante que celle de la veille attendait à l'extérieur. William ne s'attarda pas. Il n'avait qu'une envie, prendre sa femme dans ses bras. Les horreurs qu'il avait entendues l'avaient bouleversé. Il lui était inconcevable de s'imaginer être témoin de pareils sévices envers un enfant et de rester sans rien faire. Selon lui, Joseph Rouleau n'était pas mieux que les parents de Laura. Il avait sa part de responsabilité dans la mort de la petite. S'il était intervenu, ne serait-ce qu'en dénonçant les accusés, la petite serait probablement encore en vie. William réalisa que ce procès lui permettait de réaliser à quel point il aimait sa femme. Elle s'était offusquée de voir la petite dans un si piteux état, elle avait tenté de l'aider, de la sauver. Ses moyens avaient été limités par son âge, mais surtout du fait que son père l'avait conduite à Valleyfield dès le lendemain matin. Il savait qu'elle portait encore le fardeau d'une certaine culpabilité face au déroulement fatal des événements. Il comprenait mieux maintenant cet amalgame de force et de fragilité qui caractérisait celle qu'il aimait tant.

En passant devant chez lui pour se rendre au magasin, il aperçut Eva par la fenêtre de la cuisine qui lui faisait signe de la rejoindre. Il lui avait dit de fermer le magasin plus tôt s'il n'y avait pas de client, c'est ce qu'elle avait dû faire, se dit-il.

— Comment ça s'est passé ? demanda Blanche qui était venue visiter sa fille.

— Je sais pas trop quoi vous répondre la belle-mère. Je sais pas trop ce que j'ai le droit de dire. Où sont les enfants ?

— Sont partis se promener avec les filles mais t'en fais pas, sont pas partis loin. Elles ont ben été averties de pas dépasser le séminaire.

— C'est ben correct, j'ai confiance. Les filles sont rendues ben assez grandes pour pouvoir surveiller les petits.

— Pour en revenir à l'affaire de la p'tite Laura, est-ce qu'il y avait ben du monde dans place ? demanda Blanche. Est-ce que c'est ben grand ? Ça me rend nerveuse sans bon sens cette affaire-là. J'ai pas ben envie d'aller me donner en spectacle devant tout le monde.

— Ben voyons maman, vous allez pas vous donner en spectacle certain ! Vous allez témoigner comme tous les autres témoins. C'est ben la moindre des choses que l'on puisse faire pour la petite. Déjà que si vous pis papa aviez agi ce jour-là, peut-être qu'on en serait pas là.

— C'est pas correct de ta part de me dire ça ma fille. Penses-tu qu'on se morfondait pas ton père pis moi pour cette petite-là ? Penses-tu qu'on y a pas pensé traverser l'autre bord sur-le-champ ?

— Pourquoi vous l'avez pas fait d'abord ?

— Mesdames, je veux pas me mêler de ce qui me regarde pas, mais je suis pas certain que ce soit une bonne affaire que vous parliez de ça. Vous n'êtes pas supposées de parler de ça avant de témoigner. Pis, le mal est déjà fait vous pensez pas ? Ça donne rien de se reprocher des affaires.

— Excusez-moi maman, je voulais pas vous faire de la peine. Je vais vous dire que ça me rend ben nerveuse moi aussi. J'ai pas envie de repenser à ça, si vous saviez à quel point ça me met toute à l'envers pis que ça me chavire le cœur. J'y pense à tous les jours depuis, je suis pas capable de m'enlever ça de la tête. Je sais que ça sera pas facile d'aller raconter tout ça devant des étrangers, mais je vais le faire, pis la tête haute à part ça, en regardant les Rouleau droit dans les yeux.

— C'est ce qu'il faut faire, faut y aller la tête haute. Moi, c'est dans trois jours qu'ils veulent que je me présente là avec Émilienne le même jour.

— Qui va surveiller les petits ?

— Marcel, on a pas ben ben le choix. Victor et Louisa seront à la manufacture. Carmen et Marceline vont donner un coup de main pour les p'tits à Émilienne. Les jumelles et Marie-Anne sont aussi capables d'aider.

— Je peux aller vous chercher le matin si vous voulez. C'est quand même un bout à pied de chez Émilienne.

— Ben je te dis pas non, je te remercie ben.

— Est-ce que Louisa dort ici ce soir où elle reste encore avec vous autres ? Elle témoigne après-demain si je me trompe pas ?

— Elle m'a dit qu'elle resterait encore quelques jours chez Émilienne, elle en a moins long à marcher pour se rendre à la *factory*. T'en fais pas pour elle, elle se présentera au palais de justice sans faute après-demain. Y a Alexis Dumoulin qui la courtise un brin, il vient veiller le soir au logement, je pense qu'elle ne le déteste pas, si tu vois ce que je veux dire…

— Est-ce qu'il y aurait des fiançailles dans l'air ? demanda Eva en souriant.

— C'est un peu tôt pour le dire, mais ça s'annonce bien si vous voulez mon avis. Il me semble être un bon parti pour elle.

Ce soir-là, William et Eva se couchèrent sans dire un mot. Ils se blottirent dans les bras l'un de l'autre, cherchant le réconfort dont ils avaient mutuellement besoin. Eva versa quelques larmes à l'abri du regard de William qui lui caressait tendrement les cheveux dans la pénombre de leur chambre. Eva ne sentit pas que les mains de William tremblaient légèrement, qu'il se faisait violence pour ne pas pleurer. Cette histoire les bouleversait tous les deux. Ils n'avaient pas besoin de parler, seulement de cette intimité propre au silence.

Le lendemain, William se leva péniblement. Il était partagé entre son besoin de tout savoir sur cette morbide histoire et son désir de ne plus rien entendre. Il marcha jusqu'au palais de justice en regrettant que sa femme ne soit pas à ses côtés pour lui tenir la main. Il aimait tant lorsque leurs mains s'unissaient tendrement. C'était mieux qu'elle n'y soit pas finalement. Il lui était inutile de connaître tous les détails, cela la ferait souffrir inutilement. Des gens attendaient déjà lorsqu'il arriva. Il se mit en file.

Les portes s'ouvrirent rapidement, le procès débuta sans perdre de temps. Le procureur appela à la barre une jeune fille blonde qui s'identifia comme étant Cécilia Émard.

— Vous avez quatorze ans mademoiselle ?

— Oui monsieur.

— Vous habitez à quel endroit ?

— À Rockbrun.

— Vous connaissez la famille de monsieur Pierre Rouleau ?

— Oui monsieur, ils habitaient près de chez moi, je suis allée chez eux quelques fois.

— Est-ce que vous vous souvenez des dates auxquelles vous êtes allée chez eux ?

— Je suis allée chez eux quelques fois, je sais qu'ils l'ont battue devant moi.

— Non, attendez mademoiselle, ce n'est pas ce que je vous ai demandé. Est-ce que vous comprenez mieux l'anglais que le français ?

— Non.

— Très bien, alors je vous demanderais de bien porter attention à mes questions avant de répondre. Il est possible que vous soyez nerveuse et je comprends cela, mais prenez votre temps pour bien répondre. Répondez simplement aux questions en disant toute la vérité et tout ira bien mademoiselle.

— Je suis désolée monsieur, ça m'énerve pas mal tout ça.

— On va y aller tranquillement. Est-ce que vous avez souvenir des dates auxquelles vous avez rendu visite à la famille Rouleau ?

— Non monsieur, je n'ai pas fait attention aux dates.

— Est-ce que c'était l'hiver ?

— Oui.

— Est-ce que vous avez vu Laura ?

— Oui je l'ai vue.

— Que faisait-elle ?

— Elle était en arrière du poêle.

— Était-elle couchée, assise, debout ?

— Debout, je crois.

— Comment était-elle habillée ?

— Elle avait une robe sur elle.

— Est-ce qu'elle avait des bas ?

— Non.

— Des chaussures ?

— Non plus.

— Avez-vous remarqué si elle avait des plaies sur les jambes ?

— Non, je n'ai rien remarqué.

— Qu'étiez-vous allée faire chez les Rouleau ?

— C'est madame Rouleau qui m'a envoyée chercher.

— Était-ce le matin ?

— Oui.

— Pourquoi a-t-elle demandé à aller vous chercher ?

— Un de ses petits gars était malade.

— Parlez plus fort mademoiselle, je ne suis pas certain que les jurés vous entendent comme il faut. Et pourquoi avait-elle besoin de votre aide ?

— Pour que je m'occupe de ses autres enfants pendant qu'elle prenait soin de son p'tit malade, je suis allée voir le docteur pour elle et j'ai nettoyé un peu.

— Êtes-vous restée longtemps ?

— Non, je suis partie après le dîner.

— Est-ce que la petite Laura a demandé quelque chose pendant que vous étiez là ?

— Elle a demandé pour de l'eau.

— Est-ce qu'elle en a eu ?

— Non, sa mère a répondu qu'elle en avait pas de besoin.

— Qu'est-ce qu'elle a fait par la suite ?

— Elle a rien fait.

— Est-ce que la mère a battu son enfant devant vous ?

— Oui.

— Comment s'y est-elle prise pour la battre ?

— Sur le bout des doigts.

— Veuillez le montrer aux jurés, je vous prie. Levez-vous et montrez-leur comment elle s'y prenait.

— Madame Rouleau frappait sa petite juste ici, dit-elle en désignant ses phalanges.

— Elle la frappait avec quoi ?

— Avec un rondin de bois.

— Est-ce qu'elle lui a donné plusieurs coups ?

— Oui plusieurs coups.

— Est-ce que la petite pleurait ?

— Pour pleurer, elle pleurait. Elle criait et elle sautillait aussi.

— Qu'est-ce qu'il s'est passé après qu'elle eut fini de la battre ?

— Elle l'a envoyée derrière le poêle.

— Est-ce qu'elle l'a attachée ?

— Non.

— Avez-vous déjà vu Laura attachée ?

— Non.

— Est-ce que vous y êtes retournée après cette fois-là ?

— Oui.

— Que faisait Laura cette autre fois ?

— Elle était couchée.

— Est-ce qu'elle était abritée ? Avait-elle une couverture sur elle ?

— Oui, elle avait une couverture jusque sur sa tête.

— Vous avez donc pas pu la voir ?

— J'ai vu sa tête.

— Avez-vous remarqué quelque chose de particulier ?

— Laura n'avait plus de cheveux sur la tête.

— Elle n'avait plus du tout de cheveux ou elle n'en avait plus par place ?

— Il ne lui en restait pas beaucoup. Il lui en manquait à ben des places.

— Pouvez-vous nous montrer sur votre propre tête les endroits où il lui en manquait ?

— Il lui en manquait ici et ici, répondit l'adolescente en désignant les côtés de sa tête.

— Est-ce que la mère a dit quelque chose par rapport au fait que l'enfant était couchée ?

— Elle a dit qu'elle dormait toujours comme ça.

— Est-ce que la mère a battu l'enfant ce jour-là ?

— Non monsieur.

— Est-ce que Laura a demandé à boire ou à manger ?

— Elle a demandé à boire, mais la mère a encore répondu qu'elle en avait pas de besoin.

— Ce sera tout pour moi Votre Honneur, j'en ai terminé avec le témoin.

— Mademoiselle Émard, vous dites n'avoir jamais vu l'enfant attachée, est-ce bien ça ? demanda l'avocat de la défense.

— C'est ben ça monsieur, je ne l'ai jamais vue attachée.

— Avez-vous déjà vue cette chaîne ?

— Non monsieur, je n'ai jamais vu cette chaîne-là non plus.

— Est-ce que vous avez parlé à vos parents de ce que vous aviez vu ?

— Oui, mais ils m'ont répondu que ce n'était pas de mes affaires et que ce qui se passait chez nos voisins devait rester chez nos voisins.

— Ils n'ont pas craint pour votre sécurité ? Ils vous ont laissée y retourner sans rien dire ?

— Ils m'ont laissée y retourner.

— Merci, je n'ai plus d'autre question.

L'adolescente se leva et alla rejoindre ses parents dans la salle. La mère lui prit la main en lui chuchotant qu'elle avait bien fait cela. L'adolescente sanglota. Une dame assise non loin lui offrit son mouchoir de coton. Le procureur jeta un coup d'œil rapide à sa montre de poche, puis suggéra de faire entrer le prochain témoin. Un jeune homme fin vingtaine se présenta à la barre. Il s'identifia comme étant Émile Tétreault, barbier de profession habitant à Saint-Antoine-Abbé.

— Connaissez-vous la famille Rouleau ?

— Non monsieur.

— Êtes-vous allé dans la maison qu'ils habitaient à Saint-Antoine-Abbé ?

— Oui monsieur, j'y ai été avec mon beau-frère feu Honoré Benoit.

— Avez-vous déjà vu ces deux bouts de chaîne-là ?

— Oui monsieur, je les ai trouvés dans le poêle à bois et je les ai remis à mon défunt beau-frère.

— Avez-vous vu un bout de corde tandis que vous étiez sur les lieux ?

— Pas à mon souvenir.

— Je n'ai plus d'autre question.

— Je n'ai pas de question pour le témoin, ajouta l'avocat de la défense.

— Votre Honneur, si la Cour le permet, je proposerais d'entendre Anatole Tétreault. Puisque les deux précédents témoignages ont pris moins de temps que prévu et que le témoin est paré, je crois que nous pourrions clore la journée avec un dernier témoignage.

— Je n'ai pas d'objection, répondit le juge.

— Moi non plus Votre Honneur, dit l'avocat de la défense.

— La Cour appelle donc à la barre monsieur Anatole Tétreault.

Le témoin s'approcha d'un pas incertain. Il s'assit avant d'être invité à le faire. Réalisant son erreur, il se releva aussitôt, visiblement mal à l'aise. Il prêta serment de dire toute la vérité, puis s'identifia en précisant qu'il était un menuisier de trente-neuf ans, habitant la paroisse de Saint-Antoine-Abbé.

— Monsieur Tétreault, connaissez-vous la famille Rouleau ?

— Plus ou moins, je les ai vus une fois.

— Dans quelles circonstances les avez-vous vus ?

— Le jour de la mort de leur fille.

— Pouvez-vous nous donner plus de détails ?

— Mon beau-frère, feu Honoré Benoit, avait envoyé chercher son voisin Cassidy en disant qu'il était arrivé malheur à la petite fille qui demeurait sur sa terre. Ça adonne que j'avais affaire chez Cassidy ce jour-là, j'avais affaire à lui jaser de quelque chose. Quand je me suis pointé chez eux, sa femme m'a fait comme réponse qu'il était parti chez la famille qui restait sur la terre de mon beau-frère. C'est pas ben ben loin de là, je m'y suis rendu avant de rentrer chez nous.

— Une fois là-bas, qu'avez-vous vu ?

— Ben j'ai vu la petite défunte. Mon beau-frère semblait pas de bonne humeur, y a dit aux parents de rester là, qu'il apportait le corps de la petite chez eux, l'autre bord, et qu'il ne voulait pas les voir là. Je l'ai aidé à transporter la petite chez eux. Y aurait été capable de l'apporter à lui tout seul, la petite était tellement maigre, mais je pense ben qu'il avait pas envie de prendre la chance que le cadavre se crispe pis ne se décrispe plus.

— Vous teniez quelle partie de la petite ?

— Les jambes.

— Avez-vous remarqué quelque chose de particulier ?

— Ses jambes étaient remplies de plaies. C'était pas beau à voir. Ses jambes étaient maigres pis mauves.

— Qu'avez-vous fait ensuite ?

— Mon beau-frère pis moi avons installé la petite sur des planches de bois tenues par deux chaises dans maison d'Honoré. Ma sœur qui était dans tous ses états a envoyé ses enfants jouer dehors.

— Avez-vous examiné l'enfant ?

— Un peu. C'était quelque chose à voir. Pauvre enfant. Elle était maigre sans bon sens. Elle avait les jambes toutes maganées, le bout des doigts aussi. Il lui manquait des cheveux sur les côtés de la tête, des gros bouts là. J'ai aussi vu qu'il y avait du sang séché près de son nez.

— Savez-vous ce que les accusés faisaient pendant ce temps-là ?

— Non, c'est Cassidy qui est resté avec eux autres.

— Je n'ai pas d'autre question Votre honneur.

— Monsieur Tétreault, demanda l'avocat de la défense, comment décririez-vous le comportement de monsieur et madame Rouleau lors de votre arrivée sur les lieux ?

— Je saurais pas dire. La bonne femme Rouleau parlait pas, elle était assise à la table de la cuisine avec ses autres petits. Le bonhomme, lui, était dehors, je sais pas trop qu'est-ce qu'il faisait dehors, mais y était dehors.

— Merci, je n'ai plus d'autre question.

— Est-ce tout pour aujourd'hui ? demanda le magistrat.

— Oui Votre Honneur. J'aimerais porter à l'attention de la Cour que monsieur Ernest Cassidy devait être entendu après ce dernier témoin, mais nous avons été informés ce matin qu'il était alité, possiblement mourant. Nous renonçons donc à le présenter comme témoin.

— Dans ce cas, la cause est suspendue.

William quitta les lieux rapidement sans s'attarder. Depuis le début du procès, les gens ressentaient le besoin de se rassembler pour discuter de la cause. Nul ne souhaitait se retrouver seul pour jongler à tout ce qui avait été entendu. On ne parlait que de la petite martyre de Saint-Antoine-Abbé à des milles à la ronde.

En arrivant au magasin, William remarqua qu'Eva n'était pas d'humeur habituelle. Elle disputait Édouard sur un ton impatient et sommait Vivian de rester tranquille afin de ne pas accrocher la marchandise.

— Ça va pas ma belle? demanda William en s'approchant d'elle.

— William! Je ne t'ai pas entendu arriver, répondit-elle en sursautant. Ça va, c'est juste que c'est pas évident cette semaine de m'occuper toute seule des enfants en plus du magasin.

— Ma mère n'est pas venue te donner un coup de main aujourd'hui?

— Oui, elle est partie après le dîner, elle se sentait fatiguée. T'en fais pas avec moi, je suis fatiguée moi aussi.

— Va te reposer un peu, je vais m'occuper des enfants.

— Ben voyons William, tu n'y penses pas? Aller me coucher comme ça en plein cœur du jour? En laissant les enfants sur les bras de mon mari en plus!

— Qu'est-ce que ça peut ben faire?

— C'est inconvenant quelque chose de rare! Je suis toujours ben pas mourante.

— Pourquoi? Vas-y donc, ça va te faire du bien. Tu as une grosse journée demain, tu auras besoin d'être en grande forme. Pis si tu t'endors pas, ben ça va au moins te permettre d'être un peu seule pour jongler à tout ça.

— Tu es ben gentil William, mais je peux pas, ça se fait juste pas des affaires de même.

— Eva, fais-moi plaisir et va t'étendre un peu. Je suis capable de m'occuper des petits tout seul. Vas-y, force-moi pas à aller te porter dans le lit.

— Je t'aime donc William Leduc. Tu n'es pas comme les autres, tu fais des choses que personne d'autre ne penserait à faire.

— C'est parce que je suis marié avec la plus extraordinaire des femmes et que je dois en prendre soin à sa juste valeur.

William laissa Eva dormir jusqu'à dix-huit heures. Il la réveilla doucement en lui caressant les cheveux. Les enfants ne tardèrent pas à les rejoindre en sautant sur la paillasse. Tandis qu'Eva se levait, William servit le repas qu'il avait préparé, une bouillie de légumes. Il réalisa dès la première bouchée qu'il avait omis de préparer un bouillon de viande, servant donc des légumes bouillis dans l'eau. Eva se mordit la lèvre pour ne pas rire en constatant l'erreur de son mari. Pour se racheter, William s'occupa de la routine du soir, parant les enfants à l'heure du coucher. Plus tard, ils s'installèrent sur le perron, puis se bercèrent en se tenant la main. En caressant la paume de la main de sa femme, William pouvait sentir toute sa fragilité. Sa main était froide, tremblante. Il la regarda à la lueur du clair de lune, admirant la finesse de son nez, la forme parfaite de sa bouche, la lueur de ses yeux d'où s'étaient visiblement échappées quelques larmes.

— Je pense que j'ai peur.

— Tu as peur de quoi ?

— De pleurer.

— Demain, tu parles ?

— Oui, j'ai peur de pleurer demain. De pleurer devant tout le monde. De ne pas être assez forte pour ne pas le faire.

— Ne doute jamais de ta force Eva. Tu es la femme la plus forte que je connaisse. Tu es courageuse, tellement courageuse. Tu ne te lamentes jamais sur ton sort et tu sais comme moi que tu aurais pu. Tu as de la force de caractère à revendre. C'est ce que je me suis dit à la seconde même où je t'ai vue chez ta sœur lui tenir tête. Il n'y a pas de honte à pleurer. C'est épouvantable, cette histoire-là, et j'ai vu ben du monde pleurer dans la salle. Tu seras pas la première à le faire, crois-moi. Je vais t'avouer que même moi j'ai eu le motton à une couple de reprises ces derniers jours. Faudrait être sans-cœur pour ne pas l'avoir, pis toi, ben tu es tout sauf sans-cœur.

— Tu es tellement fin mon William, qu'est-ce que je ferais sans toi pour toujours me remonter ?

— Je veux même pas imaginer ce que tu ferais sans moi parce que ça voudrait dire que je devrais m'imaginer ce que moi je ferais sans toi, pis ça, c'est pas une pensée que je veux avoir. Viens-tu ? On va aller se coucher, ma mère va être ici demain matin à six heures tapant. Faut être en forme, une grosse journée nous attend.

— Oui, j'avoue que je suis encore fatiguée, ça doit être la nervosité qui m'épuise.

Eva se réveilla en sursaut un peu après quatre heures. Elle tenta en vain de se rendormir. Elle enlaça William qui se réveilla à son tour. Ils restèrent enlacés sans rien dire une bonne heure avant de se lever. Eva prépara du café. Après en avoir bu une grande tasse, elle prépara des œufs brouillés accompagnés de lard salé. Tandis que Berthe terminait de ranger la cuisine, Eva alla dans sa chambre faire sa toilette. Elle enfila ensuite ses plus beaux habits, coiffant ses cheveux en un chignon soigné. Elle pinça ses joues pour leur donner un peu de couleur. Elle déposa délicatement son chapeau sur sa tête afin de ne pas défaire sa coiffure. Elle se regarda dans le petit miroir que lui avait offert sa mère. Satisfaite de son apparence, elle le déposa sur sa commode près de la brosse assortie. William, qui s'était rasé dans la cuisine, vint la rejoindre pour s'habiller à son tour. Il remarqua l'air soigné de sa femme et lui souligna qu'il la trouvait très belle. Elle lui sourit sans rien dire. Ils saluèrent Berthe, puis quittèrent la maison, Eva marchant au bras de William. Chemin faisant, il la rassura en lui répétant que tout irait bien, qu'elle n'avait qu'à laisser ses souvenirs se raconter d'eux-mêmes. Au palais de justice, ils se présentèrent devant les portes où le gardien les laissa entrer en leur indiquant d'aller attendre près des portes de la salle où un autre gardien les attendait. Eva regarda autour d'elle, impressionnée par l'aspect solennel des lieux. Elle donna son nom au deuxième gardien qui les invita à prendre place sur un des longs bancs qui se trouvaient le long des murs. Louisa les rejoignit peu après. Elle leur parut nerveuse. Eva lui prit la main en lui murmurant que tout irait bien. Les portes du palais de justice s'ouvrirent au public qui ne tarda pas à s'installer dans la salle d'audience. William embrassa Eva et alla s'asseoir dans la salle en prenant soin de lui garder une place afin qu'elle puisse le rejoindre après son témoignage. Quelques minutes plus tard, le gardien fit signe à Eva de le suivre. Elle entra nerveusement dans la salle, sentant son pouls accélérer. Elle prit place à la barre des témoins, retira son chapeau, le déposa sur le petit crochet posé à la hauteur de ses genoux. Elle déposa sa main gauche sur la Bible, leva la main droite, puis se fit assermenter. Elle s'identifia comme étant Eva Leduc, née Benoit.

— Madame Leduc, vous avez demeuré à Saint-Antoine- Abbé ?

— Oui monsieur, répondit-elle nerveusement.

— Connaissez-vous les accusés ?

— Oui, je les connais.

— Pouvez-vous nous dire dans quelles circonstances vous les avez connus ?

— Ils étaient nos voisins, ils louaient la maison sur la terre de mon défunt père.

— Vous êtes la fille d'Honoré Benoit, est-ce exact ?

— Oui.

— Êtes-vous allée dans la demeure des Rouleau ?

— Oui monsieur, j'y suis allée à quelques reprises. La première fois, c'était le dimanche de Pâques.

— Qu'êtes-vous allée faire là ?

— J'y suis allée avec ma petite sœur Louisa. Notre mère voulait qu'on leur apporte de l'eau de Pâques que nous avions recueillie le matin même.

— Racontez-nous votre visite en détail, je vous prie.

— Ben, nous sommes entrées, je me suis assise à la table de la cuisine. Les enfants m'ont entourée. J'ai sorti ma musique à bouche et j'ai commencé à jouer un peu. Je jouais un peu dans ce temps-là. J'ai demandé à madame Rouleau où était la petite Laura. Elle m'a répondu qu'elle était dans la chambre parce qu'elle était malade.

— Laura n'était pas avec ses frères et sœurs ?

— Non monsieur, elle n'y était pas.

— Il y avait combien de pièces dans la maison ?

— Quatre, monsieur. La pièce générale, deux chambres à l'étage et une petite annexe devant servir de rangement pour les aliments l'hiver.

— Laura était dans quelle pièce ce jour-là ?

— Je ne saurais pas vous dire monsieur, nous ne l'avons pas vue. Elle était malade selon sa mère.

— Vous ne l'avez donc pas vue ni entendue ce jour-là ?

— Non monsieur.

— Êtes-vous retournée chez les Rouleau ?

— Oui, à la fin du printemps, ma mère nous avait demandé d'aller leur porter du pain frais.

— Vous étiez seule ?

— Non, j'étais avec ma sœur Louisa.

— Êtes-vous restées un peu chez les Rouleau ou êtes-vous reparties aussitôt ?

— Nous sommes restées une heure environ.

— Est-ce que Laura était présente ?

— Non, elle était encore couchée, elle était encore malade.

— Savez-vous dans quelle pièce elle était ?

— Non, mais elle était en haut parce que sa mère est montée quelques fois lui parler.

— Avez-vous entendu ce qu'elle lui disait ?

— Oui, elle lui disait de rester tranquille. Laura disait qu'elle voulait sortir, qu'elle voulait voir son amie Louisa, mais la mère lui répétait que Louisa n'était pas son amie et qu'elle ne pouvait pas descendre puisqu'elle était contagieuse. J'ai entendu la petite dire qu'elle n'était même pas malade, mais la mère lui a ordonné de se taire. J'ai entendu Laura pleurer.

— Avez-vous entendu la mère battre l'enfant ?

— Non monsieur, je n'ai pas entendu ça, j'ai juste entendu la petite supplier sa mère de descendre en bas avec tout le monde.

— Que s'est-il passé par la suite ?

— La mère est redescendue en bas et ma sœur Louisa lui a donné comme réponse que Laura ne mentait pas, qu'elles étaient bien amies. La mère a soupiré en répondant qu'une fille de son âge ne devrait pas se lier d'amitié avec une petite fille de six ans, que ce n'était pas décent. Elle semblait contrariée.

— A-t-elle dit autre chose ?

— Ben, elle a demandé dans quelle circonstance elles avaient pu se lier d'amitié puisque, selon elle, sa petite était toujours malade et n'avait pas de contact avec les autres. Son aînée lui a répondu que Louisa était venue jouer une partie de cache-cache dans l'herbe haute le jour où Laura était dehors avec eux autres et que c'est là qu'elles se seraient vues pour la première fois. Elle lui a demandé si elles s'étaient vues à d'autres reprises, ce à quoi ma sœur à répondu deux trois fois.

— Madame Rouleau a-t-elle dit autre chose ?

— Non monsieur, mais elle avait l'air fâchée. C'est là qu'il est revenu.

— Qui ça ?

— Le père.

— Que s'est-il passé ?

— La petite a encore dit qu'elle voulait sortir de la chambre, qu'elle voulait nous voir, mais son père lui a crié de fermer sa gueule.

— Il lui a dit ça ?

— Oui monsieur, mot pour mot.

— Que s'est-il passé ensuite ?

— Laura a répété encore plus fort « je veux sortir » ! Son père lui a crié une fois de plus de fermer sa gueule. La petite s'est mise à pleurer en répétant qu'elle voulait sortir. Son père est monté et s'est mis à la frapper, on l'entendait d'en bas.

— Vous êtes certaine qu'il l'a frappée ? Vous ne l'avez pas vu ?

— Non, mais on entendait le bruit d'une *strap* qui fouette, c'est un son qui se reconnaît ça ! Pis on entendait la petite hurler aussi et le père dire « t'en veux encore ? Non ben ferme ta gueule » !

— Est-ce que la mère a fait quelque chose ?

— Non.

— Est-ce qu'elle a dit quelque chose ?

— Que son mari n'avait pas le choix de la corriger parce qu'elle était aussi entêtée que le diable en personne.

— S'est-il passé autre chose ?

— Non.

— Avez-vous eu connaissance que l'enfant ait demandé à boire ou à manger ?

— Un peu avant qu'on parte, on a entendu l'enfant demander à boire, mais son père lui a crié qu'elle en avait eu à midi et que c'était ben en masse.

— Avez-vous déjà vu la petite Laura dehors, vous ?

— Oui, à deux reprises, j'accompagnais ma sœur. Les enfants aimaient bien que ce soit moi qui compte et qui les trouve. Ma sœur pis moi, on aimait bien ça prendre soin des plus jeunes et ça les occupait lorsqu'on traversait l'autre bord.

— Les plus jeunes, vous parlez ici de vos frères et sœurs ?

— Oui, mais eux autres ont pas vraiment vu Laura parce qu'elle se tenait pas mal collée sur leur maison, c'est Louisa qui l'approchait, pis qui l'invitait à se cacher avec elle. Les autres n'y portaient pas vraiment attention, elle leur faisait peur, je pense ben.

— Pourquoi leur faisait-elle peur ?

— Elle ne parlait pas, semblait ben craintive, un peu comme un animal sauvage je dirais. Il lui manquait des cheveux aussi, son allure faisait peur aux plus petits. Elle marchait pas comme les autres non plus, un peu comme une boiteuse.

— Avez-vous remarqué si elle avait des plaies sur les jambes ?

— Non pas vraiment, elle portait une robe beaucoup trop grande pour elle qui lui couvrait le corps à grandeur.

— Est-ce qu'elle vous a paru aussi intelligente que les autres enfants présents ?

— Non, pas vraiment, répondit-elle tristement. En fait, un des enfants, je ne me souviens plus lequel, m'a dit qu'elle était fragile de santé et d'esprit. Je pensais qu'elle était un peu comme Adrien Beaulieu.

— Adrien Beaulieu ?

— Oui, c'est le fils de monsieur Beaulieu. Il marche un peu comme Laura marchait, c'est le faible d'esprit du village. On comprend pas quand il parle, il est pas doté d'une grande intelligence comme on dit.

— Vous pensiez donc que Laura n'était pas intelligente ?

— À ce moment-là oui, mais plus maintenant.

— Pouvez-vous développer votre pensée je vous prie ?

— Ben, à ce moment-là, je croyais les dires de sa famille qui disait qu'elle était malade et sotte, mais maintenant, avec le recul, je pense qu'elle avait juste ben peur des autres. Faut dire que je n'ai pas eu beaucoup de rapports avec elle. Pis quand je l'ai vu boire de l'eau dans un trou rempli de bouette, je me suis dit que c'était sûrement vrai que quelque chose ne tournait pas rond dans sa tête.

— Avez-vous été choquée de voir qu'il lui manquait des cheveux ?

— Sur le coup, oui, c'est ben certain, mais un des enfants m'a dit que c'était sa maladie qui lui faisait perdre ses cheveux. En fait, il m'a dit qu'elle était malade parce qu'elle buvait toujours de l'huile à lampe, qu'elle s'en mettait dans les cheveux et que c'est ça qui la rendait malade.

— Un des enfants vous a dit qu'elle buvait de l'huile à lampe et que c'était ce qui l'avait rendu malade ?

— Oui monsieur.

— Vous avez pensé quoi de ça ?

— J'ai un peu honte de le dire maintenant, mais je me suis dit qu'il fallait être vraiment faible d'esprit pour boire ça.

— Combien de fois avez-vous vu Laura dehors avec les autres ?

— Pas souvent, peut-être deux fois.

— Combien de fois avez-vous vu les autres enfants dehors ?

— Très souvent.

— Les fois où Laura y était, combien de temps êtes-vous restée ?

— Pas longtemps, une trentaine de minutes.

— Avez-vous été témoin d'autre chose ?

— Oui.

— Pouvez-vous nous raconter ?

— Ma mère m'a demandé d'aller porter un panier rempli de victuailles chez les Rouleau.

— Vous y êtes allée seule ?

— Non, je voulais pas y aller seule.

— Pourquoi ?

— Parce que monsieur et madame Rouleau me faisaient un peu peur. Je ne les aimais pas beaucoup.

— Pour quelle raison ?

— Je les trouvais bêtes et sans façon et j'avais pas aimé entendre le père frapper la petite la dernière fois que j'y étais allée.

— Poursuivez.

— Ma sœur Louisa est venue avec moi. Quand nous sommes arrivées, les enfants jouaient dehors.

— Avez-vous vu Laura ?

— Pas à ce moment-là.

— Avez-vous demandé où elle était ?

— Je m'en allais leur demander mais madame Rouleau est sortie nous demander ce qu'on faisait là. Je lui ai remis le panier de provisions en lui disant que ma mère voulait qu'on le rapporte à la maison. Elle est rentrée le vider puis est sortie nous le redonner.

— Avez-vous demandé à voir Laura ?

— Oui, mais elle n'a pas voulu. Elle a dit que Laura était dans la maison parce qu'elle était malade.

— Ensuite ?

— Elle a dit à sa fille France qu'elle allait chez les Cassidy et qu'elle en avait pas pour longtemps. Nous sommes parties nous aussi. Ma sœur Louisa a insisté encore pour voir Laura. On est parties vers le bois et c'est là que j'ai eu l'idée d'aller jeter un coup d'œil par l'annexe.

— Qu'avez-vous vu à ce moment-là ?

Eva baissa la tête, ravala ses larmes, incapable de répondre.

— Madame Leduc, pouvez-vous dire aux jurés ce que vous avez vu ? insista le procureur Codebecq.

— J'ai vu Laura.

— Que faisait-elle ?

— Rien.

— Elle ne faisait rien ?

— Non.

— Racontez-nous ce que vous avez vu, Madame Leduc.

— Laura était attachée après un lit de métal.

— Elle était attachée comment ?

— Avec une grosse corde.

— Vous êtes certaine Madame Benoit d'avoir vu une corde ?

— Oui, j'en suis certaine.

— Avait-elle une paillasse ? Était-elle installée sur quelque chose ?

— Non monsieur, elle était directement assise sur le sol.

— Pouvez-vous nous décrire l'annexe en question ?

— C'est une petite pièce rattachée à la maison. Pas vraiment isolée, c'est fait pour conserver les aliments au frais. Beaucoup de carreaux étaient cassés, sur presque toutes les fenêtres. J'ai vu vite, mais j'ai remarqué qu'il y avait un vrai bordel là-dedans, y avait plein de journaux, pis plein de déchets sur le sol.

— Avez-vous parlé à Laura ?

— J'ai ben essayé, mais elle n'a pas voulu me répondre, elle avait l'air d'avoir peur.

— Qu'avez-vous fait ?

— J'ai pris ma sœur, pis je me suis partie à la course chez nous. J'ai raconté ce que je venais de voir à mes parents en suppliant mon père de se rendre sur-le-champ chez les Rouleau porter secours à la petite.

— Votre père y est allé ?

— Non, mais il a dit qu'il s'en occuperait dès le lendemain.

— Le lendemain, avez-vous eu connaissance qu'il ait fait quelque chose ?

— Non, parce que le lendemain matin, il est venu me reconduire chez ma sœur Émilienne ici à Valleyfield pour que je l'aide dans ses relevailles.

— Avez-vous déjà vu ces bouts de chaîne Madame Benoit ?

— Je ne suis pas certaine.

— Vous n'en êtes pas certaine ?

— En fait, je pense les avoir vus pas loin du poêle à bois, mais je ne pourrais pas dire si c'était les mêmes.

— Mais, vous êtes bien certaine d'avoir vu des bouts de chaîne ?

— Je me souviens d'avoir vu un bout de chaîne parce que je me suis demandé à quoi elle pouvait bien servir. J'avais jamais vu personne mettre une chaîne après un poêle, j'avais trouvé ça un peu étrange.

— Avez-vous vu ces cadenas ?

— Je pense avoir remarqué un cadenas mais je ne pourrais pas dire s'il s'agit d'un de ces cadenas.

— Vous en êtes bien certaine ?

— Oui Monsieur. Mais, j'ai regardé rapidement.

— Je n'ai plus de question pour le témoin, conclut le procureur.

— Madame Benoit, débuta l'avocat de la défense, est-ce exact de dire que vous n'avez pas vu la mère frapper l'enfant ?

— Elle, non, mais le père, oui.

— Ce n'est pas ce que je vous ai demandé Madame ! Avez-vous vu la mère frapper l'enfant ?

— Non.

— Avez-vous vu le père frapper l'enfant ?

— Non.

— Vous dites l'avoir entendu, mais vous ne l'avez pas vu de vos propres yeux, si j'ai bien compris ?

— Oui.

— Laura n'était pas dans la même pièce que vous ni sur le même étage, c'est bien ça ?

— Oui.

— Vous étiez au premier étage ?

— Oui.

— Diriez-vous qu'il y avait ben du monde avec vous ?

— Avec ma sœur, moi pis le restant de la famille Rouleau, je dirais presque une dizaine de personnes.

— Il y avait donc de l'agitation, du bruit ?

— Oui.

— Comment pouvez-vous être certaine du fait que ce que vous avez entendu était le bruit d'un père battant son enfant ?

— Je ne peux pas en être certaine.

— Il est possible qu'il ait frappé sur la paillasse pour faire peur à l'enfant ?

— Mais elle hurlait de douleur.

— Vous n'étiez pas dans la pièce, Madame Benoit, vous n'êtes pas une experte en hurlement, l'enfant aurait très bien pu hurler de peur aussi ou hurler pour hurler. Vous n'étiez pas dans la pièce, n'est-ce pas ?

— Non, je n'étais pas dans la pièce !

— Selon vous, lorsque vous avez vu Laura dans l'annexe, paraissait-elle malade ?

— Oui monsieur.

— Vous paraissait-elle mourante ?

— Je ne dirais pas mourante non.

— Merci, je n'ai plus de question.

Eva regarda le procureur, ne sachant trop ce qu'elle devait faire. Il lui fit signe que c'était terminé, qu'elle pouvait disposer. Elle se leva, déposa son chapeau sur sa tête, se tourna vers les accusés et les fusilla du regard. Elle libéra le banc des témoins et alla rejoindre William dans la salle. Les battements de son cœur n'avaient jamais été aussi rapides. Ses jambes la supportaient à peine. William lui prit la main, se pencha vers elle et lui murmura : « Tu as été exceptionnelle, je suis fière de toi. »

Louisa entra dans la salle, s'installa sur le banc des témoins et se fit assermenter. Elle jeta un rapide coup d'œil à Eva qui lui fit signe que tout irait bien.

— Mademoiselle Benoit, connaissez-vous les accusés ?

— Oui.

— Vous êtes la sœur du précédent témoin ?

— Oui.

— Vous semblez vous être liée d'amitié avec Laura Rouleau ?

— Oui, mais je ne l'ai pas vue souvent.

— Mais vous l'appréciiez ?

— Oui, je trouvais qu'elle faisait pitié, alors j'ai eu envie d'être son amie pour en prendre soin.

— Pourquoi vous inspirait-elle de la pitié ?

— Parce que ses frères et sœurs semblaient l'ignorer les fois où je l'ai vue dehors avec eux autres. Elle me semblait pas mal fragile aussi.

— Que voulez-vous dire ?

— Ben, elle avait de la misère à avancer, elle marchait en boitant pas mal. Elle parlait pas non plus, ben elle parlait mal, pis pas fort, je comprenais pas ce qu'elle disait. Je m'inquiétais pour elle.

— Avez-vous vu les accusés battre l'enfant ?

— Non.

— Avez-vous entendu Laura crier ?

— Je l'ai entendue une fois quand j'étais en visite chez eux quand son père est monté en haut la corriger. Je pense que je l'ai aussi entendue une couple de fois l'hiver tandis que je me rendais au puits chercher de l'eau.

— Vous l'avez entendue crier en hiver ?

— Je ne suis pas certaine que c'était elle, mais en allant chercher de l'eau le matin, il m'arrivait d'entendre quelqu'un crier, on aurait dit que c'était elle.

— En avez-vous parlé à vos parents ?

— Parler de quoi ?

— Que vous entendiez quelqu'un crier ?

— Non, monsieur.

— Pourquoi ?

— Parce que je n'étais pas certaine de ce que j'entendais.

— Aviez-vous remarqué que Laura avait perdu des cheveux ?

— Oui, sur les côtés de sa tête.

— Est-ce que vous lui avez demandé pourquoi elle perdait ses cheveux ?

— Non, mais sa sœur m'avait dit que c'était parce qu'elle aimait boire de l'huile à lampe et que cela faisait perdre les cheveux.

— Qu'avez-vous pensé du fait qu'elle buvait de l'huile à lampe ?

— Que c'était particulier et que ça devait pas goûter bon. J'étais un peu naïve, je ne me suis pas posé beaucoup de questions. Je me suis dit que Laura avait des habitudes étranges.

— Je n'ai pas d'autre question pour le témoin Votre Honneur.

— Je n'ai pas de question pour ma part, ajouta l'avocat de la défense.

— Qu'on fasse entrer le prochain témoin, ordonna le juge.

— Votre Honneur, les prochains témoins sont attendus pour demain.

— Dans ce cas, la séance est levée.

Tandis que la salle se vidait, Louisa, Eva et William restèrent assis quelques instants, laissant les gens se bousculer vers la sortie en parlant plus fort les uns que les autres. Une fois la voie libre, ils se levèrent et sortirent tranquillement.

— C'était énervant sans bon sens, déclara Louisa. J'avais de la misère à enligner mes mots.

— Je t'ai pourtant trouvée ben bonne, rétorqua Eva.

— Tu trouves ?

— Ben certain que je trouve ! Tu avais pas l'air plus nerveuse qu'à l'accoutumée.

— Fie-toi sur moi que j'étais nerveuse, pis pas juste un peu à part ça. Est-ce que c'est moi où le bonhomme pis la bonne femme Rouleau avaient pas l'air à se sentir coupables pour deux cennes ? On aurait dit qu'ils se sentaient pas ben ben concernés par ce qui se disait.

— Ils sont comme ça depuis le début, fit remarquer William.

— Deux maudits malades, si vous voulez mon avis, ajouta Eva. Je ne me suis pas gênée pour les regarder droit dans les yeux, pour leur montrer tout le mépris que j'ai pour eux autres.

— J'ai vu ça, pis j'étais ben fier de toi ma femme.

— Louisa, est-ce que tu rentres avec nous autres?

— Non, pas ce soir, je vais aller chez Émilienne.

— Dis-nous donc ce qui se passe avec toi, on te voit plus à maison? Tu n'es pas ben avec nous autres?

— C'est pas ça ma sœur, c'est vraiment pas ça. Si tu veux tout savoir, je suis ben mieux chez vous que chez Émilienne, mais on dirait que maman a besoin de moi, ç'a l'air de lui faire du bien quand je suis là, ça lui donne un coup de main. C'est pas Émilienne qui l'aide avec les besognes, elle est pas mal paresseuse celle-là, pis elle s'occupe pas tant que ça de ses p'tits, c'est pas mal maman qui a tout sur les bras.

— J'ai entendu dire qu'il y aurait un certain Alexis derrière ça?

— C'est vrai qu'Alexis vient veiller au logement, mais c'est vraiment pour aider maman que j'y passe tout mon temps. Vous n'avez même pas idée à quel point Émilienne peut déplacer de l'air dans maison...

— Oh que oui j'en ai une idée! s'exclama Eva.

À la tombée du jour, tandis que la lune s'installait doucement, Eva sortit seule sur le perron afin de respirer un peu d'air frais. Elle leva les yeux vers le ciel et murmura: «Je te demande pardon Laura.» Elle prit place dans sa berçante et pleura à chaudes larmes. Bien que son témoignage l'eût allégée, elle se sentait toujours aussi coupable. L'image de la petite attachée au lit, ce regard apeuré qu'elle lui avait lancé lorsqu'elle avait prononcé son nom, jamais elle ne pourrait l'oublier. C'était gravé en elle. Elle pouvait encore entendre la petite pleurer de douleur. William la rejoignit. Il posa sur ses genoux une petite couverture, puis s'installa près d'elle.

— Tu m'as impressionné aujourd'hui. Je te regardais, pis je me disais que j'étais chanceux d'être marié avec toi.

— C'est drôle que tu dises ça parce que je me disais justement tantôt que tu n'étais pas chanceux, que je t'en avais fait voir de toutes les couleurs depuis qu'on se connaît. Quand j'y pense comme faut, je me dis que j'ai apporté avec moi plein d'histoires malheureuses.

— Tu vois, moi, je vois ça d'une autre façon. Je vois ça comme des leçons de courage. Tu es sacrément courageuse ma femme, tellement qu'être à tes côtés, ben, ça nous rend courageux ! On a pas le choix d'affronter sans se plaindre, de devenir plus fort parce qu'on a envie d'être à ta hauteur. Pis, c'est toujours pas de ta faute si le diable t'a autant tourné autour.

— Justement, peut-être que je l'attire.

— Dis donc pas de sornettes !

— Je me sentais forte tantôt parce que tu étais là. J'avais même pas besoin de te regarder pour sentir ton regard sur moi. Je le sentais, je savais que tu étais là, j'aurais même pu dire où tu étais les yeux fermés. C'est toi qui me donnes de la force William Leduc, le sais-tu ça ?

— Je t'aime Eva, je t'aime tellement.

— Moi aussi William et je suis tellement heureuse d'être ta femme. Tu m'as sauvée. C'est grâce à toi si

Édouard est un si bon p'tit gars, c'est grâce à toi aussi si je ressens autant de bonheur à me réveiller le matin.

— On est fait pour être ensemble, je l'ai su dès que…

— Dès que tu m'as vue dans la cuisine chez ma sœur, le coupa-t-elle en riant. Je le sais William, tu te répètes.

Le lendemain matin, Eva se prépara tranquillement. William était parti chercher Émilienne, Blanche et Berthe. Cette dernière entra sans bruit, de peur de réveiller les enfants, qui étaient déjà debout. Eva embrassa sa belle-mère sur la joue, puis rejoignit les autres à l'extérieur. Ils se dirigèrent vers le palais de justice. Émilienne était visiblement d'humeur exécrable. Blanche, pour sa part, paraissait en pleine possession de ses moyens. Tout comme la veille, ils furent conduits près de la salle d'audience pour attendre qu'on les appelle. Eva et William les accompagnèrent jusqu'à ce que les portes laissent entrer le public. Ils allèrent prendre place avec les autres. Blanche fut la première à être appelée à témoigner.

— Madame Benoit, demanda le procureur après qu'elle fut assermentée, connaissez-vous monsieur et madame Rouleau ?

— Je les connais, en effet.

— Pour les besoins de la Cour, vous êtes bien la mère des dames Louisa Benoit et Eva Leduc qui ont témoigné hier ?

— Je suis ben leur mère oui.

— Vous êtes également l'épouse du défunt Honoré Benoit ?

— Oui, Honoré est mon regretté mari.

— Avez-vous déjà vu l'enfant Laura Rouleau ?

— Pas de son vivant non.

— Vous ne vous êtes jamais rendue à leur domicile pendant qu'ils y habitaient ?

— Non, j'étais pas mal occupée avec l'ouvrage à maison, j'avais pas le temps de visiter les voisins.

— Aviez-vous été mise au courant des inquiétudes de certaines personnes dans votre village concernant l'enfant en question ?

— Ben, un soir en revenant du village, mon mari m'avait raconté avoir entendu parler du fait que nos voisins seraient du drôle de monde. Mon mari pis moi, on y a quand même porté un peu attention, même si on déteste ben ça les commérages.

— Pourquoi y avez-vous porté attention ?

— Parce qu'il y était tout de même question d'un enfant pis que cet enfant-là habitait toujours ben sur notre terre.

— Y avez-vous porté attention ?

— Pas dans l'immédiat. On pensait pas que ça urgeait autant. On avait pas mal d'affaires à jongler, ça nous est un peu sorti de la tête. Ben, ça nous a pas complètement sorti de la tête, là, on s'est juste dit qu'on y verrait quand ça adonnerait. On pensait pas qu'elle était maganée de même !

— Vous avez dit « pas dans l'immédiat ». Est-ce que cela signifie que vous y avez vu plus tard ?

— Ça m'a quand même chicotée. La semaine suivante, si je me trompe pas, c'était la semaine suivante, j'ai pensé demander à mon mari d'aller y faire un tour, mais déjà qu'il était choqué après monsieur Rouleau parce qu'il faisait pas l'ouvrage qu'il fallait pour la maison pis qu'il avait du retard sur le paiement de la location, je me suis dit que ce n'était pas une si bonne idée de l'envoyer là. J'ai demandé à mon aînée d'aller porter un panier rempli de bonnes choses à manger et d'en profiter pour regarder un peu ce que ça avait l'air là-dedans. Elle y est allée en compagnie de sa jeune sœur.

— Lui avez-vous dit de vérifier si Laura allait bien ?

— Je ne me souviens plus ce que je lui ai demandé exactement.

— Étiez-vous inquiète d'envoyer vos filles ?

— Pas plus qu'à l'ordinaire. Comme je vous disais tantôt, j'étais loin de me douter que c'était grave comme ça !

— Que s'est-il passé par la suite ?

— Mes filles sont revenues pas longtemps après ça. Eva s'était blessée avec un morceau de vitre qui provenait des carreaux brisés de l'annexe. C'est là qu'elle nous a dit avoir vu la petite Laura qui était attachée après un lit.

— Vous a-t-elle dit qu'il vaudrait mieux aller voir ?

— Oui, mais mon mari et moi, on voulait agir en connaissance de cause, on pouvait pas débarquer comme ça sans l'aide de personne ou sans l'accord du curé ou du coroner. C'est pas mal eux autres qui gèrent la loi dans le village.

— Qu'avez-vous fait alors ?

— Mon mari s'est rendu chez le docteur Gendron.

— Le soir même ?

— Le soir même oui, mais il était pas là. Sa femme nous a dit qu'il était en dehors et qu'elle l'attendait d'un jour à l'autre. Honoré lui a fait comme message d'avertir le docteur qu'il voulait le voir dès son retour. Il est revenu à maison, la noirceur était sur le bord de tomber. Il m'a dit qu'il allait passer avertir le curé quand il reviendrait de Valleyfield parce qu'il partait le lendemain matin y reconduire notre fille.

— Il est allé avertir le curé le lendemain ?

— Non, il a dormi à Valleyfield chez notre aînée, il est revenu que le jour d'après.

— Il a été avertir le curé en revenant ?

— Oui.

— Vous, avez-vous fait quelque chose pendant ce temps-là ?

— Ben j'ai envoyé mon fils Marcel fouiner par là-bas en lui demandant d'aller voir s'il ne verrait pas la petite Laura et de me rapporter ce qu'il verrait. Je lui ai aussi demandé d'aller voir à travers les fenêtres de l'annexe.

— A-t-il vu quelque chose ?

— La petite n'était pas dans l'annexe, il n'y avait rien dans la pièce à part un lit. Il y avait rien non plus qui pouvait laisser croire que la petite y avait été attachée. Je me suis dit que ma fille avait peut-être mal vu. C'était déjà pas mal dur à croire que des parents attachent leur enfant, je me suis dit qu'elle s'était trompée.

— Que s'est-il passé par la suite ?

— Quand mon mari est revenu de Valleyfield, y avait l'air pas mal fatigué par la route. Il m'a fait savoir que le curé avait été averti et qu'il devait passer le lendemain avec le docteur Gendron pour voir l'état de la petite. J'ai raconté à mon mari que j'avais envoyé Marcel voir la veille. Il a trouvé que c'était une bonne idée et il a demandé au petit d'y retourner. Il y avait rien qui avait pas l'air d'aller et la petite était pas dans l'annexe.

— À votre connaissance, votre fils Marcel est-il entré dans la maison occupée par les Rouleau ?

— Non, monsieur, il n'y est pas entré. Il est resté dehors.

— Que s'est-il passé ensuite ?

— Ben rien, le curé pis le docteur devaient passer le lendemain. En fin d'après-midi, mon défunt mari a décidé d'aller faire un tour l'autre bord pour voir ce qui s'y passait. C'est là qu'il a vu que monsieur Rouleau avait creusé un trou. Il est entré dans leur maison en exigeant de voir la petite, pis c'est là qu'il a vu qu'elle était morte.

— Avez-vous vu l'enfant Madame Benoit ?

— Ils l'ont apportée à la maison, alors je l'ai vue.

— Pouvez-vous expliquer aux jurés ce que vous avez remarqué sur le cadavre ?

— La petite était maigre, j'ai jamais vu un enfant maigre comme ça. Elle était pâlotte aussi, vraiment pâlotte. Elle avait plein de marques sur les jambes, c'était pas beau à voir. Ses mains étaient pleines de plaies aussi. Les bouts de ses doigts étaient croches, pis il lui manquait pas mal de cheveux sur les côtés de sa tête. J'ai jamais vu un enfant ni même un animal magané comme ça.

— Avez-vous vu les accusés ce jour-là ?

— Non, je ne les ai pas vus.

— Merci, je n'ai plus d'autre question.

— Si j'ai bien compris, enchaîna l'avocat des Rouleau, vous n'avez jamais vu Laura de son vivant ?

— Non monsieur.

— Elle n'était pas dans l'annexe non plus lorsque vous avez envoyé votre fils vérifier ?

— Non, elle n'y était pas.

— Je n'ai plus de question pour le témoin.

Blanche se leva et alla rejoindre William et Eva dans la salle. Ce fut au tour d'Émilienne de témoigner.

Elle laissa échapper un long soupir en s'identifiant à la Cour.

— Madame Landreville, vous êtes la fille de dame Blanche Benoit, est-ce exact?

— Aux dernières nouvelles, je suis encore sa fille oui.

— Contentez-vous de répondre aux questions, je vous prie. Connaissez-vous la famille Rouleau?

— Non, je ne les connais pas.

— Avez-vous déjà vu Laura Rouleau?

— Je ne sais pas si c'était elle, mais j'ai déjà vu une petite fille qui avait l'air étrange.

— Pouvez-vous élaborer?

— J'étais en visite chez mes parents à Saint-Antoine un peu avant le printemps. Au matin, je me suis un peu asticotée avec mon père, alors je suis sortie marcher un peu. Je pouvais pas aller trop loin parce que j'étais grosse et que le bébé me rendait nauséeuse, alors je suis restée dans le bois derrière la maison familiale.

— Ensuite?

— Faudrait ben me laisser le temps de répondre, j'y arrivais justement! J'ai eu l'idée de marcher vers les voisins, c'est là que j'ai vu une petite fille toute nue qui faisait le piquet dehors.

— Était-ce Laura?

— Comme je vous disais y a pas cinq minutes, je peux pas dire si c'était Laura, on me l'a jamais présentée!

— Décrivez-nous l'enfant que vous avez vue.

— C'était une petite pas trop grande, ben maigre avec une drôle de chevelure. Elle était nue, plantée à rien faire dehors en arrière de la maison.

— Est-ce qu'elle pleurait?

— Non.

— Est-ce qu'elle criait ?

— Non, je viens de vous dire qu'elle faisait rien pantoute !

— Madame Landreville, s'impatienta le magistrat, veuillez comprendre que vous devez vous adresser à cette Cour avec tout le respect que cela exige !

— C'est pas moi qui a demandé à être icitte aujourd'hui ! Je vais ben répondre comme je veux !

— Madame Landreville ! Je ne le répéterai pas ! Arrangez-vous pas pour vous faire arrêter pour outrage au tribunal ! Vous aurez alors tout le loisir d'aller en prison réfléchir aux bonnes règles de bienséance. M'avez-vous bien compris ?

— Oui, soupira-t-elle en roulant les yeux.

— Avez-vous vu autre chose ? demanda le procureur.

— J'ai vu la petite aller en avant de la maison, cogner dans porte en demandant si elle pouvait rentrer. Un monsieur a ouvert la porte et l'a poussée en lui disant qu'elle rentrerait quand il le dirait. Il a refermé la porte et la petite a frappé de nouveau dans la porte. Le même bonhomme est sorti dehors avec une *strap*, pis l'a frappée ben comme faut.

— Combien de coups lui a-t-il donnés ?

— Vous comprendrez monsieur que je ne les ai pas comptés !

— Environ ? Un coup, dix coups, vingt coups ?

— Plus vingt que dix.

— Laura pleurait-elle ?

— C'est ben évident qu'elle pleurait, n'importe qui aurait pleuré à se faire frapper comme ça !

— L'homme qui a frappé l'enfant, est-il dans la salle ?

— Oui, c'est lui, répondit-elle en désignant Pierre Rouleau.

— Avez-vous été témoin d'autre chose?

— Non.

— Je n'ai plus d'autre question pour le témoin.

— Avez-vous des questions pour le témoin? demanda le magistrat à l'avocat de la défense.

— Oui Votre Honneur. Madame Landreville, avez-vous fait quelque chose en voyant l'enfant se faire battre?

— Non. Que vouliez-vous que je fasse, c'était pas ma fille!

— Avez-vous rapporté ce que vous aviez vu à une autre personne?

— Non.

— Pourquoi?

— Parce que ce n'était pas de mes affaires. J'étais pas au courant du pourquoi la petite se faisait punir, j'avais pas à m'en mêler ou à rapporter ça à qui que ce soit!

— Je n'ai plus d'autre question Votre Honneur.

— Bon, commençait à être temps que ça finisse!

La séance fut levée. Émilienne ne se fit pas prier pour partir. À l'extérieur, une foule plus impressionnante que les autres jours attendait. La famille Benoit ne s'attarda pas sur les lieux, désirant s'éloigner de l'agitation le plus rapidement possible. Émilienne se plaignit qu'elle avait perdu son temps, soulignant que le juge pouvait s'estimer heureux qu'elle ne l'ait pas envoyé promener. Personne n'osa lui dire qu'elle avait fait preuve d'une désolante impertinence.

La première semaine du procès se termina par le témoignage de Pierre Rouleau qui s'approcha de la barre en bombant le torse, laissant paraître une certaine indifférence. Il s'identifia comme étant Pierre Rouleau, journalier âgé de trente-deux ans.

— Connaissiez-vous Laura Rouleau ?

— C'est ma fille.

— Quel âge avait-elle ?

— Elle avait six ans.

— Quelle est votre occupation ordinaire Monsieur Rouleau ?

— Je suis journalier, je bûche du bois.

— Vous êtes donc bûcheron ?

— Non, je bûche du bois de corde.

— Combien avez-vous d'enfants ?

— J'en ai sept qui me restent. J'en avais huit, j'en ai perdu une.

— Est-ce que votre travail était à votre domicile ?

— Non, je travaillais en dehors de chez nous.

— Vous étiez ordinairement absent de votre domicile de quelle heure à quelle heure ?

— J'étais parti de chez nous quasiment tous les jours de cinq heures, cinq heures et quart du matin à aller jusqu'à sept heures et demie du soir.

— Vous partiez travailler au plus tard vers les cinq heures et demie si je comprends bien ce que vous dites ?

— Oui.

— Pourtant, votre frère Joseph Rouleau… C'est bien votre frère ?

— Oui.

— Pourtant, votre frère a témoigné devant cette Cour à l'effet que vous partiez travailler vers les sept heures du matin.

— C'est des menteries ça, c'est ben trop tard pour partir travailler, sept heures!

— Revenons à votre fille Laura. En quelle année est-elle née?

— En 1892.

— Diriez-vous que c'était une enfant intelligente?

— Au début, oui, elle l'était.

— Que voulez-vous dire?

— Qu'elle était intelligente pareille comme les autres quand elle était plus petite, mais depuis une secousse, elle avait changé. On comprenait plus quand elle parlait.

— Ça se comprend, non, avec tout ce qu'elle a enduré?

— Objection Votre Honneur! s'opposa son avocat.

— Objection retenue! Maître Codebecq, je vous prierais de garder vos sous-entendus pour vous.

— Désolé Votre Honneur, s'excusa le procureur. Monsieur Rouleau, vous dites que vous aviez de la misère à la comprendre, que voulez-vous dire par là? Qu'elle parlait à voix si basse que vous ne l'entendiez pas?

— Non, elle parlait pas à voix si basse que ça.

— Elle avait de la misère à articuler?

— Non, elle articulait comme faut, je pense ben. Elle formait ses mots, mais ce n'était pas la même chose qu'avant. Je sais ben pas comment l'expliquer.

— Est-ce qu'elle était en bonne santé, votre fille Laura?

— Elle a toujours été en bonne santé jusqu'à dernièrement. Ben, pas dernièrement, mais je dirais jusqu'à ses quatre ans.

— Que s'est-il passé pour que sa santé baisse?

— Il ne s'est rien passé, ç'a commencé à baisser de même sans raison. Ben, si j'y pense comme faut, ç'a commencé à moins ben aller pour elle quand elle a commencé à boire de l'huile à lampe, pis tout ce qu'elle pouvait trouver. Elle était pas ben normale sur ce côté-là, elle buvait à même le seau pour laver les planchers si on la surveillait pas.

— Buvait-elle de l'eau à sa soif ?

— Pas plus, pas moins que les autres.

— Ce n'était pas ma question Monsieur Rouleau ! Buvait-elle à sa soif ?

— Je peux pas répondre à ça ! Je connais pas sa soif !

— Se plaignait-elle qu'elle avait soif ?

— Elle avait toujours soif cette enfant-là !

— Lui donniez-vous à boire lorsqu'elle en demandait ?

— Non Monsieur, on donne pas à boire au monde à chaque fois qu'il en demande ! Avec huit enfants, on passe pas notre temps au puits à puiser de l'eau pour leur caprice ! — Est-ce que vos autres enfants demandaient toujours à boire ?

— Non juste elle, c'était sa mauvaise habitude.

— Avait-elle d'autres mauvaises habitudes ?

— Selon les dires de sa mère, elle avait juste ça, des mauvaises habitudes !

— Mais à votre connaissance à vous, votre fille avait-elle des mauvaises habitudes ?

— À ma connaissance, elle avait l'habitude de se lever la nuit.

— Elle se levait pour quelle raison ?

— Je pourrais pas vous dire monsieur, elle se levait pour chercher quelque chose.

— Que cherchait-elle ?

— Je sais pas.

— Vous disait-elle qu'elle cherchait quelque chose ?

— Non.

— Pourquoi dites-vous alors qu'elle cherchait quelque chose ?

— Ben là ! C'est l'impression que ça donnait ! Elle ouvrait toutes les portes, fouillait partout. Elle renversait tout ce qu'elle pouvait mettre la main dessus.

— Selon vous, serait-ce une possibilité que votre fille cherchait de l'eau ?

— Possible.

— Avait-elle d'autres mauvaises habitudes ?

— Elle salissait son linge.

— Que voulez-vous dire par salir son linge ? En mangeant ?

— C'est-à-dire qu'elle faisait ses besoins dans son linge.

— Depuis combien de temps faisait-elle ses besoins dans son linge ?

— Ben, depuis toujours elle mouillait son linge, mais elle a commencé à faire ses besoins au grand complet dans son linge depuis peut-être ses quatre ans. Cette enfant-là n'était pas propre.

— Est-ce que cela vous irritait ?

— Ça ne m'a jamais rien fait à moi.

— Est-ce que cela irritait quelqu'un chez vous ?

— Sa mère.

— Est-ce qu'elle s'en plaignait ?

— Elle s'est toujours plainte de ça.

— Est-ce que la mère a essayé de corriger ça ?

— Oui.

— De quelle manière s'y prenait-elle ?

— Elle la tapait comme elle aurait tapé tous les autres enfants.

— Elle la tapait avec sa main ?

L'accusé baissa la tête sans répondre à la question. Le procureur s'empara de la *strap*, l'exhiba à bout de bras en direction des jurés, puis vers Pierre Rouleau.

— Reconnaissez-vous ceci ? demanda-t-il à l'accusé.

— Oui.

— Qu'est-ce que c'est ?

— Une *strap*.

— Qui servait à quoi ?

— Cette *strap*-là servait pour quand je travaillais dans le bois. C'était ma femme qui en avait de besoin parce qu'elle disait que les petits lui faisaient de la misère sans bon sens.

— Mais à quoi servait-elle ? À frapper les enfants ?

— Oui.

— Tous les enfants ou un en particulier ?

— J'en ai jamais tapé un plus que l'autre.

— Qui a fait cette *strap* ?

— C'est pas moi qui l'ai faite, j'ai pris la courroie d'un moulin à battre.

— Monsieur Rouleau, ce n'est pas la longueur d'un moulin à battre.

— Je l'ai coupée.

— Reconnaissez-vous cette chaîne ?

— Non monsieur.

— Vous n'avez jamais vu cette chaîne ?

— Non.

— Vous jurez que vous dites la vérité ?

— Oui.

— Vous n'avez jamais vu cette chaîne dans la maison que vous habitiez à Rockbrun ?

— Non.

— Et ce clou, le reconnaissez-vous Monsieur Rouleau ?

— Des clous, y en a des centaines, je reconnais pas plus ce clou que j'en reconnaîtrais un autre.

— Et ces deux bouts de chaîne, les reconnaissez-vous ?

— Non.

— Vous en êtes certain Monsieur Rouleau, parce qu'elles ont été trouvées dans le poêle de la maison que vous habitiez à Saint-Antoine-Abbé.

— J'en suis ben certain.

— Ce n'est pas vous qui les avez mis à brûler ?

— C'est pas moi pantoute.

— Avez-vous eu connaissance que quelqu'un chez vous les ait mis à brûler ?

— Non.

— Maintenant, reconnaissez-vous ces deux cadenas ?

— Oui.

— Ils vous appartiennent ?

— Oui.

— Ils proviennent d'où ?

— Je les ai achetés à Rockbrun, au magasin chez Cook.

— Dans quel but les avez-vous achetés ?

— À la demande de ma femme.

— Vous a-t-elle dit pourquoi elle voulait que vous les achetiez ?

— Pour pouvoir attacher la petite.

— Vous vous êtes exécuté à sa demande ?

— Oui.

— Vous n'avez rien dit ? Vous ne vous êtes pas objecté ?

— Je l'ai juste écoutée.

— Lorsque vous êtes revenu du magasin, est-ce que vous les avez utilisés sur-le-champ ?

— Je ne m'en suis jamais servi moi.

— Je vais reposer ma question. À votre connaissance, à quel moment ces cadenas ont-ils servi ?

— Y en a juste un qui a servi, elle en voulait juste un, c'est moi qui avais mal compris qui en avais acheté deux.

— Alors, à votre connaissance, vous diriez qu'un des cadenas a servi quand pour la première fois ?

— La journée même.

— C'était vers quelle heure ?

— Je ne m'en rappelle pas.

— Réfléchissez un peu Monsieur Rouleau.

— Je ne m'en souviens pas.

— Voyons, la mémoire ne peut pas vous manquer soudainement, comme ça ? Environ quelle heure ?

— Peut-être huit heures, peut-être neuf heures.

— Ce cadenas entourait quoi ? Une corde ? Une chaîne ?

— Une chaîne, j'imagine.

— Et cette chaîne était attachée avec un clou ?

— Je ne sais pas, c'est pas moi qui l'a attachée !

— Mais vous étiez là ?

— Oui.

— Vous deviez donc voir comment et après quoi elle était attachée ?

— Non.

— Combien y avait-il de pièces dans votre maison de Rockbrun ?

— Une.

— Grande comment ?

— Vingt-quatre pieds par seize pieds.

— Et vous nous dites que dans un si petit espace, vous n'avez pas vu ça ?

— Je ne voulais pas regarder parce que ça faisait pas mon bonheur ce qui se passait là.

— Ça ne faisait pas votre bonheur de devoir attacher votre fille Laura ?

— Non.

— Mais vous n'avez rien dit ? Vous n'avez pas dit « non, on ne l'attache pas » ?

— Je pouvais pas vraiment dire quelque chose dans ce ménage-là. Je pouvais pas parler comme j'aurais voulu.

— Auriez-vous voulu parler ?

— Oui.

— Vous saviez que c'était mal de faire ça ?

— Oui, je le savais, mais c'était pas de ma faute.

— C'était de la faute à qui ?

— À ma femme. C'est elle qui voulait absolument l'attacher.

— Mais vous avez donné votre consentement en ne disant rien et en allant acheter un cadenas, n'est-ce pas ?

— Je n'ai jamais au grand jamais donné mon consentement à ça. Vous savez, des consentements, j'en donne pas chez moi. C'est pas moi le maître.

— Vous n'êtes pas maître chez vous Monsieur Rouleau ?

— Non.

— Maintenant, elle était attachée de huit heures le soir jusqu'à quelle heure le matin ?

— Je ne sais pas, je partais au travail moi le matin et c'était le premier des enfants qui se réveillait qui devait la détacher.

— Vous partiez à quelle heure le matin ?

— Vers six heures et demie.

— Je voudrais juste porter à votre attention que, plus tôt, vous avez répondu cinq heures.

— Je suis peut-être ben juste mélangé dans les heures.

— Où était gardée la clef du cadenas ?

— Je ne sais pas, c'est pas moi qui s'occupais de ça.

— Priviez-vous cette enfant de manger Monsieur Rouleau ?

— Non.

— À boire ?

— Pas moi, sa mère.

— Pour quelle raison ?

— Parce qu'elle salissait son linge.

— Est-ce que ça vous dérangeait qu'elle salisse son linge ?

— Moi non, elle aurait pu boire un seau d'eau que ça ne m'aurait pas dérangé.

— Vous lui donniez donc de l'eau ?

— Ça m'est arrivé souvent quand sa mère avait le dos tourné.

— Avez-vous déjà frappé votre enfant Monsieur Rouleau ?

— Comme les autres quand elle le méritait. Pas plus, pas moins. Il m'arrivait de lui donner une petite tape, mais pas fort. Je suis pas un batteux moi !

— Aviez-vous remarqué que votre fille Laura était malade ? Qu'elle portait des marques un peu partout sur son corps ?

— J'ai jamais remarqué ça parce que je n'ai jamais eu la chance d'être assez près de cette petite fille-là pour voir ça. Je n'avais pas le droit de le faire.

— Vous dites que vous n'aviez pas le droit d'approcher votre fille de proche ?

— Non, ma femme ne voulait pas.

— Le soir, lorsqu'elle était attachée, portait-elle des vêtements ?

— Non.

— Une couverture ? Un capot ?

— Non.

— Et vous ne voyiez pas même de loin que son corps était couvert de marques ?

— Non, je ne la regardais pas ! Quel père regarderait sa fille nue ?

— Vous n'aviez pas remarqué, par exemple, des marques sur son front ?

— Je sais que quand elle est morte, elle avait un œil au beurre noir, mais ma femme m'avait dit qu'elle s'était fait ça en tombant. C'était une semaine avant sa mort. Ben, je dis une semaine, mais c'était peut-être plus, peut-être moins.

— Selon vous, votre fille est morte comment ?

— Elle est tombée malade, une pneumonie, je dirais.

— Encore selon vous, elle serait tombée malade combien de temps avant sa mort ?

— Je me suis aperçu qu'elle était malade le samedi soir et elle est morte dans la nuit.

— Dans la nuit du samedi au dimanche ?

— Oui.

— Vous n'aviez pas remarqué avant ça que votre fille était malade ?

— Non.

— Vous ne l'avez pas entendu tousser ?

— Non.

— Elle ne faisait pas de fièvre ?

— Ah ben pour la fièvre, elle aurait pu en faire en masse que j'aurais pas remarqué ça.

— Mais c'était chez vous, c'était votre fille et vous n'auriez pas remarqué ?

— Je m'occupais pas de ça.

— Si j'ai bien compris ce que vous nous avez dit précédemment, vous n'étiez pas maître chez vous ? Il vous arrivait de donner à boire à votre fille en cachette de votre femme. Mais l'idée de vous imposer, d'exiger que votre fille reçoive à boire et à manger selon ses besoins ne vous est pas passée par la tête ?

— Je pouvais rien dire chez nous ! J'ai essayé, ne pensez pas que je n'ai jamais essayé de dire quelque chose par rapport à ça. J'ai déjà dit à ma femme au moins un million de fois « donne-lui donc à boire, elle a soif, donnes-y à manger, elle a faim. Traite-la donc comme tous les autres ». Je lui ai dit je sais pas combien de fois qu'il faudrait qu'elle l'élève comme les autres enfants.

— Votre femme répondait quoi à ça ?

— Que si je ne la laissais pas élever les enfants comme elle l'entendait, elle sacrerait son camp me laissant avec eux autres. Je voulais pas me ramasser avec sept enfants sur les bras, alors je la laissais faire à sa tête. Ben, huit enfants que je voulais dire.

— Lui avez-vous déjà fait des remarques sur sa façon de battre Laura ?

— Elle ne l'a jamais battue fort devant moi.

— Monsieur Rouleau, vous n'avez jamais vu votre femme battre cruellement votre enfant ?

— Elle a peut-être pu la battre cruellement...

— Je ne vous demande pas ce que votre femme a pu faire, je vous demande si vous l'avez vue de vos yeux battre cruellement votre fille !

— Je ne la regardais pas faire ! Quand elle commençait à la battre de la manière que vous dites, je préférais aller dehors.

— Je repose ma question, écoutez-la comme il faut ! Avez-vous déjà vu votre femme battre votre fille ?

— Oui.

— Pourquoi avoir dit que vous ne l'aviez pas vue ?

— Je me suis trompé.

— Vous semblez vous tromper souvent ! Maintenant, l'avez-vous déjà vue battre l'enfant avec autre chose que la *strap* que je vous ai montrée ?

— Oui, avec des bardeaux.

— Autre chose ?

— Avec ses mains, en masse !

— Autre chose ?

— Ben, avec une éclisse de cèdre ou de bardeaux. Avec des chaises aussi, elle lui donnait des coups avec les barreaux.

— Avez-vous déjà vu votre femme utiliser des couteaux sur votre fille ?

— Non.

— Lorsque votre femme battait ainsi votre fille, vous ne disiez rien ?

— Je lui ai dit souvent d'arrêter, que plus elle la battait et plus la petite semblait perdre sa tête.

— Réalisez-vous Monsieur Rouleau que vous me donnez des réponses différentes aux mêmes questions depuis le début de votre témoignage ? Vos propos sont contradictoires.

— Je sais pas, je réponds au mieux de mes connaissances.

— Aviez-vous remarqué que votre fille avait perdu beaucoup de cheveux ?

— Oui monsieur, mais d'après moi, ça venait du fait qu'elle buvait de l'huile à lampe et qu'elle en mettait dans ses cheveux parce que c'est à peu près à ce moment-là que ç'a commencé.

— Cela proviendrait uniquement du fait qu'elle buvait de l'huile à lampe et non du fait qu'elle aurait été, par exemple, tirée et secouée par les cheveux ?

— J'ai pas eu connaissance de ça.

— Lorsqu'elle salissait son linge, que se passait-il ?

— Elle l'envoyait dehors se laver et laver son linge.

— Qui l'envoyait laver son linge ?

— Sa mère.

— En été comme en hiver ?

— Oui.

— Elle sortait habillée comment ?

— Ben, des vêtements, on en avait pas des tonnes. Pis ma femme était pas ben bonne pour conserver les affaires. Dans les maisons qu'on restait, tout traînait partout dehors.

— Tout traînait dehors ?

— Oui, ma femme gardait tout dehors, c'était le bordel partout autour.

— Donc, votre fille sortait dehors pratiquement nue ?

— Elle sortait nue.

— Que faisait-elle une fois qu'elle avait lavé son linge ? Elle le faisait sécher avant de le remettre ?

— Non, elle lui faisait mettre sur-le-champ.

— Elle lui faisait mettre dehors avant d'entrer ?

— Oui monsieur, c'est ça.

— Et ce, à n'importe quelle température ?

— Oui.

— Même par grand froid ?

— Ça ne faisait aucune différence.

— Réalisez-vous que c'est de la cruauté, Monsieur Rouleau ?

— Je l'aurais arrêtée si j'avais pu, mais je ne pouvais rien faire.

— Avez-vous déjà essayé ?

— Je lui ai dit souvent de cesser, elle me lançait un regard de côté et continuait pareil.

— Elle restait combien de temps dehors à laver son linge, votre fille, avant de pouvoir rentrer dans la maison ?

— Je me suis jamais adonné à compter le temps qu'elle restait dehors.

— Mais Monsieur Rouleau, vous êtes toujours bien en mesure d'évaluer un peu le temps, faites un petit effort. Deux minutes ? Dix minutes ? Une heure ?

— C'était jamais pareil, je sais pas.

— Je vais poser ma question autrement. Est-ce que Laura pouvait rentrer dans la maison dès qu'elle avait terminé de laver son linge et de se vêtir ?

— Je ne saurais pas dire, je ne portais pas attention à ça.

— Monsieur Rouleau, s'impatienta Codebecq, votre fille sortait-elle laver son linge à chaque fois qu'elle le salissait ?

— Oui.

— Votre fille se salissait-elle tous les jours ?

— Oui.

— Plusieurs fois par jour ?

— Oui.

— Depuis combien de temps salissait-elle son linge ?

— Depuis toujours.

— Monsieur Rouleau, vous dites donc qu'au nombre de fois que votre fille est sortie dehors laver son linge, vous n'avez jamais porté attention, ne serait-ce qu'une fois, au temps qu'elle y aurait passé ?

— Peut-être que j'ai porté attention quelques fois.

— Donc, pour ces fois, vous diriez qu'elle est restée combien de temps dehors ?

— Moins d'une heure, mais pas ben ben moins.

— En hiver aussi ?

— Oui, en hiver aussi, même si je peux pas vous dire si les fois où j'ai porté attention c'était l'été ou l'hiver.

— Si votre fille demandait à entrer, pouvait-elle entrer ?

— Non, c'était pas à elle à décider ça, mais à sa mère.

— Maintenant, avez-vous déjà frappé votre fille avec cette *strap*, avec un morceau de bois ou un autre instrument ?

— Non monsieur.

— Vous ne vous êtes jamais servi de cette *strap* Monsieur Rouleau ? Pensez-y comme il faut, faudrait pas que vous vous trompiez encore.

— Ben peut-être quelques fois, mais c'était pas pour faire mal.

— Pourquoi vous en serviez-vous si ce n'était pas pour faire mal ?

— Je l'utilisais pour me faire écouter, pour corriger aussi. Mais pas plus elle que les autres enfants et pas souvent.

— Dans le moment, il est question d'elle, pas des autres enfants. Donc, vous l'avez déjà frappée avec cette *strap* contrairement à ce que vous avez dit précédemment ?

— Oui, mais pas depuis un certain temps. Pas depuis que je me suis aperçu qu'elle maigrissait.

— Vous êtes certain de ça?

— Je l'aurais pas touchée quand bien même on m'aurait donné un million!

— Pouvez-vous nous expliquer l'incident du pétrole, c'est-à-dire de l'huile à lampe?

— L'histoire de l'huile à lampe, c'est que j'avais été en chercher le soir ou le soir d'avant, je ne m'en rappelle pas, mais je sais que le gallon était plein. Je l'ai mis proche du poêle comme de raison. Mon idée, c'est qu'elle s'est levée durant la nuit, qu'elle s'est détachée d'une façon que juste elle le sait et a mis la main dessus le gallon.

— À votre idée, elle s'est levée et s'est détachée?

— C'est ben obligé parce qu'elle se trouvait à une quinzaine de pieds du gallon. Le lendemain, quand je me suis levé pour faire à déjeuner, je trouvais que ça sentait l'huile à lampe à plein nez. C'est là que ma femme a dit que ça devait être Laura qui avait joué avec la canisse. Elle a regardé pis a vu que la petite était couverte d'huile à grandeur pis que le gallon était quasiment vide. C'est la vérité. Quand j'ai pris la théière, elle était remplie à moitié d'huile de lampe, pis y avait une bouteille de bébé remplie. J'ai pour mon dire qu'elle avait vidé de l'huile dans la théière pour ensuite se remplir une bouteille pis la boire. C'est ben ce que je pense parce que le lendemain, elle a été ben malade, pis le jour même sa mère m'a dit que son urine flottait dans l'huile.

— Donc, si je résume ce que vous me dites, c'est que Laura se serait levée, se serait détachée, aurait pris un gallon ben plein de pétrole de lampe, en aurait versé dans une théière pour ensuite être capable de se remplir une bouteille de bébé ?

— Oui.

— Tout ça sans réveiller personne dans la maison ? Une maison d'une seule pièce ?

— C'est ça.

— Et qu'avez-vous fait lorsque votre femme vous a dit que Laura était malade au point d'avoir de l'huile dans son urine ?

— Je me suis rendu tout de suite chez le docteur à Rockbrun, mais il n'a pas voulu venir.

— Pourquoi ne pouvait-il pas y aller ?

— Je ne sais pas pourquoi.

— Mais que vous a-t-il répondu exactement ?

— Que si elle avait bu ça la veille, il était trop tard, l'huile s'était déjà rendue partout dans son corps et qu'il ne pouvait rien faire. Il m'a dit de lui faire boire ben du lait.

— C'est tout ce qu'il a dit ?

— Non, il a dit « va-t'en, y a rien à faire. Peut-être qu'elle va revenir à la normale, mais peut-être que ça va l'affaiblir aussi. »

— Chez vous, Monsieur Rouleau, y avait-il de l'eau de disponible ?

— Oui.

— Laura pouvait en boire autant qu'elle le voulait ?

— Oui.

— Ce n'est pourtant pas ce que vous nous avez dit.

— Ben, elle pouvait le demander autant qu'elle le voulait. Je commence à être fatigué de répondre aux questions, c'est pour ça que je me trompe, là.

— La nuit, y avait-il de l'eau à sa disposition ? Aurait-elle pu boire de l'huile à lampe parce qu'elle avait trop soif ?

— Elle aurait pu trouver l'eau si elle avait voulu. Elle s'est peut-être trompée en pensant que l'huile était de l'eau.

— L'eau n'est pas gardée dans un seau sous votre lit ?

— Oui.

— Donc, selon vous, elle aurait pu aller chercher de l'eau sous votre lit en pleine nuit sans être inquiétée de vous réveiller ?

— Peut-être pas.

— Selon vous, votre femme aurait-elle pu mettre elle-même l'huile dans le biberon pour punir votre enfant ? Pour la rendre malade ?

— Je penserais pas.

— Récapitulons ce que vous avez dit durant ce témoignage concernant les plaies de votre fille. Vous soutenez ne pas avoir vu ses plaies sur les jambes ?

— J'ai pas vu ça.

— Ses plaies sur son talon droit ?

— Non plus.

— Ses mains ?

— Non plus.

— Vous n'avez pas remarqué de plaies au visage ?

— Non.

— Ni sur ses bras ?

— J'avais demandé à sa mère ce qu'elle avait sur les bras et elle m'avait dit qu'elle se grattait toujours.

— Vous avez eu l'occasion de remarquer ses bras, mais pas le restant de son corps ?

— C'est ça.

— Et son dos, avez-vous remarqué des plaies sur son dos ?

— J'ai rien remarqué au niveau de son dos.

— Est-ce qu'il arrivait à cette petite fille de faire de l'ouvrage chez vous ?

— C'est elle qui lavait toujours le plancher.

— Au complet ? Toujours ?

— Oui.

— Quel âge avait-elle déjà ?

— Six ans.

— C'est à Rockbrun que s'est passé ce que vous racontez là, n'est-ce pas ?

— Oui.

— Elle est décédée à six ans, Monsieur Rouleau, elle n'avait pas six ans lors des événements dont vous nous faites part en ce moment.

— Elle avait quatre ou cinq ans.

— Avez-vous remarqué quelque chose les fois où elle lavait le plancher ?

— Je l'ai surpris quelques fois à boire de l'eau du plancher.

— L'avez-vous empêchée ?

— …

— Maintenant, pouvez-vous nous dire à quel endroit la petite était attachée dans la maison de Saint-Antoine-Abbé ?

— Au début, près du poêle, pis après, elle a été déplacée durant une secousse pas loin des escaliers. Après, on l'a ramenée en arrière du poêle.

— À un autre endroit ?

— Pas à ma connaissance.

— Vous n'avez pas eu connaissance qu'elle ait été attachée après le lit dans la pièce appelée « l'annexe » ?

— Non.

— Avez-vous déjà utilisé autre chose pour attacher votre fille ?

— Non.

— Vous êtes certain de ne pas avoir utilisé une corde, par exemple ?

— J'en suis certain. Peut-être ben ma femme mais moi non.

— Avez-vous connaissance que votre femme l'aurait attachée avec une corde ?

— Si elle l'a fait, je n'en ai pas eu connaissance.

— Où se tenait votre fille durant le jour ?

— Je sais pas, j'étais pas là durant le jour.

— Vous étiez absent tous les jours ?

— Non, le dimanche j'étais là.

— Alors, où se tenait-elle le dimanche durant le jour ?

— Elle était assise toute la journée au pied de l'escalier s'il n'y avait personne.

— Et s'il y avait quelqu'un ?

— Elle était renfermée dans la chambre en haut. Ma femme ne voulait pas qu'elle sorte tant qu'il y avait du monde.

— Pourquoi ?

— Elle ne m'a pas donné de raisons.

— Est-ce que ça vous est déjà arrivé d'être chez vous durant la semaine ? Vous travailliez tous les jours ?

— Quand il faisait beau. Quand il faisait vraiment pas beau, on revenait à maison ou on y allait pas, mais de ma souvenance, c'est presque jamais arrivé ça.

— Donc, il vous est arrivé de ne pas travailler durant la semaine ?

— Oui.

— Où était l'enfant ces jours-là ?

— Assise au pied de l'escalier.

— N'est-ce pas plus exact de dire qu'elle était dans une des chambres du haut ?

— Non, elle était au pied de l'escalier !

— Monsieur Rouleau, pensez-y comme il faut. L'enfant était-elle dans une des chambres du haut ?

— Comme je vous dis, elle était au pied de l'escalier sauf quand y avait du monde.

— La porte était-elle fermée ou ouverte ?

— Ouverte.

— Est-ce qu'il y avait une serrure après cette porte ?

— Oui, mais elle n'était pas barrée, la porte !

— Quel meuble y avait-il dans cette chambre ?

— Une couchette.

— Avec une paillasse dedans ?

— Oui.

— Est-ce qu'il y avait de la paille dans un des coins de cette chambre ?

— Pas à ma connaissance, j'ai jamais été plus d'une demi-heure dans cette pièce-là.

— Vous n'auriez pas demandé par hasard à vos enfants d'aller chercher de la paille chez votre voisin Benoit ?

— Oui.

— Et cette paille n'était pas dans la chambre pour que votre fille s'y couche dessus nue ?

— Je ne sais pas moi !

— Qu'avez-vous fait lorsque vous avez vu que votre fille était morte ? Êtes-vous allé chercher le docteur ?

— Non monsieur, j'ai rien fait.

— Vous n'avez pas creusé un trou derrière la maison ?

— Oui.

— Pourquoi ?

— Je sais pas.

— Vous savez très bien pourquoi ! Personne ne creuse un trou de cinq pieds sans savoir pourquoi !

Monsieur Rouleau, pourquoi avez-vous creusé un trou ?

— Parce que ma femme me l'a demandé.

— Et pourquoi votre femme vous a-t-elle demandé de creuser un trou ?

— Pour enterrer la petite.

— Merci, je n'ai plus d'autre question !

— Monsieur Rouleau, aimez-vous vos enfants ? demanda son avocat.

— Je les aime comme un père aime ses enfants.

— Aimiez-vous votre fille Laura ?

— Pareillement que les autres.

— Vous attachiez votre fille pour quelle raison ?

— Pour pas qu'elle fouille partout, qu'elle boive de l'huile à lampe et pour pas qu'elle se sauve en pleine nuit.

— On pourrait dire dans d'autres mots que vous vouliez la protéger ?

— C'est drette ça !

— Lorsque vous avez réalisé que Laura était malade après avoir bu de l'huile à lampe, vous vous êtes aussitôt rendu chez le docteur, c'est bien ça ?

— Oui, je m'y suis rendu tout de suite à part ça.

— Le docteur vous a dit qu'il n'y avait rien à faire et qu'il ne voulait pas y aller ?

— C'est ça.

— Par la suite, lorsque Laura était malade parce qu'elle buvait encore et encore de l'huile à lampe, est-ce que vous êtes retourné chercher le docteur ?

— Non.

— Pourquoi ?

— Parce qu'il m'avait ben clairement dit qu'il ne pouvait rien faire la première fois. S'il pouvait rien faire cette fois-là, y pouvait rien faire les autres fois non plus.

— Merci, je n'ai pas d'autre question.

Passer la journée à entendre Pierre Rouleau raconter comme si de rien n'était les horreurs vécues par Laura rendit Eva nauséeuse. Elle se dissimula dans le premier buisson qu'elle aperçut en sortant du palais de justice, puis y demeura quelques minutes à vomir. Comment tout cela pouvait-il être possible ? Comment des parents pouvaient-ils faire autant de mal à leur enfant ? Pauvre Laura, elle qui n'avait connu que la misère durant sa courte vie. Eva la revit comme si c'était hier, toute menue, le regard d'un pauvre petit animal sauvage. Eva se surprit à souhaiter que sa femme et lui soient pendus. Le pardon n'avait pas sa place dans pareil cas. Encore moins la clémence ou l'absolution. Ils devaient être lourdement condamnés. Ils devaient mourir comme ils avaient fait mourir leur fille. C'était la seule justice possible. Tandis qu'elle s'essuyait la bouche avec le mouchoir de coton que lui tendit William, elle se demanda ce qu'il était advenu des autres enfants. Pourraient-ils devenir de bonnes personnes ou reproduiraient-ils ce dont ils avaient été témoins ? Partout autour les gens semblaient horrifiés par ce qu'ils avaient entendu. Certains pleuraient en songeant à la petite martyre, d'autres étaient si bouleversés qu'ils restaient silencieux. Cette horrible histoire ne laissait personne indifférent. Même si tous avaient l'impression de connaître la petite Laura, personne mis à part Eva ne pouvait comprendre l'ampleur de ce qu'elle avait vécu. Il fallait avoir croisé le regard de cette enfant-là pour comprendre qu'elle avait enduré l'horreur.

La fin de semaine fila rapidement. Samedi, les clients se succédèrent, donnant très peu de répit au couple. Eva aurait préféré rentrer chez elle plutôt que les écouter parler de la petite martyre. C'était évidemment le seul sujet dont il fut question. Il y avait tellement d'ouvrage à faire qu'elle n'eut d'autre choix que de rester auprès de William afin de lui donner un coup de main. Le dimanche fut plus tranquille puisque le magasin général était fermé. Ils en profitèrent pour bêcher leur jardin et désherber autour de la maison et du magasin. Dans l'après-midi, ils allèrent se promener avec les enfants le long du canal, en profitant pour lancer un peu de pain rassis aux écureuils.

Le lundi matin, le procès s'ouvrit avec l'interrogatoire de Pauline Rouleau qui s'avança la tête haute comme si elle allait prononcer un discours important. Eva prit la main de William et la serra. Elle se demanda à ce moment précis pourquoi elle était venue. Pourquoi ne s'était-elle pas écoutée? Pourquoi n'était-elle pas restée à la maison auprès de ses petits? Elle s'était convaincue qu'elle se devait d'y être, ne serait-ce que pour honorer la mémoire de Laura. William se tourna vers elle et, comprenant son angoisse, déposa un baiser sur sa joue en lui murmurant que justice était sur le point d'être rendue.

— Madame Rouleau, reconnaissez-vous Laura Rouleau comme étant votre fille?

— Oui.

— Vous aviez combien d'enfants ?

— Huit avec celle-là.

— Est-ce que vos enfants sont des enfants intelligents ?

— Oui.

— Tous autant les uns que les autres ?

— Oui.

— Votre fille Laura était donc aussi intelligente que les autres ?

— Oui, seulement qu'on aurait dit que pour certaines choses, elle n'était pas pareille qu'aux autres depuis ses deux ans que je dirais.

— Avez-vous toujours eu votre fille avec vous depuis sa naissance ?

— Non, mon père l'a eue une partie, une bonne secousse.

— Votre père avait Laura chez lui ?

— Oui.

— À partir de quel âge ?

— Elle avait un an et il me l'a ramenée quand elle avait quatre ans.

— Pourquoi ?

— Parce que sa femme est morte et il est tombé ben malade.

— Et pourquoi votre père a-t-il eu votre fille durant trois ans ?

— Parce que j'ai eu un autre enfant après elle et que j'ai failli mourir en couches. Ils l'ont pris pour me donner un peu de répit et après, ben j'ai juste pas été la rechercher.

— Mais pourquoi votre mari n'en a pas fait mention auprès de la Cour ? Ni aucun autre témoin ? Ce fait semble sortir de nulle part ?

— Je ne sais pas pourquoi ils ne l'ont pas mentionné, mais c'est la vérité.

— Vous avez donc confié Laura alors âgée d'un an à votre père, puis vous n'êtes tout simplement pas allée la rechercher jusqu'à ce qu'il vienne vous la porter trois ans plus tard ?

— Non, je l'ai repris quelques secousses, mais c'était eux autres qui l'avaient la plupart du temps.

— Selon vous, est-ce que l'enfant était bien traitée chez votre père ?

— Je pourrais pas vous dire, j'étais pas là.

— Avez-vous été vous-même bien traitée lorsque vous étiez petite par votre père ?

— J'ai rien à dire contre lui. Que Dieu ait son âme.

— Selon vous, votre père aimait-il votre fille ?

— J'ai pour impression que oui.

— Donc, lorsqu'elle est retournée vivre avec vous, elle parlait ?

— Oui, elle parlait.

— Elle semblait intelligente ?

— Elle le semblait.

— Avait-elle des mauvaises habitudes qui vous irritaient ?

— Oh qu'elle en avait de ça ! Elle avait pas mal juste ça ! Des mauvais plis pris chez mon père je pense ben parce que mes autres enfants avaient pas ces mauvaises habitudes-là.

— Vous étiez à Rockbrun lors de son retour ?

— Oui.

— Votre maison était considérable ? Était-ce une grande maison que vous aviez là ?

— Non, c'était un tout petit chantier. On se marchait sur les pieds dans place.

— Diriez-vous que votre fille avait une bonne santé ?

— Non, petite, elle tombait souvent en convulsions.

— Bébé ?

— Oui, bébé.

— Mais sinon, à l'époque où vous étiez à Rockbrun, elle était en bonne santé ?

— Oui, mais elle avait des mauvaises habitudes pas bonnes pour sa santé par exemple. Et avait des défauts que moi j'ai toujours pensé que c'étaient des caprices qu'elle traînait du temps de chez mon père.

— Quels étaient ces défauts ?

— Ben, si vous mettiez des affaires à part, il fallait qu'elle y touche, qu'elle y goûte, qu'elle aille voir ce que c'était. Même si c'étaient des affaires pas bonnes pour elle, fallait qu'elle y aille pareil. Elle écoutait pas, elle n'écoutait rien.

— Pouvez-vous parler plus fort ? On entend à peine ce que vous dites !

— Tant ben qu'on aurait dit « touche pas », elle y aurait goûté pareil. Elle goûtait à toute sans réfléchir.

— Souffrait-elle de maladie, d'infirmité ?

— Elle avait toujours mal aux reins.

— Est-ce qu'elle mouillait son linge ?

— Oui.

— Est-ce que cela avait le don de vous irriter ?

— Ça ne me faisait absolument rien, seulement…

— Ça ne vous faisait absolument rien ?

— Non, mais j'essayais de l'aider à corriger ça. Vous savez, c'est le rôle d'une mère de montrer à ses enfants à bien faire, à avoir de bonnes habitudes.

— Vous la corrigiez comment ?

— Par de simples remontrances monsieur.

— Vous vouliez corriger cela, n'est-ce pas ?

— Je voulais lui montrer que ce n'était pas bien de faire ça.

— Vous vouliez qu'elle arrête de mouiller ses vêtements ?

— Oui, c'est bien ça que je voulais faire.

— Et vous vous y êtes pris comment ?

— Je lui montrais toujours quoi faire. Par exemple, lorsqu'elle mouillait son linge, je lui montrais qu'elle devait le laver. Même chose pour le plancher.

— Et pour son linge, vous lui faisiez laver dans la maison près de vous, pour bien lui montrer ?

— Non, ma maison était un petit chantier, j'avais peine à bouger dedans tant y était pas grand. J'avais pas le choix de l'envoyer dehors.

— À l'automne, votre fille mouillait-elle encore son linge ?

— Oui, tout le temps.

— Vous l'envoyiez laver son linge dehors ?

— Oui, je l'envoyais. Mes enfants jouaient toujours dehors. Pas elle moins qu'un autre.

— Quand l'hiver arrivait et qu'il faisait quinze, trente, quarante degrés en dessous de zéro, vous l'envoyiez dehors laver son linge ?

— Quand il faisait trop frette, je ne l'envoyais pas ! Juste par beau temps.

— Vous jurez Madame que vous n'avez pas envoyé cette enfant dehors par grands froids ? Que vous ne l'avez pas envoyée pieds nus sur la neige ?

— Dans les froids de l'hiver monsieur, mes enfants étaient dehors ! Ils jouaient dehors ! Mes enfants, tous mes enfants étaient pieds nus dehors l'hiver. On était pas riches vous saurez ! On avait pas de bottines pour aucun d'eux autres ni d'été ni d'hiver ! Quand

Monsieur le curé est venu nous visiter, c'était en hiver et mes enfants jouaient dehors pis y en étaient heureux! Être pieds nus, c'est pas la mort de personne vous saurez!

— Vous détournez ma question Madame Rouleau, ce n'est pas du tout ce que je vous ai demandé. Je vous demande si vous avez déjà envoyé votre enfant Laura laver son linge dans la neige tandis qu'il faisait très froid. Il me semble que ma question est très claire! Est-ce que vous me comprenez?

— Oui.

— L'avez-vous fait, oui ou non?

— Oui.

— C'est ce que je voulais savoir! Elle avait six ans?

— Oui.

— Mais pourquoi ne laviez-vous pas son linge vous-même? Ma femme a toujours lavé elle-même les vêtements de nos enfants de cet âge-là. Je n'ai moi-même jamais lavé mes vêtements à cet âge ni mes frères et sœurs. Pourquoi ne lui permettiez-vous pas de le laver à l'intérieur?

— Parce que c'était malpropre. Je voulais juste lui montrer... Si je lui avais permis de les laver dans la maison, elle aurait pas compris que c'était mal de faire ça. Elle aurait pris ça pour une corvée normale. Je pensais juste la corriger moi, l'aider à régler ça.

— Pouvez-vous nous dire comment elle était vêtue lorsqu'elle allait dehors?

— Elle portait les chaussures de son petit frère.

— Les chaussures de son petit frère?

— Oui, nous en avions juste un de chaussé. Quand elle entrait, elle en perdait un, perdait l'autre ou les ôtait.

— Est-ce que vous avez souvenir qu'elle soit entrée de dehors en vous disant que son talon était gelé ?

— Je ne m'en rappelle pas, mais comme je vous disais, tous mes enfants avaient l'habitude d'aller dehors l'hiver et de se geler les pieds et ils ne s'en plaignaient pas eux autres.

— Comment était-elle habillée pour aller dehors ?

— Elle avait sa robe et sa chemise, c'est comme ça qu'ils jouaient dehors.

— Je ne parle que de l'enfant en question. Elle avait des chaussettes dans les chaussures de son petit frère ?

— Non, on en avait pas de ça.

— Et ses vêtements ?

— Une petite robe et sa chemise, comme quand elle jouait dehors.

— Vous n'avez jamais envoyé cette enfant laver son linge dehors pas vêtue ? Nue ?

— Non.

— Vous jurez que vous n'avez jamais au grand jamais envoyé cette enfant-là dehors nue ?

— Oui.

— Madame, vous savez ce que c'est que jurer ? On parle ici de jurer sur la Bible, vous comprenez ça ?

— Oui.

— Pour corriger ce défaut, est-ce que c'est la seule manière dont vous vous y êtes pris ?

— Oui.

— C'est la seule manière, vous en êtes certaine ?

— À part ça, je la tapais comme une mère tape. Comme les autres.

— Madame, reconnaissez-vous cette chaîne ?

— Oui, c'était pour l'attacher la nuit.

— Attendez, vous dites que vous l'attachiez la nuit ?

— Oui.

— Où l'attachiez-vous ?

— Près du poêle.

— Elle dormait sur quoi votre fille ?

— Sur un capot, une couverture et un petit oreiller. Mais après sa mort, je l'ai brûlé parce que ça me faisait trop de peine de voir son oreiller.

— N'était-elle pas couchée directement sur le prélart froid ?

— Soit elle se couchait dessus son capot, soit elle se couvrait avec.

— Enchaîniez-vous vos autres enfants pour la nuit madame ?

— Non, mais eux autres ne se levaient pas ! Elle avait le défaut de se lever la nuit et de toucher à tout. J'avais toujours peur qu'elle renverse une lampe ou touche à quelque chose de dangereux.

— Vous avouez que vous avez toujours enchaîné votre fille ?

— Oui.

— C'était toujours vous qui le faisiez ?

— Non, à tour de rôle. C'est-à-dire moi, mon beau-frère qui restait avec nous et mon mari.

— Vous l'enchaîniez à quelle heure dans la veillée ?

— On se couchait vers minuit, des fois plus tôt des fois plus tard. On se couchait toujours tard nous autres. On la détachait quand on se levait.

— Et le jour ?

— On l'enchaînait pas ! Le jour, elle jouait avec les autres et on en faisait pas de cas.

— Avez-vous déjà vu votre mari décider de l'attacher de lui-même ?

— Mon beau-frère l'attachait souvent, très souvent.

— Ce n'est pas ma question. À votre connaissance, est-ce que vous ou votre mari l'attachiez le jour ou avant le moment de vous coucher ?

— Moi, j'étais presque toujours dans le lit. J'étais souvent malade. Des fois, je voyais qu'elle n'écoutait pas et qu'il n'en venait pas à bout, alors je lui disais « attache-la donc ».

— Vous dites que vous étiez souvent malade ?

— Oh oui monsieur, tout le temps. J'ai pas une grosse santé vous savez !

— Dans ce temps-là, est-ce que votre mari l'attachait ?

— Des fois monsieur, des fois.

— Vous reconnaissez ce cadenas madame ?

— Oui, quand elle est morte, je l'ai brûlé lui aussi.

— Pourquoi ?

— Parce que ça me faisait trop de peine de voir ce cadenas-là.

— Autrement dit, vous aviez des regrets d'avoir utilisé ce cadenas ?

— Oui, mais une fois à Saint-Antoine on ne l'enchaînait plus.

— Vous ne l'enchaîniez plus à Saint-Antoine, vous êtes certaine de ça ?

— Oui.

— Où gardiez-vous la chaîne rangée à Saint-Antoine ?

— Après le poêle.

— Pourquoi ?

— Par habitude.

— Vous êtes certaine que vous n'attachiez pas Laura à Saint-Antoine ?

— Ben certaine.

— Selon vous, pourquoi votre mari affirme le contraire ?

— Je ne saurais dire pourquoi.

— Vous est-il arrivé d'attacher Laura dans une pièce nommée « l'annexe » ?

— Non.

— Réfléchissez comme il faut, Madame Rouleau.

— Oui, peut-être une fois.

— Pouvez-vous élaborer je vous prie ?

— La semaine avant qu'elle meure, j'ai pensé que ça lui ferait du bien de passer la nuit dans cette pièce parce que l'air y était plus frais.

— Vous l'avez installée là ?

— Oui.

— Combien de temps y est-elle restée ?

— Une nuit et un jour.

— L'avez-vous enchaînée dans cette pièce ?

— Non.

— Elle était donc libre de ses mouvements ?

— Non, je l'ai attachée avec un bout de corde mais c'était pour ne pas qu'elle se blesse avec les bouts de carreaux brisés. Laura avait le don de toucher à tout ce qu'elle ne devait pas toucher.

— Vous avez donc utilisé une corde à ce moment-là pour l'attacher ?

— Oui.

— Pourquoi n'avez-vous pas utilisé une corde précédemment ? Pourquoi ne l'aviez-vous pas attachée avec une corde à la place d'une chaîne à Rockbrun par exemple ?

— Parce qu'elle s'en aurait défaite.

— Et à ce moment-là, vous ne craigniez pas qu'elle s'en défasse ?

— Non.

— Pourquoi ?

— Parce qu'elle me semblait beaucoup trop faible pour s'en défaire.

— Avez-vous fait un nœud pour retenir la corde après sa cheville ?

— Oui.

— Ce nœud pouvait-il se défaire facilement ?

— Je dirais que non.

— Avez-vous songé qu'une corde pouvait la blesser davantage compte tenu des blessures qu'elle avait à la cheville ?

— Non, je n'ai pas pensé à ça.

— Votre époux était-il d'accord pour que vous installiez Laura dans cette pièce pour la nuit ?

— Je l'ai mise là en allant me coucher, mon mari était déjà en haut et elle n'y était plus le lendemain à son retour du travail. Je n'ai pas pensé lui en parler.

— Pourquoi ?

— Ça ne m'a pas semblé important de lui en parler.

— Aviez-vous soin de votre fille Laura ?

— Oui, grand soin.

— Vous lui faisiez sa toilette ?

— Comme à mes autres enfants.

— Alors, elle ne pouvait pas avoir de marques sur son corps sans que vous ne les aperceviez ?

— Elle se faisait facilement des plaies qui s'agrandissaient avec le temps.

— Avez-vous souvenir d'avoir vu une plaie sur son talon ? À moins que vous aimeriez voir la plaie dont je parle parce que nous l'avons en photographie.

— J'aimerais autant pas la voir. Je me souviens de l'avoir vue.

— Une plaie longue et profonde ?

— Oui.

— Vous aviez remarqué que cette plaie lui coupait, lui sciait une partie de sa jambe ?

— Oui, c'était à cause qu'on lui attachait la jambe. Ça lui avait fait un petit bobo, mais elle se grattait, grattait jusqu'à ce que ça lui fasse cette plaie-là.

— Vous aviez avisé un docteur ?

— Non, on avait pas l'argent pour payer un docteur nous autres.

— Mais la plaie ne guérissait pas ?

— Elle pouvait pas guérir, elle la lâchait pas ! Elle la grattait, avait toujours les mains dessus !

— Reconnaissez-vous cette *strap* Madame Rouleau ?

— Non monsieur.

— Vous ne l'avez jamais vue ?

— Non.

— Comment expliquez-vous que le témoin avant vous ait témoigné à l'effet que vous vous serviez de cette *strap*, qu'il l'avait coupée après un moulin à battre à votre demande ?

— Parce que mon mari se trompe quand il est ben nerveux.

— Vous n'avez jamais utilisé cette *strap* pour battre votre fille ?

— Non monsieur.

— Vous n'avez jamais utilisé une corde, un morceau de bois ou une chaise pour battre votre fille Laura Rouleau ?

— Non monsieur.

— Mais comment expliquez-vous la longueur et la largeur de toutes les plaies qu'elle avait sur le corps ?

— Elle se grattait toujours !

— Sur ses jambes ?

— Oui.

— Dans son dos ?

— Oui.

— Dans le milieu du dos ?

— Oui.

— Essayez donc vous de vous gratter dans le milieu du dos, vous ne serez pas capable ! Vous dites que toutes les plaies présentes sur le corps de votre fille étaient la cause de son grattage ?

— Oui. Elle avait un petit bobo de rien parce qu'elle s'accrochait dans tout et tombait souvent en jouant avec les autres et se grattait jusqu'à se déchirer la peau. Comme un animal qui se gratte trop pis qui perd son poil. C'est un drôle d'exemple, mais c'est ça pareil. Elle se faisait mal à force de se gratter du matin au soir.

— Trouvez autre chose madame, ça n'a aucun sens ! Comment faisait-elle pour se gratter au milieu du dos pour se faire les plaies qu'elle avait ?

— Elle demandait aux autres enfants de la gratter. Elle arrêtait pas de dire « gratte-moi, je t'en prie gratte-moi ». On lui demandait si ça faisait mal, elle disait qu'elle ne sentait pas.

— Aviez-vous remarqué qu'elle avait un œil au beurre noir à l'œil droit ?

— Oui, elle était tombée.

— Sur quoi ?

— Sur une chaise. J'en ai pris soin sans arrêt. Elle a eu une bosse dès le premier jour et je lui frottais avec de l'huile.

— Vous n'avez vu personne lui donner des coups à la tête et sur le dos ?

— J'en avais trop soin pour ça. J'aurais jamais permis une affaire comme ça!

— Vous en aviez trop soin pour ça?

— Oui.

— Comment expliquez-vous madame qu'on ait retrouvé du sang dans la chambre où elle était? Exactement à sa hauteur?

— Je ne sais pas de quelle chambre vous parlez.

— De celle du fond, celle où les carreaux sont brisés, celle que les propriétaires appellent l'annexe.

— On ne couchait personne là-dedans!

— Comment se fait-il qu'il y avait des traces de sang?

— Je ne sais pas.

— Votre fille ne dormait pas là? Vous ne la gardiez pas là attachée?

— Non monsieur. Sa petite sœur et elle ont dormi là deux soirs. Après deux soirs, elles n'y sont pas retournées parce qu'il faisait beaucoup trop froid. Je les ai couchées dans la cuisine par terre.

— Par terre?

— Oui monsieur, mes petits dorment presque tous à terre. Y a un petit lit pour les huit enfants. Ils sont habitués de même.

— Maintenant, est-ce exact de dire que vous priviez votre fille de boire pour corriger son défaut de se mouiller?

— Non.

— Vous donniez à boire à votre fille autant qu'elle en demandait?

— Non, parce que j'étais presque toujours malade dans mon lit. Je lui en donnais, me recouchais, elle m'en redemandait. Je me levais, lui en donnais et elle m'en redemandait. Un moment donné, j'avais pas le choix de lui dire qu'elle en avait eu et qu'elle en aura plus tard.

— Vous ne l'avez donc jamais privée d'eau ?

— Non, jamais, pourquoi j'aurais fait ça ?

— Est-ce que vous l'avez privée de manger ?

— Non, quand je la privais de manger, c'est parce que j'en avais pas pour moi-même ni pour les autres enfants.

— Cette enfant pleurait-elle parfois en disant qu'elle avait soif ?

— C'étaient des caprices.

— Elle ne vous demandait pas de l'eau sans jamais en avoir ?

— Comme je vous disais, aussitôt que je lui en donnais, aussitôt elle en voulait d'autre ! Je lui disais « attends, maman va t'en donner », mais elle n'écoutait pas, elle en redemandait toujours.

— Est-ce que vous l'avez privée de manger au point qu'elle en pleure ?

— Comme je vous disais, quand elle en était privée, c'est parce que nous en étions tous privés ! Nous étions ben plus pauvres que vous pouvez vous l'imaginer monsieur ! J'en avais pas, je pouvais pas lui en donner ! Je vais vous le dire moi pourquoi nous avons tous manquer de manger : son père a manqué d'ouvrage. Pis sinon, en temps ordinaire, quand il travaillait, il nous plongeait dans la misère tellement il dépensait d'argent dans la boisson. Les plus grands des enfants partaient sur le chemin et mangeaient ce qu'ils trouvaient ou ce que le monde leur donnait, mais nous autres à maison, on mangeait pas. Elle était trop petite pour y aller avec eux autres, alors elle mangeait pas.

— Vous passiez combien de jours sans manger ?

— Ça arrivait souvent qu'on passe trois jours sans manger.

— Receviez-vous des dons de nourriture parfois ?

— Non.

— Votre voisine Blanche Benoit par exemple ne vous a jamais fait envoyer des paniers de nourriture par ses filles ?

— Oui.

— En offriez-vous à votre fille Laura ?

— Certain que je lui en offrais ! C'est la première chose que je faisais, lui en offrir !

— Maintenant, avez-vous déjà vu votre fille boire autre chose que de l'eau ?

— Elle buvait dans toute. Elle buvait l'eau du lave-main. Je lui demandais pourquoi elle buvait ça et elle me répondait « j'aime ça, ça goûte le savonnage ». Il y avait rien à faire pour l'en empêcher, elle aimait le goût du savon. Des caprices que je vous dis.

— Buvait-elle de l'eau qui servait à laver le plancher ?

— Quand elle avait dans l'idée d'en boire, elle en buvait.

— Que faisiez-vous ?

— Je la tapais.

— Comment.

— Avec une petite *strap.* Je la tapais sur les doigts.

— Donc, vous la tapiez avec cette *strap* ?

— Non, pas celle-là, je ne l'ai jamais vue de mon vivant celle-là ! Avec une plus petite qui faisait pas mal.

— La priviez-vous de manger madame ?

— Vous me l'avez déjà demandé, ça ! Quand j'en avais pas, je pouvais pas lui en donner ! J'ai beaucoup pâti de manger.

— Parce que vous étiez trop pauvre ?
— Oui.
— Vous jurez que vous l'avez nourrie autant que les autres ?
— Oui. Si les autres mangeaient plus, c'est parce qu'ils allaient eux-mêmes à la recherche de manger. Ils partaient le matin et revenaient vers les trois heures de l'après-midi. Ils travaillent pour en quêtant en chemin.
— Que faisait-elle de ses journées Laura ? Elle jouait ?
— Elle jouait et elle travaillait. Je l'ai accoutumée à travailler. Elle pis sa plus petite sœur. Elles s'occupaient du plancher celles-là et elles lavaient mon linge.
— Laura lavait les planchers ?
— Oui.
— Elle avait six ans ?
— Oui, mais c'était un plaisir pour elle, elle aimait ça.
— Vous vous arrangiez pour qu'elle ait du plaisir en le faisant ?
— Oui, pis c'était juste un petit plancher, là… Je ne faisais pas ça pour mal faire, mais pour les habituer au travail. Fallait ben qu'elles aident, moi j'étais pas capable. J'étais malade et j'avais deux petits bébés à prendre soin.
— Racontez-nous cette histoire d'huile à lampe.
— Je ne m'en souviens pas, je ne pourrais pas vous dire.
— Faites un effort Madame Rouleau, je suis certain que vous pouvez vous en souvenir.
— On est allés se coucher le soir, on l'a attachée comme d'habitude.
— Vous l'avez attachée comme à l'habitude ?

— Oui. Non, si mes souvenirs sont bons, nous ne l'avions pas attachée ce soir-là. Non, on ne l'attachait pas encore dans ce temps-là, on a commencé après ça justement, à cause de ça ! On s'est levés le matin et elle se roulait sur le plancher. Nous lui avons demandé ce qu'il se passait, mais elle ne pouvait pas répondre, elle était pas capable de parler. On a ben vu qu'il y avait de l'huile à lampe à grandeur de la maison. C'est là que j'ai compris qu'elle s'était fait du thé avec ça parce qu'elle en avait mis dans la théière avec de l'eau pis en avait rempli une des bouteilles des plus jeunes.

— Elle a fait ça toute seule ?

— Je crois ben, je vois pas qui aurait pu l'aider à faire ça.

— Qu'avez-vous fait alors ?

— J'ai envoyé mon mari chercher le docteur, mais il n'a pas voulu venir.

— Le docteur n'a pas voulu s'y rendre ?

— Non, il a dit qu'il ne pouvait rien y faire, que la petite irait soit mieux soit pire. On espérait qu'elle redevienne correcte, qu'elle guérisse.

— Et est-ce qu'elle s'en est remise ?

— Un peu oui, mais pas au complet. Elle n'est jamais revenue comme avant après ça.

— Maintenant, aviez-vous remarqué qu'il manquait des cheveux à votre enfant ?

— Oui.

— Comment expliquez-vous cela ?

— Elle se grattait sans arrêt la tête ! Elle se mettait de l'huile à lampe dans la racine de ses cheveux aussi, ça les faisait tomber.

— Ce n'est pas vous par hasard qui lui en aurez mis dans les cheveux ?

— Non.

— Ce ne serait pas non plus parce que vous la tiriez par les cheveux ?

— Non.

— Vous ne trouvez pas cela étrange qu'il lui manquait des cheveux que sur les côtés de la tête ? Vous jurez que vous ne l'avez jamais tirée par les cheveux ?

— Y a aucun danger pour que j'aie fait ça.

— Vous connaissiez les demoiselles Benoit vos voisines ? Soit Eva et Louisa ?

— Oui, mais pas ben gros.

— Elles sont déjà allées chez vous ?

— Oui.

— Même chose pour Cécilia Émard ?

— Oui.

— Vous connaissiez Joseph Rouleau ?

— Oui, c'est mon beau-frère.

— Vous avez entendu leurs témoignages Madame Rouleau ?

— Oui.

— Comment vous expliquez-vous les intentions qu'ils vous ont prêtées concernant votre fille Laura et les maltraitances dont elle aurait été victime sous votre main ?

— Je ne peux pas me l'expliquer monsieur.

— Est-ce que vous ou votre mari avez battu votre fille Laura ?

— Non.

— Vous jurez que ni vous ni lui ne l'avez battue ?

— On ne l'a jamais battue, on l'aimait ben trop pour ça.

— Pourquoi avoir demandé à votre mari de creuser un trou derrière votre maison ?

— Pour enterrer les déchets qui traînaient partout autour.

— Le jour de la mort de votre fille ?

— Il devait le faire depuis une bonne secousse. Il s'est décidé ce jour-là.

— Il n'est pas allé chercher le docteur ni rien ?

— Il y serait allé après, mais notre voisin monsieur Honoré Benoit est venu sur l'entrefaite.

— Madame Rouleau, êtes-vous consciente que cela ne tient pas debout ?

— C'est la vérité.

— Je n'ai plus de question pour l'accusée.

L'avocat de la défense se leva, lissa sa barbe en regardant sa cliente, puis, après quelques minutes de silence, demanda :

— Madame Rouleau, aimez-vous vos enfants ?

— C'est ben certain que je les aime.

— Tous ?

— Tous pareils.

— Et Laura ?

— Pareille comme les autres.

— Même si elle ne vous écoutait pas toujours ?

— J'essayais de lui montrer les bonnes affaires justement parce que je l'aimais.

— Vous n'avez pas eu une vie facile si j'ai bien compris ce que vous disiez ? Les temps étaient difficiles ?

— Très difficiles monsieur. C'était la misère qui s'en prend à la misère.

— Jugez-vous avoir fait de votre mieux ?

— Oui, tous les jours de mon mieux.

— Vous avez corrigé votre fille Laura de la même façon que vous corrigiez vos autres enfants ?

— De la même manière monsieur.

— Vos autres enfants vont bien ?

— Ils allaient bien dans ce temps-là, je ne sais pas où ils sont rendus maintenant.

— Comment expliquez-vous qu'ils allaient bien tandis que votre fille Laura n'allait pas bien ? N'avaient-ils pas le même traitement ?

— Ils avaient tous le même traitement. Laura était plus faible que les autres.

— Considérez-vous que vous lui donniez des bons soins ?

— Oui monsieur.

— Quel genre de soins lui donniez-vous ?

— Je la frottais avec de la bonne huile, je la lavais, je veillais sur elle comme une mère veille sur ses enfants.

— Parlons de votre beau-frère Joseph Rouleau, c'est bien ça ?

— Oui.

— Selon vous, son comportement face à votre fille Laura était-il convenable ?

— Oh que non monsieur ! Mon beau-frère n'endurait pas cette enfant-là. Il disait toujours qu'il fallait l'élever, qu'elle était pleine de caprices, que ses enfants à lui ne seraient pas comme elle. Il disait toujours « attachez-la donc ».

— Est-ce qu'il la battait ?

— Pas devant moi, j'aurais jamais laissé faire ça, mais dans mon dos, c'est ben possible.

— Si j'ai bien compris, vous attachiez votre fille pour sa sécurité ?

— Oui.

— Selon vous, votre mari est-il intelligent ?

— Oui, mais ce n'est pas le plus intelligent des hommes !

— Est-il un homme violent ?

— Non.

— Un homme bonasse ?

— Oui, trop bonasse.

— Vous, êtes-vous une femme qu'on pourrait qualifier de mauvaise ?

— Pas du tout.

— Vous êtes une femme ayant une santé fragile ?

— Vraiment très fragile, oui.

— Lorsque vous avez réalisé que votre fille était morte, étiez-vous paniquée ?

— Oui monsieur, comme toutes les mères qui trouveraient son enfant mort.

— Lorsque vous êtes paniquée, vous arrive-t-il de faire des choses que vous ne feriez pas normalement ?

— Oui, je viens que je ne peux plus penser comme à la normale et que je ne sais plus ce que je dois faire.

— Merci, j'ai terminé avec le témoin Votre Honneur.

L'assistance se leva et quitta la salle en exprimant leur mépris face aux accusés. Dehors, la foule habituelle de curieux les attendait impatiente de connaître les nouveaux développements. Hector Lanthier, un grand gaillard, lança qu'il était selon lui possible que les parents n'aient rien à se reprocher et que l'enfant était peut-être morte à la suite d'une maladie. Rapidement, la foule lui manifesta son mécontentement, qu'il fallait être un monstre pour penser ainsi, qu'il était sans doute du même sang que les accusés pour tenir de tels propos. Le pauvre homme tenta de se défendre en disant qu'il avait simplement émis une hypothèse sans arrière-pensée, mais personne ne semblait disposé à l'écouter. L'opinion générale était claire : Pierre et Pauline Rouleau étaient coupables !

CHAPITRE 7

Le verdict

Le lundi suivant, le procureur, visiblement bien préparé, commença son plaidoyer en se positionnant face aux jurés. Il les regarda longuement un à un, évaluant, selon son expérience, lesquels étaient déjà convaincus de la culpabilité des accusés et lesquels restaient à convaincre. C'était la première cause aux assises pour le jeune avocat qui comptait bien obtenir la pendaison pour le couple Rouleau. Il travaillait d'arrache-pied sur cette affaire depuis plus d'un an. Un acquittement était impensable. Il avait épluché sans relâche les rapports d'enquête de Dion et du coroner Savage. Il avait scruté à la loupe les photographies du cadavre de la petite Laura, mémorisant chaque plaie, chaque cicatrice, chaque petite marque pouvant indiquer une trace de violence. Sa femme disait même qu'il ne vivait dernièrement que pour cette affaire. À la naissance de leur fille, en avril, il avait proposé de la prénommer Laura, une suggestion que sa femme avait rejetée catégoriquement. C'était, selon elle, un bagage honorifique beaucoup trop lourd à porter pour une si petite fille. Il se devait de convaincre les jurés que la pendaison était la seule option possible. Il le devait à Laura.

— Messieurs les jurés, vous avez entendu comme moi les témoins se succéder ici devant vous pour vous faire part de ce qu'ils avaient entendu et de ce qu'ils avaient vu. La cause qui nous occupe ici aujourd'hui, c'est en fait la mort atroce d'une petite martyre de six ans. Elle a été tuée à petit feu, jour après jour. Inlassablement, sans aucun répit, elle a attendu la mort. Parce qu'elle devait bien sentir qu'elle s'en venait. On la sent, la mort, quand on dépérit de jour en jour, d'heure en heure. Tous les jours de sa vie à partir de ses quatre ans, elle a enduré ce qu'aucun d'entre nous ne pourrait endurer. Pas même un cheval pourrait endurer ça, a dit l'oncle de la victime. Pas même un cheval pourrait endurer ça… Une frêle petite fille de six ans a pourtant dû l'endurer !

Elle a reçu tellement de coups de *strap*, de bardeau de cèdre et de claques qu'elle avait des centaines de marques ou de cicatrices sur le corps ! Des centaines de plaies sur un si petit corps… La petite Laura Rouleau a été attachée au bout de cette chaîne-là, dit-il en la montrant aux jurés. Imaginez-vous passer douze, quinze heures par jour au bout de ça ! Laura dormait au bout de cette chaîne à même le plancher ! Messieurs les jurés, je vous pose la question : n'est-ce pas de la cruauté ? Un de mes fils est plus turbulent que les autres. Il donne un peu plus de misère à ma femme. Il lui arrive quelquefois de se lever durant la nuit. Mon fils a un étrange défaut. Il parle dans son sommeil et fait des choses en dormant sans s'en rendre compte. Pourtant, jamais une seule fois ma femme ou moi avons dit : « Et si nous l'attachions ? » Jamais, ne serait-ce qu'une seule minute cette idée nous a traversé l'esprit ! Vous savez pourquoi ? Parce que c'est cruel, parce qu'aucun parent digne de ce nom ne pense à cette solution pour corriger son enfant, et ce, peu importe son défaut ! Même les bêtes ne sont pas enchaînées ! Laura Rouleau portait sur son pied rachitique des plaies causées par les chaînes utilisées pour la garder enchaînée ! Ses parents, les accusés dans cette cause, se devaient de la protéger et de veiller à ses soins. Ils l'ont pourtant mise en danger nuit après nuit en l'attachant. Si la maison avait brûlé en pleine nuit, auraient-ils eu le temps de trouver la clef et défaire le cadenas ?

Vous avez été minutieusement choisis, messieurs les jurés, pour votre capacité à réfléchir à ce qu'il est juste de faire. Vous êtes ici pour représenter la justice, pour agir en sa parole. Vous êtes mandatés pour faire ce que la justice se doit de faire, c'est-à-dire appliquer les mesures appropriées qui sont à votre disposition pour faire condamner les accusés qui ont cruellement maltraité l'enfant qu'ils avaient à leur charge.

Cette petite fille a dû tous les jours se rendre dehors nue, et ce, même dans les grands froids pour laver ses vêtements. Lesquels, je vous le rappelle, étaient enfilés mouillés sur son petit corps, dehors au grand froid. Pouvez-vous imaginer sortir nus dehors à moins quarante pour enfiler des vêtements imbibés d'eau ? Et devoir rester au froid en attendant qu'on veuille bien vous laisser entrer au chaud ? Qui voudrait passer la journée avec des habits qui sèchent sur soi ? Pouvez-vous vous imaginer vivre cela tous les jours ? C'est de la cruauté, il n'y a aucun autre mot pour ça !

Laura Rouleau a été assoiffée, volontairement. Jour après jour, les accusés l'ont privée d'eau. Malgré ses pleurs, malgré ses supplications, ils l'ont privée d'eau encore et encore. Cette petite fille avait si soif qu'elle était prête à boire n'importe quoi pour assouvir ce besoin pourtant vital. Et ça, c'est en donnant le bénéfice du doute aux parents qui nient la possibilité que ce soit eux qui lui aient donné de l'huile à lampe à boire en ayant comme intention de la rendre encore plus malade qu'elle était. Laissons-leur le bénéfice du doute tout en gardant en tête que ça demeure une possibilité... Un fait demeure, cette enfant demandait à boire et la réponse était toujours non. Les témoins qui se sont présentés devant vous ont tous été clairs: ils ont entendu Laura demander de l'eau et ils ont entendu les accusés lui refuser. Laura a été privée de boire et de manger, volontairement. C'est de la cruauté pure et simple!

Qu'ont fait les accusés après avoir découvert le cadavre de l'enfant? Ils ont immédiatement entrepris de brûler les instruments pouvant les incriminer. Pourquoi? Parce qu'ils se savaient coupables de sa mort!

Vous avez assurément remarqué comme moi que les témoignages des accusés étaient remplis de contradictions, qu'ils se sont même parjurés à de nombreuses reprises. Pourtant, aucun autre témoin ne s'est démenti dans son témoignage. Il est d'une évidence qu'ils sont coupables d'avoir maltraité leur fille Laura. Il n'y a aucune ombre du moindre petit doute qu'ils l'ont battue, affaiblie, assoiffée et affamée jusqu'à ce que mort s'ensuive. Aucune explication, aucun fait ne peut justifier ce qu'ils lui ont fait endurer.

La mémoire de la petite Laura Rouleau est entre vos mains, messieurs les jurés. Vous seuls pouvez faire en sorte qu'elle n'ait pas enduré tout cela en vain. Que le calvaire que fut sa vie trouve réparation dans la condamnation de ses bourreaux. Vous seuls pouvez faire en sorte que justice soit enfin faite. En votre âme et conscience, reconnaissez les accusés comme étant coupables de la mort de leur enfant, car ce sont les faits : ils sont les seuls responsables de sa mort. Le seul verdict que vous devez rendre est de les déclarer criminellement responsables de la mort de leur fille Laura Rouleau âgée d'à peine six ans !

Tandis que le procureur Codebecq allait s'asseoir laissant la place à l'avocat de la partie adverse, on pouvait entendre des dames pleurer dans la salle. Tous espéraient que les accusés soient condamnés, personne ne pouvait envisager un autre verdict.

— Messieurs les jurés, comme l'a si bien dit mon collègue, vous avez été minutieusement choisis pour votre bon jugement et votre capacité à discerner la vérité. Vous ne pouvez pas juger les accusés de par l'impression que vous avez de la situation, sur ce qui vous paraît évident, mais bien sur ce qui s'est vraiment passé, sur les faits. Ils ne sont pas ce qu'ils vous paraissent. L'enfant Laura Rouleau n'était pas comme les autres. Elle avait un comportement différent des autres enfants. Nous ne pouvons pas faire le parallèle avec notre façon de faire avec nos propres enfants, nous avons tous des enfants intelligents capables de ne pas boire ce qu'ils ne doivent pas boire. Qui sont capables de se protéger eux-mêmes du danger. Ne mélangeons pas tout ! Il est vrai que la petite était attachée la nuit, ils l'ont avoué volontiers, mais c'était pour la protéger, juste pour la protéger. S'ils ne le faisaient pas, elle se mettait elle-même en danger. Nous réglons tous les problèmes à la hauteur de notre capacité et à la hauteur de nos moyens. Madame Rouleau prenait les mesures qu'elle pouvait compte tenu de sa santé précaire. Monsieur Rouleau, pour sa part, n'est qu'un pauvre homme qui travaille à la sueur de son front pour subvenir aux besoins de sa famille qu'il ne parvient pas à combler. Ce sont des parents démunis, sans ressources qui ont mal jugé la situation. Leur fille Laura avait une santé aussi fragile que sa mère. Elle est morte d'une pneumonie. Nul ne peut être tenu criminellement responsable pour la pneumonie d'autrui. Elle est morte à la suite d'une pneumonie, c'est un fait médical. C'est à ce fait que vous devez vous référer, juste ce fait.

Le procureur semble faire tout un cas de cette fameuse *strap*, mais monsieur et madame Rouleau ne sont pas les seuls parents à corriger leur enfant à l'aide d'une *strap*. Il est vrai que le fait qu'ils aient tenté de faire disparaître certains objets le jour de la mort de leur fille peut vous paraître étrange, mais étrange ne veut pas dire criminel ! La peine nous fait tous agir différemment, la panique aussi parce que, oui, ça peut être paniquant de trouver le cadavre de son propre enfant.

Rappelez-vous que si vous avez le moindre doute raisonnable de croire qu'ils sont innocents, votre devoir est de les acquitter. Souvenez-vous que la petite est morte à la suite d'une pneumonie et que c'est une cause naturelle. Le sort de ces deux personnes est entre vos mains, vous ne pouvez pas vous laisser aveugler par vos émotions. Vous devez prendre une décision éclairée, vous n'avez aucune marge d'erreur. Laura Rouleau est morte à la suite d'une pneumonie, voilà le seul fait médicalement prouvé sur lequel vous devez vous fier !

Les jurés se retirèrent dans une salle attenante après avoir reçu les recommandations du juge Archambault. Leur mandat était clair : ils devaient juger si chacun des accusés était coupable ou non d'homicide involontaire sur leur fille Laura. Ils avaient également la possibilité de soumettre une recommandation quant à la sentence. L'horloge dans la salle indiquait midi moins le quart. L'assistance quitta les lieux dans un lourd silence. Ils furent tous interpellés par la centaine de curieux qui attendaient à l'extérieur. Craignant de perdre leur place au profit de la foule présente, ils restèrent près de la porte, se tenant prêts à y retourner dès que cela leur serait permis. Il était fort possible que les jurés délibèrent toute la journée et que les portes demeurent fermées, mais ils étaient prêts à prendre le risque. Leur attente ne fut pas vaine, car seulement deux heures quatre minutes plus tard, les jurés étaient prêts à rendre leur verdict. Le juré numéro six se leva et prit nerveusement la parole :

— Nous les jurés reconnaissons Pierre Rouleau coupable d'homicide involontaire. Nous reconnaissons dame Pauline Rouleau coupable d'homicide involontaire. Si la Cour le permet, nous aimerions ajouter que nous recommandons la clémence quant à leur sentence.

Sur le banc des accusés, Pauline Rouleau pleurait à chaudes larmes tandis que son époux n'exprima aucune émotion. Le juge Archambault annonça qu'il prenait la cause en délibéré jusqu'au lundi suivant, date à laquelle la sentence serait prononcée. La salle se vida beaucoup moins rapidement que les jours précédents.

Les gens semblaient avoir besoin d'assimiler tout ce qu'ils avaient entendu de la part du juré numéro six, mais également de l'ensemble des témoignages. Cette histoire les avait tous profondément bouleversés. S'ils étaient tous satisfaits de voir les accusés reconnus coupables d'homicide involontaire, ils avaient de la difficulté à comprendre pourquoi les jurés avaient appelé à la clémence. En d'autres mots, ils ne désiraient pas voir le couple Rouleau être pendu.

Durant les jours qui suivirent, tous ne parlèrent que de la cause et de la sentence tant attendue. Tous les clients du magasin général s'attardèrent longuement, s'épanchant sur la cause. Tout le monde avait besoin d'en parler, de comprendre, de savoir tout ce qui se disait. Eva avait besoin de s'isoler, n'en pouvant plus d'entendre les gens parler de Laura comme s'ils l'avaient connue, comme si elle leur appartenait. Elle laissa donc William se charger du magasin. Elle en profita pour nettoyer la maison de fond en comble, tout en s'occupant des enfants. Elle ressentait le besoin de s'occuper l'esprit, de prendre le contrôle de son espace, de ne plus penser aux Rouleau. Marie-Renarde passa ses journées avec elle. Comme toujours, la présence de son amie lui fit le plus grand bien. Marie-Renarde avait cette facilité à l'apaiser, la ramener vers l'essentiel. Elle avait apporté de la tisane, spécialement préparée pour elle. Eva, qui n'en avait jamais bu, fut agréablement surprise.

— Te rends-tu compte, Marie-Renarde, que les jurés appellent à la clémence ? Ils ne désirent pas qu'ils soient pendus ! Je ne peux pas croire ! Ils reconnaissent que les Rouleau sont coupables, mais ne désirent pas les voir payer de leur vie pour ce qu'ils ont fait. C'est inimaginable !

— Eva, tu ne dois pas te faire du mauvais sang pour une décision qui ne t'appartient pas. C'est te torturer pour rien ça ! C'est peut-être pas une mauvaise chose... Être pendu, ça donne quoi ? Une fois mort, on ne ressent plus rien, n'est-ce pas ? Mais c'est autre chose de devoir vivre tous les jours de sa vie privé de sa liberté, sans pouvoir voir notre famille, en devant vivre au quotidien avec ça. La mort est plus libératrice qu'elle peut faire mal tu sais. Entre la mort ou être privée de ma liberté pour le restant de mes jours, je choisirais la mort sans même y réfléchir. L'idée de mourir fait peur jusqu'au jour où elle arrive, mais l'idée d'être oublié dans une cellule pour des années qui se ressembleront toutes, ça fait peur beaucoup plus longtemps.

— Marie-Renarde, ma si bonne amie, que ferais-je sans tes bonnes paroles ?

Le matin de la sentence, tous espéraient que le juge ne tienne pas compte des recommandations des jurés concernant la clémence, que le couple Rouleau soit pendu derrière le palais de justice, et ce, le plus rapidement possible. Bien que personne n'eût jamais assisté à une pendaison, c'était ce que les bourreaux de l'enfant méritaient croyait-on. D'un air sévère, le juge Archambault se référa à ses notes avant de s'adresser aux accusés.

— Prisonniers, vous avez été accusés d'avoir infligé des blessures corporelles et des mauvais traitements à votre fille Laura âgée de six ans sachant que lesdites blessures et lesdits traitements étaient de nature à causer sa mort. On m'aurait dit que vos intentions en étaient de meurtre, je n'aurais pas été surpris, car je peine à trouver d'autres explications à votre brutalité que l'intention de vous débarrasser de votre enfant. Ce qui m'a encore plus surpris, c'est la recommandation à la Cour que les jurés ont cru bon d'ajouter à leur verdict. Cette recommandation est d'autant plus inexplicable que je les ai vus frissonner, comme moi, d'horreur et d'indignation devant le récit des cruautés inconcevables et contre nature que vous avez infligées à ce pauvre petit être. Le sang de votre sang, la chair de votre chair. Vous l'avez privée de boire et de manger au point que, pour étancher sa soif, elle buvait du pétrole et l'eau avec laquelle vous la forciez à six ans à laver le plancher. Ces privations furent telles que l'autopsie a prouvé qu'elle était déshydratée, c'est-à-dire que ses tissus étaient tellement privés d'eau, plus nécessaire encore à la vie que les aliments, qu'elle n'avait presque plus de sang dans son corps. Bien que, d'après la preuve, elle fût normale, en bonne santé, aussi intelligente que vos autres enfants, vous l'empêchiez de jouer avec ses frères et sœurs. Le soir, vous l'attachiez avec une chaîne et un cadenas que vous avez tenté de détruire après sa mort. La chaîne était tellement serrée et étroite sur sa jambe que la peau de sa petite cheville a été rongée jusqu'à l'os. Aussi, elle passait la nuit sur un plancher étant simplement vêtue d'une petite robe de coton ou en étant nue. Vous l'avez forcée à d'inimaginables reprises à laver cette robe dehors, en plein hiver, des jours où il faisait si froid que des hommes ne pouvaient se rendre à leur travail. Pour ce faire, elle devait se dévêtir complètement et remettre par la suite sa robe glacée. Les engelures à ses pieds prouvent que, dans ces circonstances, elle s'est gelée les pieds. Et lorsqu'elle se plaignait ou qu'en cachette elle prenait de l'eau pour boire, vous la battiez avec une cruauté et un cynisme révoltant. Vous inventiez des supplices dignes du Moyen Âge, au point que les photographies du petit cadavre indiquent des centaines de plaies béantes dont la vue seule est suffisante pour tirer des larmes aux plus endurcis. La mort libératrice est venue par une pneumonie, suite directe des mauvais traitements et des privations que vous lui avez infligés. Une seule photographie est consolante : celle de son pauvre petit visage, encore tuméfié, mais paisible, respirant la paix, la fin de son martyre et son entrée au ciel parmi les anges. Votre crime est plus atroce que celui d'un homme qui tue à coup de revolver, car au moins sa victime n'endure pas les tourments et les affres d'une mort lente comme vous avez fait subir à votre enfant. Votre conduite est tellement inconcevable que c'est à douter si vous avez une âme, car les animaux qui n'en ont pas ne traitent pas leur progéniture comme vous avez traité la vôtre. Et vous n'avez pas eu un seul mot de justification ou d'excuse. Votre défenseur a bien essayé de dresser un tableau de la misère et de la pauvreté qui régnaient dans votre foyer, mais il n'y avait rien dans la preuve présentée devant moi, même faiblement, pouvant expliquer les motifs de votre conduite. La pauvreté ou la misère se trouvent dans tous les temps, dans maints foyers, mais grâce à Dieu, dans notre province, elle s'associe généralement avec les sacrifices héroïques et les privations des parents pour leurs enfants. D'un autre côté, nous avons tout de même des cas isolés, pas aussi graves que le vôtre, de brutalité et de dégénérescence morale. Pour conserver le nom de notre race et semer la terreur auprès de ceux qui seraient tentés de suivre votre exemple, c'est le devoir des tribunaux de réprimander ces crimes sévèrement avec fermeté. Avant de terminer mes remarques et de passer sentences, je ne peux m'exempter de faire quelques observations que je crois pertinentes. La preuve des atrocités subies par la petite victime couvre presque deux années complètes et elles ont peut-être duré plus longtemps. Comment se fait-il que les autorités ne soient pas intervenues pour arracher cette enfant aux supplices de ses parents dégénérés ? On me fera difficilement croire que des choses semblables peuvent durer si longtemps sans s'ébruiter. Je ne peux pas concevoir que les relents nauséabonds de telles atrocités n'aient pas éveillé l'odorat pourtant si sensible de nos bons bergers ruraux, toujours si curieux. De plus, je ne peux qualifier autrement que de lâcheté criminelle la conduite de Joseph Rouleau, témoin de ces horreurs et qui n'est pas intervenu ni n'a même dénoncé les accusés. Cet homme qui est demeuré avec eux plusieurs mois sans rien faire pour mettre fin au martyre de l'enfant. Il ne me reste qu'à trouver désolant qu'il ne soit pas lui-même visé par des accusations criminelles. Il me reste maintenant à partager la responsabilité entre Pierre Rouleau et son épouse Pauline Rouleau née Deschamps. Accusés, vous êtes tous les deux coupables, mais vous, Pauline Rouleau, malgré que le crime que vous avez commis soit inconcevable et contre nature, je peux peut-être considérer le fait que vous souffriez d'un déséquilibre mental à la suite de la misère que vous avez endurée et les traces de maternités les unes après les autres. Puis-je encore parler de maternité à votre endroit ? Le contact d'une brute telle que votre époux n'a peut-être pas aidé votre équilibre mental. Quant à vous, Monsieur Rouleau, vous n'avez aucune sympathie du tribunal. Vous avez participé aux mauvais traitements et aux privations menant à la mort de votre fillette. Non seulement vous y avez participé, mais vous qui étiez le maître de votre foyer, robuste et puissant, vous avez autorisé votre femme à faire un martyre de ce petit être fragile et sans défense. Vous l'avez aidée, vous avez fabriqué les chaînes qui l'attachaient comme une bête de somme rétive et jamais votre cœur, ou l'organe que vous avez à la place du cœur, n'a sursauté en vous commandant d'arrêter ce supplice. Je me suis renseigné auprès de sources autorisées, malgré que la preuve n'en ait pas été faite ici, que vous gagniez de bons gages en tant que bûcheron. Au lieu d'employer votre salaire pour subvenir aux besoins de votre famille, vous préfériez tout dépenser dans votre penchant pour l'alcool. Vous auriez pu, Monsieur Rouleau, offrir une vie convenable à vos enfants, mais vous avez préféré les affamer des jours durant. Je n'ai absolument aucune pitié pour vous. On a fait appel à ma sympathie pour vos enfants, pour que vous puissiez un jour les retrouver, mais vous ne méritez pas les jouissances et les privilèges de votre paternité. D'ailleurs, je me suis informé du sort de vos enfants en m'assurant qu'ils ont été reçus par de bonnes âmes qui, pendant que vous croupirez en prison, les élèveront chrétiennement tout en les tenant à l'abri de votre turpitude morale et l'influence de votre brutalité. Le maximum pour le crime pour lequel vous avez été condamné, à l'exception de la pendaison, est la prison à vie. N'eût été la recommandation des jurés demandant la clémence, recommandation qui demeurera toujours selon moi inexplicable, je vous aurais envoyé à la potence sans le moindre remords. Je préférerais vous voir croupir en prison pour le reste de vos jours que de vous permettre un jour de pouvoir retrouver la liberté, mais je n'ai d'autre choix que de me plier aux recommandations des jurés. Vous, Pauline Deschamps, dame Rouleau, je vous condamne à vingt ans d'emprisonnement. Vous, Monsieur Pierre Rouleau, je vous condamne à vingt-cinq ans d'emprisonnement. Vos sentences comportent des travaux forcés auxquels vous n'aurez aucun autre choix que de vous plier !

Sans rien dire de plus, le juge Archambaut se leva et quitta la salle, laissant planer un silence qui ne dura pas longtemps. Une partie de l'assistance pleurait tandis qu'une autre scandait des bêtises à l'égard des accusés. Une jeune dame assise près de William et Eva perdit connaissance et s'écroula. Le gardien pria les gens de sortir, ce qu'ils firent dans un épouvantable vacarme. Une fois à l'extérieur, la sentence des accusés se répandit comme une traînée de poudre. La cacophonie s'installa rapidement. On cria à l'injustice, exigeant que les accusés soient pendus. William et Eva s'éclipsèrent de la foule en colère, ne désirant que retrouver un peu de calme.

CHAPITRE 8
La grande cérémonie

Un mois plus tard, les gens parlaient encore du procès des Rouleau. Monseigneur Émard, désirant alléger l'atmosphère qui régnait dans la ville, tenta de faire en sorte que l'entrée des sœurs Clarisses dans leur nouveau monastère devienne le sujet de l'heure. Il espérait que cela suscite l'intérêt des habitants, qu'ils soient fiers de contribuer à ce jour de fête qui approchait à grands pas. Eva, qui devait faire partie du cortège d'honneur, n'avait qu'une envie, se défiler. William tenta de la convaincre en lui disant qu'elle devait y participer, que Monseigneur prendrait son désistement comme un affront, mais elle insista pour se retirer. Elle en fit part au curé, qui refusa catégoriquement, prétextant que c'était son devoir de se montrer à la hauteur de l'honneur que Monseigneur lui faisait. Il alla même jusqu'à dire que de tels honneurs étaient bien perçus par le Seigneur et de ne pas oublier que c'était par Monseigneur qu'il dictait ses demandes. La cérémonie extérieure s'annonçait d'une telle envergure que le bon curé Castonguay passa de foyer en foyer afin de s'assurer que tous y seraient présents. Monseigneur avait choisi de tenir l'événement un samedi afin que tous les travailleurs de la Montreal Cotton puissent y assister. Ses recommandations étaient claires: aucune absence ne serait tolérée, sauf pour les mourants ou pour les femmes qui venaient d'accoucher. Pour les autres, aucune excuse ne serait acceptée. Il était du devoir des citoyens d'accueillir les sœurs Clarisses à la hauteur de l'honneur qu'elles leur faisaient en s'installant ici à Valleyfield.

Au magasin général, les ventes allaient bon train. Depuis l'incendie du grand magasin Dion, leurs clients avaient pris l'habitude de se rendre dans les commerces environnants. Eva remarqua cependant que malgré l'augmentation de leurs ventes, leurs liquidités n'augmentaient pas. Elle ne tarda pas à trouver la raison: le livre des comptes à recevoir débordait. Le crédit les étouffait.

— William, as-tu jeté un œil au livre des comptes-clients dernièrement? La situation est plus grave que jamais. On fait plus crédit que l'on ne vend en argent sonnant. On ne pourra pas continuer longtemps comme ça!

— Je sais, c'est ma faute Eva. Je suis incapable de dire non. Crois-moi, j'essaie, mais je finis toujours par avoir pitié et dire oui. Ils me jurent tous dur comme fer qu'ils viendront acquitter leur dû à leur prochaine paie, mais très peu viennent comme convenu. Il n'y a pas une seule journée qui passe sans que je me maudisse d'être aussi bonasse!

— Je vais m'en occuper de la caisse si c'est ça le problème! Tu travailles pas aussi fort William Leduc pour finir par te faire manger la laine sur le dos comme ça!

— Je voulais pas t'inquiéter avec ça, mais je me suis rendu compte dernièrement que je n'étais peut-être pas fait pour la vente. Je veux pas laisser le monde dans la misère, je suis pas capable de ne pas leur fournir ce dont ils ont besoin pour nourrir leur famille.

— Mais William, tu as aussi une famille à nourrir. Ta responsabilité est de nourrir la tienne et c'est de leur responsabilité de nourrir la leur. C'est de même que ça marche ! C'est correct de dépanner ici et là, mais pas de les laisser vivre sur notre bras ! Nous ne pouvons pas revivre ça tous les six mois, il faut qu'on tienne notre bout.

— Pense pas que je le sais pas !

— Tu dis que tu penses ne pas être fait pour la vente, mais dirais-tu que ça te rend malheureux ? demanda- t-elle, inquiète.

— Je dirais pas ça, mais je peux pas dire que ça me rend heureux non plus.

— Te souviens-tu du jour où tu m'as demandé ce que je ferais si j'avais le choix ? Je t'avais répondu que j'aimerais bien avoir un jour une petite épicerie. Tu te souviens de ça ?

— Oui.

— Que me répondrais-tu si je te posais cette question à mon tour ?

— Je sais pas Eva, je n'ai pas la réponse à cette question. Notre vie me convient comme elle est. T'en fais pas avec ça. Faut juste que je m'endurcisse un peu et que j'apprenne à tenir mon bout et que je dise non.

— Nous allons faire une affiche, indiquant que nous ne faisons plus aucun crédit pour tous les comptes excédant vingt-cinq piastres ! Nous voulons ben faire du dépannage d'une semaine à l'autre, mais pas plus que ça, et pour du dépannage, vingt-cinq piastres, c'est ben en masse.

— Mais les clients se sentiront probablement offensés par ça et ils iront ailleurs.

— Ben, ils iront ailleurs, que veux-tu qu'on fasse? Tu vas voir mon William, je serai la main de fer dans un gant de velours, je vais m'en charger.

— Un plan pour qu'ils disent que je ne suis pas maître dans place.

— C'est pas grave, qu'ils disent donc ce qu'ils voudront, on le sait nous deux qui est le maître dans place.

— Je t'aime donc toi.

— Je t'aime aussi cher maître.

— Ne dis pas de bêtises, tu sais ben que j'aspire pas à être maître, c'était une façon de parler.

— Faut ben en rire mon mari, faut ben en rire.

Eva s'empressa de concevoir une affiche indiquant que le crédit n'était applicable que sur l'essentiel en épicerie. Elle se promit de veiller à ce que les clients n'abusent pas de la bonté de son mari. Il ne devait pas se torturer pour les finances des autres. Elle voulait le préserver, déjà qu'elle devait lui annoncer une nouvelle qui ne manquerait probablement pas de l'inquiéter. Elle avait réalisé quelques jours auparavant qu'elle n'avait pas eu besoin de ses guenilles ce mois-ci ni le mois précédent à bien y penser. Elle savait que William ne désirait pas la voir partir pour la famille de sitôt. Elle devait lui en parler sans tarder, elle n'aimait pas lui faire des cachettes. C'est ce qu'elle fit le soir même tandis qu'ils étaient au lit.

— Je sais pas trop comment aborder la question William, mais je dois te parler de quelque chose.

— Quelque chose ne va pas ?

— Ce sera à toi de me le dire. Je veux pas que tu sois inquiet ou que tu te tortures avec ça, mais j'ai ben peur d'avoir un polichinelle dans le tiroir.

— Ah non Eva, dis-moi que tu n'es pas sérieuse ?

— J'ai ben peur que oui.

— Je me doutais ben que la méthode dont tu m'as parlé marchait pas ! Si c'était aussi simple que ça empêcher la famille, y a ben du monde qui le ferait ! Je vois pas comment je pourrais pas être inquiet Eva ! Je veux pas qu'il t'arrive quelque chose, je ne veux pas prendre le risque de te perdre ! Je suis pas fait pour vivre sans toi, c'est pas dur à comprendre ça ! On aurait dû m'écouter et juste s'abstenir !

— Je suis pas d'accord William ! On pouvait pas juste s'abstenir, ça me rendait malheureuse sans bon sens. J'ai besoin de sentir tes bras autour de moi, j'ai besoin de me sentir proche de toi !

— Moi aussi, qu'est-ce que tu penses ! Mais je ne serai pas avancé si je te perds !

— Mais pourquoi songer au pire ? C'est pas parce que ça a mal viré une fois que ça va mal virer toutes les fois !

— Je sais pas quoi penser, je m'attendais pas à ça, répondit-il en se redressant dans le lit. Va falloir que tu te reposes, pas mal à part ça ! Y est pas question de prendre de risque avec ta santé.

— Ni avec celle du bébé.

— Eva, c'est la tienne qui m'importe avant tout !

— Je comprends, mais ça change rien au fait que pour moi, la santé de mes enfants passera toujours avant la mienne.

— C'est pas ma façon de voir les choses. Tu le sais, n'est-ce pas, que si un jour, que Dieu m'en garde, que si un jour je devais faire un choix entre toi ou l'enfant, je ne réfléchirais pas une seule minute ! Mon choix est fait depuis longtemps et rien ni personne ne me fera jamais changer d'idée. Ce sera toujours toi en premier !

— Je veux pas parler de ça, mais si un jour ça devait arriver, c'est l'enfant que tu devras choisir William.

— Ce sera à moi à décider et tu sais ce que je déciderais.

— Alors tiens-toi pour dit que je t'en voudrais jusqu'à la fin de mes jours.

— Tant que tu es en vie pour m'en vouloir, je peux ben vivre avec ça. D'après toi, y serait dû pour quand cet enfant-là ?

— Je ne saurais pas dire, peut-être avril ou mars de l'année prochaine.

— Alors tu m'auras sur les talons jusqu'à mars ou avril de l'année prochaine. Je vais m'assurer que tu te ménages et au moindre petit signe que tu ne vas pas bien, le docteur sera appelé !

— Te rends-tu compte que je te trouve beau même quand tu me chicanes ?

— Essayerais-tu de m'amadouer par hasard ?

Quelques jours plus tard, tandis que Berthe lui rendait visite au magasin général, William en profita pour lui confier ses craintes face à la grossesse d'Eva. Berthe tenta de le rassurer en lui disant qu'elle avait elle-même risqué sa vie en le mettant au monde, mais que cela ne l'avait pas empêchée de donner naissance à sa sœur et à son frère. Son cas était particulier, précisa-t-elle,

elle ne tombait pas en famille aussi facilement que les autres femmes. Tout irait bien pour Eva, il ne devait pas attirer le malheur en y pensant trop. Berthe changea rapidement de sujet, lui confiant à son tour à quel point elle était fière de savoir que sa bru ferait partie du cortège d'honneur qui suivrait celui des sœurs. Elle avoua s'en être vantée dans le voisinage et que Hubert Langevin semblait la jalouser. Elle ajouta qu'elle était fière d'être sa mère, que les gens parlaient toujours en bien de lui et de sa femme et que cela l'enorgueillissait plus qu'elle ne le laissait paraître. Elle souligna par contre que le fait d'être reliée par association à Émilienne Landreville la gênait considérablement. Elle lui raconta que cette dernière passait ses journées entières à crier après sa marmaille, qu'elle sortait souvent étendre son linge sur la corde habillée peu convenablement. Que ses enfants jouaient toujours en plein chemin même beaucoup trop loin de leur logement, considérant leur âge. Selon les dires d'une de ses voisines, Émilienne était en boisson tous les soirs, cherchant la chicane avec tous les membres de la maisonnée. Berthe précisa qu'elle avait beaucoup de chagrin pour Blanche qui devait endurer le comportement de sa pauvre fille. Elle avait bien réfléchi et bien qu'elle eût aimé héberger Blanche et ses enfants, elle ne croyait pas en être capable. Elle ressentait un certain malaise à partager son intimité avec des gens qu'elle connaissait à peine. Elle se sentait terriblement coupable, voire égoïste, de ne pas être ouverte à cette cohabitation. William la rassura en lui disant qu'elle était maîtresse chez elle et qu'elle avait parfaitement le droit de tenir à son intimité.

Le 10 août 1902, jour de la cérémonie officielle d'accueil des sœurs Clarisses en leur monastère, Eva se réveilla nauséeuse. Elle se leva péniblement de sa paillasse et alluma le feu dans le poêle afin de préparer le thé. Les enfants ne tardèrent pas à la rejoindre, suivis de William qui avait dormi quelques minutes plus tard qu'à l'ordinaire. Tandis que William s'occupait maladroitement du déjeuner, Eva en profita pour faire la toilette des enfants. Elle les peigna soigneusement, portant une attention particulière à la coiffure de ses deux filles. Elle prépara leurs plus beaux habits qu'ils enfilèrent après avoir déjeuné. Bien qu'elle n'avait aucune envie d'y être, elle ferait l'effort d'y aller par devoir, « et tant qu'à y aller, aussi bien être présentable », s'était-elle dit. Elle enfila sa plus belle robe d'été, soit celle en coton blanc avec son col de dentelle. Elle se para d'un chapeau blanc à large rebord, se pinça les joues, puis alla rejoindre William qui ne manqua pas, comme toujours, de souligner qu'elle avait belle allure. Le curé lui ayant demandé de rejoindre le cercle des filles de Claire devant la cathédrale à neuf heures tapant, elle sortit, puis alla à la rencontre des autres femmes. Avant d'arriver, elle secoua frénétiquement sa robe, réalisant alors que son ventre trahissait légèrement son état. Elle haussa les épaules, se disant qu'elle ne pouvait rien y faire et que personne n'y porterait attention. Les gens rassemblés devant la cathédrale s'activaient. Eva se sentit légèrement dépassée, ne reconnaissant pas les filles du cercle de Claire parmi les gens présents. Elle chercha donc le curé Castonguay afin qu'il puisse la diriger au bon endroit.

— Vous voilà Madame Leduc, s'exclama la femme de Narcisse Langevin. Venez, nous sommes juste ici! Mais où sont vos accompagnatrices?

— Mes accompagnatrices? demanda Eva sans trop comprendre.

— Vous deviez demander à deux femmes de vous accompagner.

— On m'a pas mis au courant de ce fait, bredouilla-t-elle. Est-ce grave?

— Je ne saurais dire, mais c'est ce que Monseigneur a demandé!

— Êtes-vous certaine que cela s'applique également à moi?

— Oui, bien certaine, c'est bien écrit sur mon papier.

— Quelle heure est-il? Quelqu'un a l'heure?

— Neuf heures moins vingt, répondit un homme qui se trouvait tout près.

— Madame Langevin, à quelle heure partons-nous?

— Dix heures moins le quart, mais nous devons être installées dans trente minutes.

— Je reviens, je ne serai pas longue!

— Faites vite Madame Leduc, je ne veux pas être prise à expliquer votre retard! N'oubliez pas que vos accompagnatrices doivent être des femmes mariées!

— Ne vous en faites pas, je serai à l'heure. J'habite tout près comme vous le savez sans doute.

Eva se rendit chez elle en courant. Elle espérait que Berthe, qui devait rejoindre William et les enfants, y soit déjà. Elle s'arrêta quelques instants pour reprendre son souffle, puis reprit sa course.

— Eva, demanda William visiblement surpris de la voir, quelque chose ne va pas?

— Savais-tu toi que je devais avoir deux accompagnatrices ? lui demanda-t-elle, le souffle court.

— Je n'ai pas eu vent de ça !

— Est-ce que ta mère est là ?

— Oui, elle est à l'intérieur avec les enfants, je m'en allais préparer les chevaux.

— Berthe, j'ai besoin de vous ! s'exclama-t-elle en la rejoignant. Seriez-vous parée à m'accompagner pour la cérémonie ?

— Moi ça ? Mais tu n'y penses pas, je ne suis pas vêtue pour cela.

— Vous êtes parfaite Berthe ! Venez, j'ai besoin de vous !

Berthe s'exécuta sans trop discuter malgré la nervosité qui la gagnait. Eva devait trouver dans l'immédiat une autre accompagnatrice. Tandis qu'elles marchaient vers la cathédrale, elle aperçut la femme d'Hector Lanthier qui vidait un seau d'eau usée à côté de sa maison.

— Dites-moi Madame Lanthier, vous êtes bien belle aujourd'hui.

— Certain, c'est une grande journée et je ne voudrais pas faire honte à mon mari et encore moins à notre Seigneur.

— Justement, en parlant de notre Seigneur, seriez-vous disposée à être une des accompagnatrices des sœurs Clarisses jusqu'à leur nouveau monastère ? Vous seriez en ma compagnie et celle de ma belle-mère dans une des voitures du cortège de Monseigneur.

— Oh non, je ne suis pas disposée pour ça ! Je ne peux pas laisser mon mari s'occuper de conduire seul la marmaille jusque dans Bellerive, l'autre bord de la ville.

— Madame Lanthier, il en sera capable. Vous savez que c'est un honneur réservé à très peu d'entre nous. N'avez-vous pas une grande fille, vous ? Elle aidera son père. Allez demander à votre mari si vous pouvez venir, il sera peut-être fier de vous savoir de cette prestigieuse cérémonie.

— Qu'est-ce qui se passe icitte à matin ? demanda Hector Lanthier en ouvrant la porte.

— Voilà justement l'homme dont nous parlions ! Monsieur Lanthier, vous n'êtes pas sans savoir que Monseigneur Émard prend très au sérieux la cérémonie d'aujourd'hui et qu'il y a mis temps, efforts et grands espoirs ? Nous aurions besoin de votre femme pour être une des accompagnatrices, honneur qui, soit dit en passant, est d'un très grand prestige. Je ne crois pas me tromper en affirmant qu'un refus de votre part causerait un grand embarras auprès de Monseigneur.

— Ben voyons, pourquoi ma femme à matin ?

— Parce qu'en étant votre femme justement, elle se voit digne de cet honneur.

— Qu'est-ce que t'attends Marie-Louise, va te préparer !

— Mais les enfants ? demanda-t-elle, hébétée.

— Est-ce que j'ai l'air de pas être capable de gérer ça ? Allez grouille, fais pas attendre Monseigneur, toi là !

— Je dois aller rafraîchir ma toilette et mettre mon chapeau !

— Madame Lanthier, faites vite et venez nous rejoindre d'ici quinze minutes au plus tard devant la cathédrale. Monsieur Lanthier, merci de votre implication pour cette cérémonie.

— Fait plaisir, fait plaisir, répéta-t-il fièrement.

Eva et Berthe marchèrent d'un pas rapide vers la cathédrale. Une fois arrivées, Eva replaça son chapeau, essuya son front à l'aide de son mouchoir de coton blanc dissimulé dans sa manche. Berthe et elle relevèrent la tête, laissèrent échapper un long soupir, puis allèrent rejoindre les autres femmes en marchant bras dessus bras dessous.

— Vous avez trouvé une accompagnatrice, remarqua madame Langevin.

— Oui, mais Madame Lanthier s'en vient aussi nous rejoindre. Elle sera ici dans quelques minutes. Je suis désolée, personne m'avait fait part qu'il me fallait des accompagnatrices, sinon j'aurais demandé dès le départ à ma mère et ma belle-mère de m'accompagner.

— Ne vous en faites pas, tout se passera bien, répondit la vieille dame. L'important, c'est que vous soyez accompagnée maintenant.

— Madame Leduc, je suis là, s'exclama Marie-Louise Lanthier en cherchant son souffle. Je suis là...

— Regardez, les voitures arrivent, fit remarquer une des filles de Claire.

Sept voitures tirées par de magnifiques chevaux blancs s'arrêtèrent devant la cathédrale, occupant tout l'espace disponible sur le chemin. Dans la première voiture, en tête du convoi, se trouvait une imposante statue de Notre-Dame-de-Lourdes apportée de Lourdes par les Clarisses. Monseigneur Émard, le curé Castonguay et les sœurs de la Providence montèrent dans la deuxième voiture. Chacune des sœurs Clarisses prit place dans une voiture accompagnée d'une fille de Claire et ses deux accompagnatrices. Le départ fut triomphal. Les voitures se succédèrent lentement, presque solennellement. Les gens assemblés aux abords du chemin applaudissaient à leur passage. Une fois le convoi passé, ils le suivirent fièrement jusque dans Bellerive où avait été aménagé un autel spécialement pour l'occasion. La foule était considérable, plus de cinq mille personnes s'étaient rassemblées pour accueillir les Clarisses. Eva jeta un coup d'œil à sa belle-mère qui saluait fièrement la foule. Elle remarqua que la sœur Clarisse assise devant elle tentait de se faire discrète et ne semblait pas à l'aise devant toute cette attention. Une fois arrivées, les sœurs Clarisses s'agenouillèrent devant leur prie-Dieu, installé tout près de l'autel où Monseigneur s'installa pour son discours. Les filles de Claire et leurs accompagnatrices s'installèrent à droite de l'autel sur des chaises mises à leur disposition. Eva contempla la foule. Jamais elle n'avait vu autant de gens rassemblés. Monseigneur Émard commença son allocution devant une foule silencieuse qui buvait ses paroles. L'heure était solennelle, tous en étaient conscients. Monseigneur termina son discours devant une foule conquise. Les sœurs Clarisses se levèrent, suivies des filles de Claire et leurs accompagnatrices. Elles suivirent Monseigneur qui marcha en direction du monastère. Les cinq sœurs Clarisses, de petites femmes menues vêtues de noir, dont le costume ne laissait à découvert que la partie centrale de leur visage, paraissaient bien humbles malgré l'importante attention qu'on leur portait. Elles gardèrent le silence, se contentant de saluer les gens d'un signe de la tête. Une fois sur le terrain qui leur était offert et sur lequel les habitants de la ville avaient construit leur monastère, elles regardèrent partout autour. Elles semblaient heureuses de découvrir les lieux. Le grand terrain était en effet magnifique, de nombreux arbres se dressaient fièrement, leur offrant une certaine intimité. Une petite chapelle était érigée tout près de leur monastère. Un photographe de Montréal, présent à la demande de Monseigneur, pria les sœurs de se placer près d'un immense arbre afin d'immortaliser le moment. Enthousiaste, Monseigneur proposa ensuite de les prendre individuellement en photo. Une heure plus tard, elles saluèrent la foule, puis entrèrent découvrir leur monastère. William et les enfants vinrent rejoindre Eva et Berthe, qui ne tenait plus en place tant elle était comblée par sa journée. Eva, pour sa part, éprouvait une grande fatigue et n'avait qu'une envie, retourner chez elle. Berthe la remercia une fois de plus d'avoir pensé à elle. William proposa d'aller reconduire sa mère avant de retourner au magasin. Madame Lanthier retrouva les siens, pas peu fière d'avoir participé à ce qui était, selon elle, le plus grand événement jamais tenu à Valleyfield.

Ce soir-là, peu après le repas du soir, on frappa à la porte. William n'eut pas le temps d'ouvrir que Blanche et Émilienne entrèrent, visiblement en colère.

— Veux-tu ben me dire ma fille, ce que j'ai fait pour mériter d'être traitée comme ça ? demanda Blanche, dans tous ses états. Devant toute la ville en plus ! M'en veux-tu tant que ça ? Ai-je été une si mauvaise mère que ça ? Allez, Eva Benoit, réponds-moi. J'ai vraiment été une si mauvaise mère que ça pour que tu aies honte de moi ?

— Mais de quoi parlez-vous ? Qu'est-ce que j'ai fait pour vous mettre dans cet état-là ?

— En plus, tu n'éprouves aucune gêne à l'avoir fait ! Tellement, que tu sais même pas de quoi je parle.

— Je vous l'avais dit maman qu'Eva n'était pas celle que vous pensiez ! ajouta Émilienne. Elle a pas de scrupule à arracher le cœur de sa propre mère et à tasser sa famille du revers de la main comme si de rien n'était !

— Mais de quoi parlez-vous ? s'impatienta Eva.

— Fais donc pas ton innocente, tu dois ben t'en douter, répondit sèchement Émilienne.

— OK mesdames, on va respirer un peu et s'expliquer calmement, ordonna William. Commencez par vous asseoir, on va partir du thé.

— Il est pas question que je m'assoie à la table d'une traîtresse, lança Émilienne.

— Je comprends pas pantoute de quoi vous parlez. Vous débarquez ici dans une colère noire et vous m'attaquez en parole sans que je sache de quoi il est question !

— T'accompagnais les Clarisses tantôt ? demanda Émilienne d'un ton accusateur.

— Oui, mais vous le saviez ça, non ? C'est parce que j'ai rendu service en prenant soin du p'tit Joseph, que Dieu ait son âme, mais je comprends toujours pas le problème. Je vous ai fait honte ?

— Certain, que tu m'as fait honte ma fille ! Pis pas juste un peu à part ça ! Peux-tu m'expliquer pourquoi tu ne m'as pas demandé d'être une de tes accompagnatrices ? Moi, ta propre mère, tassée comme une vulgaire guenille. Avec tout le respect que j'ai pour la mère de ton mari, c'est toujours ben pas elle qui t'a mise au monde. C'est pas elle non plus qui t'a élevée ! C'est moi ta mère, pas elle.

— Pis l'autre femme, c'est toujours ben pas ta sœur à ce que je sache, fit remarquer Émilienne. Est-ce que c'est elle qui t'a hébergée quand tu es débarquée icitte ?

Non! C'est moi! On sait ben, tu te penses tellement supérieure à moi que tu me voulais pas auprès de toi.

— Vous faites erreur! J'ai pas choisi Berthe et madame Lanthier. En fait, oui, mais c'est par dépit! On m'avait pas dit qu'il me fallait deux accompagnatrices, je l'ai su ce matin en me rendant à la cathédrale. On m'a sommée de m'en trouver deux sur-le-champ, en moins de trente minutes! Je pouvais pas vous envoyer chercher. J'avais pas le choix!

— Mais tu as eu le temps de faire envoyer chercher Berthe et l'autre femme.

— Maman, Berthe était déjà ici ce matin, la cathédrale est juste à côté. J'ai juste eu le temps de courir à maison lui demander! J'ai pas voulu mal faire! Et madame Lanthier demeure sur le chemin entre ici et la cathédrale. J'ai eu l'idée de lui demander en l'apercevant dehors devant chez elle. Ça s'est fait ben vite, j'ai pas eu le temps de réfléchir. Il a même fallu que je coure pour arriver à temps.

— Voir que tu n'étais pas au courant qu'il te fallait deux accompagnatrices, répondit Émilienne. Ingrate, pis menteuse en plus.

— Émilienne, ça suffit, trancha fermement William. Je t'ai déjà avertie que je tolérerai jamais que tu manques de respect à ma femme devant moi et encore moins dans notre maison!

— Penses-tu qu'elle nous en a pas manqué de respect, elle aujourd'hui?

— Maman, vous me connaissez non? demanda Eva, en ignorant l'arrogance de sa sœur. Vous savez ben que je suis pas une menteuse! Je vous l'aurais demandé l'avoir su avant. C'est ben évident ça. Si vous voulez tout savoir, je l'aurais demandé à vous en premier, pis à Berthe ensuite. C'est à vous deux que j'aurais voulu faire cet honneur !

— Pis pas à moi, c'est ça ? s'offusqua Émilienne. Après tout ce que j'ai fait pour toi, tu ne m'aurais pas fait cet honneur-là ?

— Émilienne, j'ai fait des choses pour toi, moi aussi. C'est pas comme si j'avais profité de ta bonté sans rien faire pour toi en échange. C'est Berthe qui m'aide presque tous les jours avec la maisonnée pis les enfants, c'est pas toi.

— Venez maman, on sacre notre camp, on a plus rien à faire ici.

— Maman, croyez-moi, j'avais pas le temps d'aller vous chercher, sinon c'est ben certain que je l'aurais fait, insista Eva.

Les deux femmes sortirent sans rien ajouter. Émilienne claqua la porte, laissant Eva en pleurs. Elle les regarda s'éloigner par la fenêtre en se retenant de ne pas courir à leur rencontre pour se confondre en excuses. Empathique, elle comprenait que cette situation ait pu chagriner sa mère. Elle savait que cette dernière aurait été fière de faire partie de cet honneur et que voir deux autres femmes prendre la place qui lui était due l'avait certainement peinée. Eva n'avait jamais vu sa mère dans une colère semblable, ce qui l'inquiéta. Elle essuya ses larmes en espérant que sa mère ne tarde pas à lui pardonner.

— Chose certaine, personne pourra dire que les femmes Benoit ne sont pas dotées d'un sacré caractère, lança William.

— Sois sérieux William, rétorqua Eva. C'est pas drôle, y a pas de quoi en rire.

— Ben, je vais pas en pleurer certain ! Vaudrait mieux pour ta mère de se trouver rapidement un logis bien à elle avant qu'Émilienne ne déteigne trop sur elle.

— Je pense qu'elle jalouse un peu ta mère, répondit Eva avec tristesse.

— Ben voyons, jalouser ma mère, s'étonna William.

— Elle doit ben sentir que je me rapproche de ta mère et que je m'éloigne d'elle. Ça doit pas être facile pour une mère de sentir que sa propre fille s'entend mieux avec sa belle-mère qu'avec elle. Je vais laisser passer quelques jours et j'irai lui parler, j'ai pas envie qu'elle soit chagrinée pour ça et encore moins qu'elle m'en tienne rancune.

— Te fais donc pas de mauvais sang avec ça. Tu sais ben qu'une mère, ça peut pas garder rancune à ses enfants.

CHAPITRE 9

La mère du loup

L'automne apporta une certaine accalmie dans la ville, au grand dam du journal régional qui avait fait ses choux gras des événements des derniers mois. Les clients du magasin général se plaisaient encore à s'attarder en jasant tantôt de la petite Laura, tantôt de la construction du grand magasin Dion qui allait bon train. Eva, devenue grosse plus rapidement qu'à l'ordinaire, espaça ses visites au commerce, profitant de la présence de Marie-Renarde qui se plaisait à donner un coup de main à William aussi souvent qu'elle le pouvait. Elle en profita pour préparer ses conserves en prenant soin d'en faire plus afin de les offrir à la vente au magasin au grand bonheur de certains veufs qui adoraient ses confitures et ses marmelades. Comme il lui manquait du sucre, Eva traversa à l'épicerie avec les enfants. Elle en profita pour jeter un rapide coup d'œil au livre de comptes. Elle fut satisfaite de constater que le crédit des clients avait diminué. William sortit en disant qu'il allait livrer la commande de la veuve Dupuis.

— Je sais pas si c'est juste moi qui remarque ça, mais me semble que tu es pas mal grosse, fit remarquer Marie-Renarde. Selon moi, il y a plus qu'un oiseau dans le nid.

— Fais-moi pas des peurs, répondit Eva en riant.

— Deux d'un coup, ça ferait ben plaisir à Monsieur le curé.

— Pour lui faire plaisir, ça lui ferait plaisir. Plus on a d'enfants et plus il est content. Ça paraît que c'est pas lui qui les porte et qui les élève parce qu'il insisterait pas autant.

La clochette de la porte d'entrée se fit entendre. Une dame d'un certain âge, distinguée, entra d'un pas assuré. Elle regarda autour d'elle et se rendit directement au comptoir.

— Bonjour, auriez-vous des petits gants de coton? demanda-t-elle. J'ai perdu un des miens dans le voyage.

— Malheureusement non madame, répondit Eva.

— Quel dommage! J'aurais dû me renseigner à l'hôtel où je loge, ça m'aurait évité de me déplacer inutilement, quoique ça m'ait fait du bien de sortir prendre l'air.

— Vous êtes donc de passage dans notre ville? demanda Marie-Renarde.

— Oui, je dois prendre le train demain matin pour Beauharnois. Je devais loger au Grand Trunk, mais il n'y avait plus de chambre vacante, alors on m'a déplacée au Windsor. C'est une belle ville que vous avez.

— Merci madame, répondit Marie-Renarde. C'est votre première visite?

— Oui, je ne suis pas une grande sorteuse, je suis bien chez moi dans mes vieilles affaires. Vous savez, à mon âge, on préfère s'abstenir de faire de longs déplacements.

— Maman, maison? demanda Édouard, en se faufilant derrière le comptoir. J'ai faim.

— Mais quel beau garçon vous avez là, fit remarquer la vieille dame en s'adressant à Marie-Renarde.

— C'est pas le mien, c'est celui d'Eva, répondit-elle.

La dame demeura inexpressive quelques instants, visiblement perdue dans ses pensées. Elle observa Édouard qui lui rappelait son défunt fils à pareil âge. Il y avait un petit quelque chose au fond du regard du garçon qui l'ébranla. La dame, qui n'avait pas de contact avec de jeunes enfants, s'attarda à regarder les particularités de l'enfant. Il lui rappelait également le fils d'un couple de cultivateurs qu'elle avait récemment croisé au magasin général à Saint-Antoine. Elle sourit en remarquant les cheveux d'un blond si pâle qu'ils en étaient presque blancs. Petit, son fils avait la même teinte de cheveux qui, au fil des années, étaient devenus couleur de blé.

— Dis-moi, quel est ton nom mon enfant? lui demanda- t-elle.

— É-ouard, répondit-il timidement.

— Quel âge as-tu?

— Il aura trois ans en hiver, répondit Eva.

— Vous n'avez pas perdu de temps, souligna la dame en regardant Vivian et Fleur-Ange.

— Non, c'est le moins qu'on puisse dire, rétorqua Eva.

— Vous êtes bien bonne, j'aurais aimé avoir une grande famille, mais la vie en a décidé autrement. Dieu a cru bon de m'en donner que deux. Les membres de ma famille sont malheureusement tous morts aujourd'hui, que Dieu ait leur âme. Mon pauvre fils est mort tragiquement et ma fille en donnant naissance à son premier enfant.

— C'est d'une telle tristesse, compatit Marie-Renarde.

— En effet. D'ailleurs, mon petit bonhomme, tu me fais penser à mon fils. Il avait le même regard que toi et des cheveux aussi pâles que les tiens.

— Il ressemble comme deux gouttes d'eau à mon mari, coupa Eva. C'est le portrait tout craché de son père.

— Votre mari doit avoir une certaine ressemblance avec mon fils.

— Je voudrais pas être impolie, mais je dois retourner à la maison. J'ai des confitures qui m'attendent et les enfants semblent avoir faim. Madame, je vous laisse aux bons soins de mon amie tout en vous souhaitant une bonne route vers Beauharnois demain.

— Merci vous êtes bien gentille… Madame ?

— Leduc, Madame Leduc.

— Enchantée Madame Leduc, je suis Madame Gendron.

— Enchantée pareillement, Madame Gendron, répondit Eva en sentant son sang se figer dans tout son corps. Allez les enfants, nous avons assez tardé, il est l'heure de rentrer.

Eva s'empressa de quitter le magasin général, impatiente de se réfugier chez elle. Cette femme était la mère de Gaston Gendron, elle en était certaine. Mais que faisait-elle dans son magasin ? Était-elle au courant ? Non, c'était impossible, seuls William et Marie-Renarde étaient au courant ! Eva s'empara du combiné du téléphone et demanda au standardiste de la transférer au magasin général. Elle devait avertir Marie-Renarde de ne pas mentionner de détails pouvant la relier au docteur Gendron, ne serait-ce qu'elle était originaire de Saint-Antoine. Eva se ravisa. Elle raccrocha, craignant qu'un curieux quelque part en ville écoute sur la ligne. Elle tourna en rond dans la cuisine, incapable de contrôler sa nervosité. Elle tenta de se ressaisir en préparant le dîner des enfants, mais ses mains tremblaient tellement qu'elle échappa un œuf sur le plancher. Tandis qu'elle se penchait pour le ramasser, on frappa à la porte. Elle se releva d'un bond et demeura figée, incapable d'aller répondre. On frappa de nouveau. Elle prit une grande respiration, releva la tête et se rendit à la porte en prenant soin de ne pas l'ouvrir à sa pleine grandeur.

— Pardonnez mon impolitesse, bafouilla madame Gendron. Je sais bien que ce n'est pas convenable de se présenter chez le monde sans y être invité, mais pourrions-nous discuter quelques instants ?

— C'est que, voyez-vous, j'ai ben de l'ouvrage sur les bras, j'ai pas vraiment le temps de jaser...

— Ce ne sera pas très long, je ne m'éterniserai pas. Puis-je vous aider dans votre ouvrage ? Ça me fera plaisir de passer le temps en votre compagnie tout en vous donnant un coup de main.

— Je vous remercie de le proposer, mais ça va. Que puis-je pour vous madame ?

— Laissez-moi entrer, je vous prie. Nous serons mieux à l'intérieur pour parler que sur le seuil de la porte, ne croyez-vous pas ? Et je me fais vieille, je m'assoirais volontiers quelques minutes.

— Ce n'est vraiment pas le bon moment.

— Allez mon enfant, je ne m'attarderai pas, j'ai besoin de vous parler.

— Entrez, mais je vous avertis que je n'ai pas beaucoup de temps. Que voulez-vous ? demanda sèchement Eva.

— Prenons le temps de nous asseoir quelques instants, voulez-vous ?

— Si vous insistez, mais seulement quelques minutes. Mon mari devrait pas tarder à revenir ! Je ne voudrais pas paraître impolie, mais je ne vois pas de quoi nous pourrions discuter.

— Votre amie m'a dit que vous veniez de Saint-Antoine vous aussi ? demanda d'emblée la vieille dame.

— Ça se pourrait oui, mais ça fait ben longtemps que je suis partie.

— Votre nom de jeune fille est-il Benoit ?

— Oui, répondit craintivement Eva.

— Vous savez qui je suis, n'est-ce pas ?

— Si vous êtes de Saint-Antoine et que vous êtes une Gendron, j'imagine que vous êtes une parente des docteurs ?

— Effectivement, je suis la mère de Gaston, vous le connaissiez très bien, à moins que je ne fasse erreur ?

— Non, je le connaissais pas très bien. Je le connaissais juste comme ça.

— Pourtant, vous deviez vous marier ?

— Il n'en a jamais été question, non ! Je sais pas d'où viennent vos informations, mais elles sont complètement fausses, s'indigna Eva.

— Vous me voyez confuse, Madame Leduc, c'est pourtant ce que mon fils m'avait dit.

— Je me vois navrée de vous apprendre que votre fils vous a effrontément menti ! Il n'a jamais au grand jamais été question de mariage entre nous.

— J'avoue ne pas trop comprendre, il m'avait dit que les noces ne tarderaient pas. Il m'a dit être venu ici à Valleyfield pour vous fréquenter. Il disait que ce n'était qu'une question de temps avant que vous retourniez à Saint-Antoine pour vous marier.

— Il est vrai que votre fils m'a fait la grande demande, à trois reprises pour être précise, mais j'ai refusé catégoriquement à chaque fois ! J'étais déjà promise à mon mari et je n'ai jamais eu l'intention d'épouser un autre homme que lui !

— Pourtant, votre fils est né tandis que le mien était encore vivant et je vous assure qu'il est son portrait tout craché. Je ne vous cherche pas d'ennuis Madame Leduc. Je ne suis pas ici pour vous mettre dans l'embarras auprès de votre mari, mais si je pouvais vous montrer le portrait que j'ai de mon fils à quatre ans, vous seriez vous aussi saisie par la ressemblance !

— Je ne suis pas certaine de comprendre ce que vous essayez d'insinuer Madame Gendron, mais si vous tenez à connaître la vérité, je vais vous la dire ! Je portais vraiment pas votre fils dans mon cœur ! J'ai pour mon dire qu'il aurait pu se rendre chez les Rouleau malgré l'absence de votre mari. Il aurait pu intervenir. Il en avait le pouvoir en tant que docteur, mais il ne l'a pas fait. Il n'y est pas allé ! Je n'avais aucun agrément à discuter avec lui. Je dirais même que je le trouvais suffisant. Je trouvais qu'il crachait sur le pauvre monde avec un désolant mépris ! Je comprends que votre fils puisse vous manquer et que vous trouvez une ressemblance avec mon fils pour je ne sais quelle raison, mais je vous assure que vous faites erreur. Votre fils et moi n'avons jamais été fiancés !

— Sans être fiancée avec lui, vous n'auriez pas par hasard pu succomber à ses avances ? C'était un beau garçon, charmant avec les dames...

— Madame Gendron, je suis une fille de bonne éducation, jamais je n'aurais fait ce que vous supposez ! J'aimais déjà mon mari. Je n'ai et ne succomberai jamais aux avances d'aucun autre homme. Maintenant, si vous voulez bien m'excuser, je crois vous avoir accordé suffisamment de temps !

— Madame Leduc, je voudrais juste que vous sachiez que je n'avais pas l'intention de vous bouleverser ainsi. J'ai été maladroite et je m'en excuse. Je m'étais seulement dit que peut-être, je dis bien peut-être, la vie me réservait le miracle d'être moins seule que je le pensais. C'est le genre de chose qui arrive même dans les meilleures familles. Ça aurait pu être possible. Maintenant, si vous me dites que je fais erreur, je n'insisterai pas.

— Vous faites effectivement erreur Madame Gendron, croyez-moi, vous faites erreur, répéta Eva.

— Dans ce cas, je vous remercie d'avoir pris le temps d'écouter les sornettes d'une vieille dame qui, à force d'avoir trop de temps libre, s'imagine des choses. Prenez soin de vous et pardonnez mon intrusion dans votre intimité.

— Il n'y a pas de soucis, prenez soin de vous aussi, Madame Gendron.

— Vos enfants sont magnifiques, je vous en souhaite de nombreux autres, conclut-elle en jetant un dernier coup d'œil à Édouard avant de sortir.

Eva referma la porte en tremblant de tous ses membres. Madame Gendron l'avait-elle cru ? Bien qu'elle avait l'air d'une gentille vieille dame, était-elle aussi sournoise que son fils ? Que lui voulait-elle réellement ? Il y avait anguille sous roche, elle en était certaine. Elle décida de téléphoner au magasin général pour demander à William de venir la rejoindre. Il comprit dès qu'il entra dans la maison que sa femme était bouleversée. Il la connaissait si bien qu'il n'avait qu'à la regarder pour saisir la nature de ses humeurs.

— Tu ne sauras jamais ce qui vient d'arriver, lui dit-elle d'emblée. Attends, viens on va aller en jaser dans la chambre, je voudrais pas que des petites oreilles entendent ce que j'ai à te dire.

— Tu m'inquiètes un peu, répondit William en la suivant.

— J'étais au magasin quand une femme que je n'avais jamais vue est arrivée. Je l'avais déjà croisée, mais je ne m'en souvenais plus. Elle parlait avec Marie-Renarde et elle s'est mise à observer le petit et à lui poser des questions. Elle s'est présentée et j'ai eu un mauvais pressentiment, j'ai su tout de suite qui elle était. Faut dire qu'une fois qu'on sait qui elle est, le rapprochement est pas trop difficile à faire parce qu'ils se ressemblent pas mal à bien y penser.

— Je suis pas certain de te suivre Eva.

— Je suis revenue ici avec les enfants et ça n'a pas pris cinq minutes qu'elle frappait à la porte. William, c'était la mère de Gendron ! Elle voulait me parler !

— Tu l'as pas laissée entrer toujours ?

— Elle a vraiment insisté William ! Je me suis dit que j'étais mieux d'en avoir le cœur net à propos de ce qu'elle me voulait. Je savais pas quoi faire.

— Tu as bien fait, tu as raison, c'était mieux de savoir.

— Il paraît que Gendron lui aurait dit qu'on allait se marier, que les noces attendaient juste mon retour à Saint-Antoine ! Elle croyait que j'avais été la fiancée de son fils. Elle semblait dire qu'Édouard...

— Quoi Édouard ? demanda William en lui coupant la parole.

— Elle semblait laisser sous-entendre qu'il aurait été conçu pendant nos fiançailles, qu'il ressemblait beaucoup à tu sais qui.

— C'est ridicule ! Qu'est-ce que tu lui as dit ?

— Qu'il m'avait demandé en mariage à trois reprises, mais que j'avais refusé parce que j'étais déjà fiancée avec toi.

— Elle t'a crue ?

— Je sais pas.

— Faut pas s'en faire avec ça. Elle peut pas savoir, personne peut le savoir. Et même si elle pense qu'elle sait, elle pourra jamais le prouver. Qu'est-ce qu'elle faisait à Valleyfield ? Et dans notre commerce ?

— Elle prend le train demain, elle devait dormir au Grand Trunk, mais il paraît qu'il n'y avait plus de place alors elle était au Windsor. Je sais pas trop ce qu'elle est venue faire au magasin. J'ai cru comprendre qu'elle cherchait à acheter des gants.

— Veux-tu que j'aille lui parler ?

— Pour lui dire quoi ? Non ! Je pense qu'il faut faire comme si de rien n'était, ne lui porter aucune attention particulière.

William n'apprécia pas l'intrusion de cette inconnue dans sa famille. Peu importe ce qu'elle cherchait, elle n'obtiendrait aucune réponse à ses questions, il s'en assurerait. Avait-elle fait le lien entre l'incendie de la maison de son fils et sa personne ? Avait-il été vu ce soir-là à Saint-Antoine ? Non, c'était impossible. Bien que les intentions de cette femme fussent nébuleuses, il veillerait à la tenir loin de sa famille. Édouard était son fils et personne ne pourrait jamais prouver le contraire. Il réalisa cependant que la perspective qu'Édouard puisse à ce point ressembler à Gaston Gendron le peinait réellement. Il s'était plu, ces deux dernières années, à trouver des similitudes entre Édouard et lui, ou encore, entre le petit et ses sœurs. Étonnamment, les gens disaient qu'il était son portrait tout craché, ce qui le rendait on ne peut plus fier. Avec le temps, il avait fini par le croire lui aussi.

Géraldine Gendron repassa au magasin général deux semaines plus tard. Elle revenait de Beauharnois, où elle avait aidé sa nièce à mettre au monde son dixième enfant. Elle l'avait par la suite aidée avec ses relevailles. Elle entra dans le commerce, souriante et débordante d'une agréable énergie. Elle prétexta vouloir acheter des *candys* tout en proposant d'en offrir aux enfants. Eva rétorqua aussitôt qu'ils étaient beaucoup trop jeunes. La vieille dame tenta maladroitement d'engager la conversation en parlant de futilités en prenant soin de ne pas brusquer Eva. Il lui fut difficile d'établir une relation, aussi sommaire soit-elle, avec une personne aussi méfiante que l'était Eva. Elle lui parla donc de sa nièce, lui donna des nouvelles de Saint-Antoine-Abbé, lui raconta qu'elle avait eu de belles conversations dans le train avec un couple de nouveaux mariés. Eva, n'étant visiblement pas intéressée par la conversation, s'excusa en disant qu'elle devait aller chercher son mari qui rangeait les réserves hivernales au grenier afin qu'il prenne sa place puisqu'elle se sentait fatiguée. Géraldine Gendron s'excusa d'avoir abusé de son temps, salua les enfants, puis quitta le magasin.

Le mois suivant, Eva reçut une lettre de sa part dans laquelle se trouvait le portrait d'un jeune bambin à la chevelure d'un blond presque blanc. Le mot qui l'accompagnait était concis : « Voilà pourquoi je fus bouleversée en apercevant votre fils. Mes excuses les plus sincères. G. Gendron » Eva replaça la lettre dans l'enveloppe. Elle se surprit à ressentir une certaine empathie pour la vieille dame. Survivre à son mari et ses enfants était probablement la pire chose qui puisse arriver à une femme. Sa solitude était désolante, mais elle ne pouvait prendre le risque de lui faire confiance. Elle se devait de tenir cette femme à l'écart. William ne tolérerait jamais qu'elles correspondent, qu'elles entretiennent un certain lien, aussi superficiel fût-il. Elle se confia à Marie-Renarde qui lui répondit qu'elle devait se protéger et ne pas permettre au loup de rôder trop près. William se montra intransigeant. Il était hors de question qu'Eva réponde à sa lettre, peu importe ce qu'elle avait l'intention de lui écrire. D'un geste rageur, il jeta le portrait de Gaston Gendron sur la table en disant que c'était ridicule, qu'il ne ressemblait en rien à son fils. Pour prouver son point, il engagea un photographe de Beauharnois qui se rendit à leur demeure un dimanche après-midi afin de prendre quelques photographies de la famille. Eva tenta de le convaincre d'attendre après sa délivrance, au printemps prochain, mais il lui répondit que ce n'était pas parce qu'elle avait le tablier qui retroussait qu'elle était moins belle.

Le photographe, André Leroux, se présenta comme convenu le dimanche suivant. Tandis qu'il installait son matériel, William l'observa, fasciné par le fait qu'une simple boîte puisse immortaliser le moment présent. Il posa mille et une questions à monsieur Leroux qui se fit un plaisir de lui répondre. Le photographe pria Eva de prendre place sur la chaise. William se plaça derrière elle et posa une main sur son épaule. André Leroux positionna ensuite les enfants à la gauche d'Eva. Les Leduc gardèrent la pose en prenant bien soin de ne pas sourire afin de ne pas altérer la précision de l'image. La séance se termina deux heures plus tard, au grand bonheur des enfants qui n'en pouvaient plus de rester immobiles. William proposa au photographe de l'aider à ranger son matériel.

Plus tard en soirée, il confia à Eva qu'il avait adoré son expérience et que le phénomène de la photographie l'intéressait beaucoup. Il alla jusqu'à se questionner sur la possibilité de s'initier à cet art. Eva l'encouragea à se renseigner auprès du photographe lors de leur prochaine rencontre. Il se rendit donc, trois semaines plus tard, à Beauharnois pour récupérer les portraits de sa famille. Il en profita pour discuter avec André Leroux de son intérêt naissant pour la photographie. Les deux hommes furent si absorbés par leur discussion qu'ils furent surpris de constater que la journée avait passé sans qu'ils s'en rendent compte. Avant de partir, William remercia le photographe pour ses précieux conseils. Ce dernier lui souligna que son fils François, qui demeurait actuellement à Coteau-du-Lac, avait l'intention de déménager à Valleyfield et comme il s'y connaissait en photographie, peut-être accepterait-il de partager ses connaissances avec lui. André Leroux s'engagea à écrire à son fils afin de lui parler de William.

CHAPITRE 10

Les jumelles

L'hiver 1903, contrairement au précédent, se montra doux et clément. Les chaumières n'éprouvèrent aucune difficulté à garder leur chaleur. Les signes d'un printemps précoce apportèrent une bonne humeur contagieuse en ville. C'était fort agréable de voir les clients heureux. Confiants que la neige ne s'éterniserait pas, certains parlaient même de leurs projets estivaux en février. Eva demeurait le plus souvent possible à la maison, étant devenue un peu trop grosse pour les besognes du magasin. Le docteur qui l'examina à la demande de William affirma qu'il ne serait pas surpris de découvrir deux bébés lors de la délivrance. William discuta avec Eva du fait qu'il préférerait que ce soit le docteur qui la prenne en charge le jour venu, contrairement aux autres enfants qui avaient vu le jour grâce aux connaissances de sage-femme de Berthe. Eva craignit que cela ne peine Berthe, mais cette dernière approuva la décision de son fils. Personne ne voulait prendre le risque de mettre la vie d'Eva en danger. Elle ressentit ses premières douleurs le matin du 28 février, ce qui ne manqua pas de faire paniquer William puisque ce n'était pas prévu avant la mi-avril. Il téléphona sans tarder au docteur qui arriva aussitôt. Tandis qu'il examinait Eva, William se précipita chez sa mère pour lui demander de venir lui tenir compagnie et d'assister le docteur en cas de besoin. Berthe enfila son capot et le suivit sans la moindre hésitation. Ils furent surpris de constater à leur retour que deux petites filles étaient nées. Le docteur, qui semblait en avoir plein les bras, apprécia l'aide de Berthe qui pleurait de joie en nettoyant les bébés. William, qui peinait à retenir ses larmes, n'avait qu'une envie, aller embrasser sa femme. Il demandait toutes les deux minutes s'il pouvait entrer, ce à quoi sa mère répondait inlassablement « pas tout de suite William, pas tout de suite ». Lorsqu'il eut finalement la permission, il se dirigea en tremblant vers Eva qui tenait fièrement ses filles dans ses bras.

— Deux d'un coup William tu imagines, deux d'un coup, répéta Eva avec émotion.

— Tu vas bien Eva ? Tout s'est bien passé docteur ? Elle va bien ?

— Tout va bien mon garçon, le rassura Berthe.

— Nous allons très bien William, cesse de t'en faire et admire ces deux petites merveilles.

— Les deux sont vivantes ? demanda-t-il.

— Regarde-les, ont-elles l'air vivantes ?

— Elles ont l'air vivantes, répondit-il en pleurant.

— J'aimerais qu'on les prénomme Laura-Marie et Clara-Eve, qu'en penses-tu William ?

— Laura ? N'as-tu pas peur que cela lui porte malheur ?

— Mais non ! Laura n'était pas un malheur et Marie saura la protéger.

— C'est comme tu veux mon bel amour, c'est comme tu veux.

La routine reprit rapidement son cours malgré la venue de deux nouvelles petites personnes au sein de la famille Leduc. Une des jumelles pleurait plus que l'autre, demandant plus d'attention de la part d'Eva. Berthe vint passer ses journées auprès de sa belle-fille afin de l'alléger dans ses tâches quotidiennes. Comme toujours, elle se montra d'une aide précieuse, s'occupant des plus vieux et de tout ce qu'il y avait à faire dans la maison. Berthe avait dit à William que son plus jeune fils s'apprêtait à entrer au séminaire, désirant emprunter éventuellement la voie de la prêtrise. William lui avait proposé de se charger des frais. Elle avait refusé l'offre, mais William avait grandement insisté, prétextant qu'elle en faisait beaucoup pour eux et qu'il aimerait faire à son tour quelque chose pour elle. Après quelques jours de réflexion, Berthe alla le trouver au magasin général.

— J'ai beaucoup jonglé dernièrement William, et j'aurais peut-être quelque chose à te proposer, mais sens-toi ben à l'aise de me le dire si jamais tu trouves que c'est pas une bonne idée. Ça m'offusquera pas un brin.

— Vous m'inquiétez, la mère.

— Mais non, y a rien d'inquiétant là-dedans. Tu sais, ce que tu m'avais parlé pour Blanche…

— Je vous avais pourtant dit de pas vous faire de mauvais sang avec ça.

— Mais tu me connais suffisamment pour savoir que ça me chicote tout de même de savoir cette pauvre femme chez sa fille, entassés qu'ils sont dans un logement trop petit pour contenir deux familles.

— Oui, mais ce n'est pas votre problème et Blanche n'est pas la seule veuve à devoir réajuster son quotidien après le départ de son mari.

— C'est justement ce qui me chicote. J'ai eu la chance d'avoir un mari prévoyant qui s'est privé sa vie durant pour mettre de l'argent de côté, qui a fait de judicieux placements et qui a acheté de nombreux terrains au moment opportun.

— Mais vous savez que s'il ne l'avait pas fait, j'aurai été là pour vous. Que jamais je ne vous aurais laissée dans la misère.

— Je le sais, mais heureusement, ce n'est pas le cas, j'ai de quoi vivre décemment pour le restant de mes jours si je fais pas de folies. J'ai pensé à mon affaire ben comme faut et je serais prête à lui donner ma maison.

— Donner votre maison? demanda William, surpris. À qui voulez-vous donner votre maison?

— Je me suis mal exprimée, répondit-elle. Je lui donnerais pas, mais je lui prêterais. Je parle de Blanche, je suis prête à lui laisser ma maison pour elle et ses enfants.

— Mais maman, vous n'y pensez pas? Vous iriez où?

— C'est ça l'affaire, c'est à savoir si tu trouveras mon idée bonne ou non. Je me suis dit que peut-être, je dis bien peut-être, je pourrais emménager avec vous. Je pourrais m'installer dans un coin de la chambre des enfants ou Louisa pourrait s'installer avec sa mère à la maison et je pourrais prendre sa chambre. J'ai calculé mes affaires et si vous trouvez la maison trop petite pour que je m'y installe, je pourrais faire construire une rallonge pour y installer mon espace personnel. Je pourrais vous être utile avec les enfants et le magasin. Mais prends le temps de bien y penser là. Je veux pas être une charge de plus pour vous autres. Bien au contraire, je veux vous en enlever un peu. Oublie ça, je réalise que ce n'est peut-être pas une bonne idée. Vous avez sans doute besoin de votre intimité familiale et c'est ben normal.

— Mais non, au contraire, je trouve que c'est une excellente idée ! s'exclama William. Vous faites le chemin presque tous les jours pour venir nous aider. Vous retournez souvent chez vous juste avant la noirceur ! C'est une idée vraiment pas si folle que ça ! Vous voudriez faire ça quand ?

— Ça serait pas ben long ramasser ce que j'apporterais parce que je laisserais pas mal tout à la disposition de Blanche.

— Mais vous êtes ben certaine de vouloir lui prêter votre maison ? Vous pourriez lui charger un petit montant pour la location.

— Non ! Elle a plus besoin de son argent que moi. J'ai juste moi à satisfaire, tandis qu'elle a encore des enfants à sa charge. Ma seule inquiétude, c'est savoir si c'est une femme propre parce que je la connais pas beaucoup et tu sais à quel point j'ai pris soin de ma maison.

— Faites-vous-en pas avec ça, à mon souvenir, elle entretenait très bien sa maison. Je vous dis vraiment pas non la mère, je dois simplement aborder la question avec Eva.

— Évidemment, prends ton temps, y a vraiment rien qui presse. Insiste sur le fait que si elle n'aime pas l'idée, je lui en tiendrai pas rigueur. Je propose ça pour vous aider et aider Blanche, ça me dérange vraiment pas de rester dans ma maison.

— Je pense qu'elle sera enchantée par l'idée, répondit William avec enthousiasme. Je vous reviens avec ça le plus rapidement possible.

— Comme je te disais mon fils, ça presse vraiment pas.

Comme William l'avait prévu, Eva se montra enthousiaste face à la proposition de Berthe. Elle adorait sa belle-mère dont la présence ne lui causait aucun désagrément. Elle fut émue de la générosité de son offre, songeant à quel point sa mère et sa fratrie seraient bien dans la magnifique petite maison de Berthe. Elle espérait que sa mère ne se braquerait pas à l'idée, et qu'elle n'avait pas besoin de la charité de Berthe. Puisque Blanche se montrait parfois plutôt directe dans ses propos, elle préférait s'entretenir seule avec elle, craignant une réponse blessante pour Berthe. Elle demanda donc à William, quelques jours plus tard, de se rendre chez Émilienne afin d'inviter Blanche à les visiter. Dès qu'elle arriva, Eva remarqua qu'elle semblait plus fatiguée qu'à l'ordinaire.

— Est-ce que tout va bien maman, vous avez les traits tirés ?

— Ça va comme ça va, répondit-elle.

— C'est Émilienne n'est-ce pas ?

— Tu sais ben que j'aime pas ça médire de mes enfants.

— Vous savez ben que je la connais Émilienne. Je sais comment elle peut être difficile. Vous alléger le cœur n'est pas médire maman.

— Si tu veux tout savoir, c'est l'enfer sur terre dans ce logement-là ! Ta sœur sera jamais domptable ! Elle fait des crises sans arrêt, la vaisselle nous revole proche de la tête ! Ça me fait de la peine de dire ça, même que je ne devrais pas dire des affaires comme ça, mais parfois je me sens gênée de vivre là, même d'être sa mère ! À force de l'entendre crier comme une forcenée, le monde doit penser que je ne sais pas élever mes enfants comme du monde et ça me chagrine beaucoup.

— Que dites-vous là maman ! Le monde de par ici connaît Émilienne depuis un sacré bout ! On le sait tous que quelque chose ne tourne pas rond au niveau de ses humeurs. Personne ne penserait vous blâmer pour ça. Regardez vos autres enfants, ils sont pourtant tous bien élevés ?

— Tu as peut-être raison. Je sais plus quoi faire pour l'aider ! Elle a une grande déviance pour l'alcool. Elle boit à partir du dîner jusque très tard en soirée. Victor et elle se disputent tout le temps. On dirait que ta sœur est incapable de tenir un logement, ça vire toujours en bordel. J'ai l'impression qu'elle va finir par me rendre folle moi aussi ! Ben pas moi aussi, là, je veux pas laisser entendre qu'elle est folle.

— Maman, Émilienne est folle à ses heures, on se le cachera pas.

— J'aime pas ça que tu dises ça. Elle est particulière mon Émilienne, mais ça n'empêche pas qu'elle a aussi ses bonnes journées et que ces jours-là sont vraiment agréables. Quand ta sœur est de bonne humeur, c'est le fun dans cabane. Elle chante, elle danse, elle lave de fond en comble. C'est pas mêlant, quand elle est de bonne humeur, nous le sommes tous.

— Et quand elle n'est pas de bonne humeur, elle mine le moral de tout le monde dans le temps de le dire, je le sais maman.

— Mais que veux-tu que je fasse, c'est ma fille et c'est mon devoir de la prendre comme elle est.

— Mais ce n'est pas votre devoir de vous rendre malade avec ses folies par exemple. S'occupe-t-elle de ses enfants ou si elle vous en laisse la charge sur les bras ?

— Faut comprendre qu'elle est fatiguée en ce moment, compte tenu de son état.

— Maman, vous lui cherchez des excuses. Vous vous êtes occupée de votre marmaille même lorsque vous étiez en famille ! Moi aussi d'ailleurs.

— Que veux-tu que je te dise, elle n'est pas faite comme nous autres Émilienne. J'ai de l'aide, tes sœurs me donnent un sacré coup de main. Elles vieillissent et me sont d'une aide précieuse.

— Avez-vous l'intention de vous trouver une place à vous bientôt ?

— Je saurais pas te dire. J'aimerais ben ça retrouver mon espace, mais c'est un peu compliqué pour le moment.

— Pourquoi ?

— Parce que je n'ai pas les moyens de partir de chez ta sœur et qu'elle a besoin de mon aide.

— Maman, Émilienne a besoin de votre aide parce qu'elle profite du fait que vous êtes là. Je pense qu'elle a besoin d'être mise au pied du mur et de veiller elle-même aux bons soins de son ménage.

— C'est facile à dire pour toi, tu n'as pas les mêmes problèmes qu'elle.

— Mais je m'arrange pour ne pas les avoir aussi ! Maman, je pourrais passer mes journées à boire et me plaindre de mon pauvre sort, mais je le fais pas !

— Peut-être as-tu raison. On parle de mes problèmes depuis tantôt. Comment te débrouilles-tu avec tes jumelles ?

— Ça va bien. Laura-Marie est tellement sage, je l'entends jamais. Clara-Eve se fait plus entendre que sa sœur, mais elle demeure tout de même un bébé facile.

— Elles semblent être pareilles, fit remarquer Blanche en observant les petites qui dormaient dans le berceau placé tout près de la table.

— Je pense qu'elles le sont, du moins physiquement parce que côté caractère Clara-Eve semble en avoir pour les deux.

— Comme Émilienne et toi finalement.

— Ne dites pas ça maman, je suis pas certaine que je survivrais avoir une fille pareille comme ma sœur.

— Crois-moi, tu survivrais et en plus de survivre tu te verrais l'aimer autant que les autres. C'est la beauté de la maternité, on aime nos enfants peu importe comment ils sont.

— Vous avez sans doute raison.

— Certain que j'ai raison ! Comme toujours d'ailleurs.

— Maman, je voulais vous parler de quelque chose, mais j'aimerais que vous vous montriez ouverte à l'idée. Je veux pas que vous pensiez à mal.

— Est-ce que je dois m'inquiéter ?

— Pas du tout, mais essayez vraiment de voir la chose du bon côté sans vous fermer trop vite à l'idée. Berthe vivra seule dans sa maison. Son petit dernier va entrer étudier au séminaire. Elle aura ben du temps libre devant elle. Ça l'a amenée à avoir l'idée de déménager ici avec nous autres. Vous savez, ça pourrait nous aider avec les clients et toutes les besognes de la maisonnée.

— Crains pas ma fille, je suis pas jalouse de la mère de ton mari, je la trouve d'agrément. C'est vrai que ça m'a causé du chagrin de la voir à tes côtés le jour de la cérémonie des Clarisses, mais ça enlève rien au fait que je la trouve ben correcte comme personne. Mais je suis pas certaine de comprendre ce que j'ai à faire là-dedans.

— Vous vous souvenez de sa maison pas trop loin de chez Émilienne justement ? Vous êtes venue y fêter le Nouvel An 1900 ?

— Oui, une ben belle maison à part ça. Faut y donner ce qu'elle a, elle sait bien enjoliver les choses, ta belle-mère.

— C'est vrai qu'elle est belle sa maison. Ben, figurez-vous qu'elle a eu l'idée de vous la prêter gratuitement sans loyer à payer, le temps que vous en aurez besoin.

— Me prêter sa maison ? Est folle ?

— Non maman, elle est loin d'être folle ! Elle préfère vous la laisser à vous en sachant que vous êtes une femme ben propre qui saura en prendre soin plutôt que de la louer à n'importe qui et se ramasser avec les mêmes problèmes que vous avez eus à Saint-Antoine avec les Rouleau. C'est pas facile trouver des femmes aussi propres que vous...

— Ah ben, ça, pour être propre, je suis propre !

— C'est exactement ce qu'elle a dit maman, qu'elle vous savait ben propre et que ce serait un souci de moins pour elle de savoir qu'une femme aussi en ordre que vous en aurait soin. Je suis pas certaine, mais je pense qu'elle a dit que si cela ne vous intéressait pas, elle préférait la vendre que de prendre la chance de la louer à des inconnus. Pour tout vous dire, ça la chagrinerait ben gros de devoir la vendre. Elle n'est pas prête à le faire pour l'heure. Elle a tellement de souvenirs dans cette maison-là.

— Je peux la comprendre, j'ai trouvé ça tellement pénible de vendre ma maison. Pauvre Berthe, c'est vrai qu'on sait jamais sur qui on tombe en louant nos affaires. S'il y en a une qui peut en témoigner, c'est ben moi.

— C'est pour ça qu'elle a pensé à vous, pour prendre possession des lieux.

— Mais pourquoi veut-elle pas me la louer ? J'espère qu'elle pense pas que j'ai besoin de sa charité parce que j'en ai pas besoin !

— C'est pas ça maman, elle dit que vous êtes de la famille et qu'on fait pas d'argent sur le dos de la famille.

— Elle a dit ça ?

— Oui, c'est ce qu'elle a dit. Elle vous a en haute estime, vous savez.

— Je sais pas quoi répondre, je m'attendais pas à ça. Je sais pas ce qu'Émilienne va dire de ça.

— Maman, vous êtes veuve maintenant, ce qui veut dire que vous n'avez plus aucune permission à demander à personne. Vous êtes la seule à devoir prendre les décisions. Émilienne n'a pas le moindre mot à dire là-dessus. En plus, vous serez vraiment proche de chez elle, vous pourrez vous y rendre tous les jours à pied.

— C'est vrai qu'on commence à être un peu à l'étroit dans le logement.

— Je sais pas si vous le savez, mais la maison de Berthe a une jolie cour arrière et un petit jardin.

— Je sais pas quoi penser de tout ça.

— Si j'étais vous, j'accepterais sans trop y penser. Je pourrais demander à William d'arrêter chez Berthe en allant vous reconduire, vous pourriez prendre le temps d'en jaser ensemble. Ça ne vous oblige à rien de jaser et de jeter un coup d'œil à la maison ?

— Tu sauras que je suis une femme fière Eva et que je ne suis pas certaine de pouvoir accepter une proposition semblable. Je veux être redevable envers personne !

— Mais c'est elle qui vous serait redevable de prendre soin de sa maison.

— C'est une façon de voir les choses. Je veux bien faire un arrêt chez elle pour en discuter, mais c'est pas garanti que je dise oui.

CHAPITRE 11

La fièvre écarlate

Tandis que les premiers bourgeons s'apprêtaient à s'ouvrir au soleil, plusieurs chaumières furent plongées dans l'obscurité d'un mal qui emporta plus d'une vingtaine d'enfants en quelques semaines. Le docteur Papineau soupçonna tout d'abord la rougeole comme étant la responsable, puis se ravisa en faisant passer le mot qu'il y avait en ville les apparences d'une épidémie de scarlatine. Il demanda à tous les citoyens de garder en quarantaine les enfants qui présentaient le moindre signe d'une santé défaillante. Les Leduc se crurent épargnés jusqu'à ce que Vivian et Édouard se réveillent à l'aube, fiévreux. Eva les installa dans la chambre des enfants en prenant soin de garder la porte fermée. Dans l'après-midi, Vivian fut prise d'incontrôlables vomissements. Édouard ne tarda pas à éprouver le même malaise. Vivian, peinant à trouver ses repères, ne cessait de pleurer. Eva s'alarma en constatant que les éruptions qu'Édouard avait derrière les genoux s'étaient étendues jusqu'au thorax. Le corps de Vivian montrait moins d'éruptions cutanées que son frère, mais elle avait la langue couverte d'une épaisse muqueuse blanchâtre, ce qu'Édouard n'avait pas. Le docteur Papineau vint examiner les enfants en début de soirée. Il nota que l'état de Vivian était plus inquiétant que celui de son aîné et qu'il importait de faire baisser sa fièvre le plus rapidement possible. Il donna un flacon de comprimés ainsi qu'une petite bouteille en verre où l'inscription «*syrup*» était embossée.

Eva demeura au chevet des enfants tandis que William s'occupait de Fleur-Ange et des jumelles.

— William, ça n'inaugure rien de bon pantoute ! Je le sens pas, je te le dis, je le sens pas. Je pense qu'il faudrait peut-être aller chercher Monsieur le curé pour qu'il puisse donner l'onction des malades aux p'tits.

— T'es pas sérieuse ? Sont si mal en point que ça, nos p'tits, Eva ?

— Je sais plus quoi penser William. Je suis en grande panique, j'arrive pas à penser ! Vivian va pas ben, vraiment pas ben. Elle a une fièvre écarlate. On dirait qu'elle commence à avoir de la misère à respirer. C'est peut-être à cause de sa langue, est rendue épaisse sans bon sens, pis toute blanche à part ça. Édouard a pas l'air mieux non plus. Pis les autres p'tits, il faut les sortir d'ici au plus vite. C'est pas bon pour eux autres d'être dans maladie comme ça. On peut pas prendre la chance qu'ils l'attrapent. William, je veux pas perdre mes p'tits !

— Calme-toi mon amour, tu les perdras pas tes p'tits, on les perdra pas ! Qu'est-ce que tu veux que je fasse pour l'heure ? Que j'aille porter les p'tits ou que j'aille chercher Monsieur le curé ?

— Je sais pas ! Je veux pas qu'ils meurent sans avoir les derniers sacrements, je veux pas qu'ils soient privés du paradis, pis je veux pas que les autres l'attrapent.

— Je vais aller porter les p'tits chez ma mère en premier, pis j'irai chercher le curé en revenant.

— Non, pas chez ta mère, faudrait que tu traverses la ville pour ça. Va demander à Marie-Renarde de les prendre. En plus, elle connaît des choses avec ses affaires d'Indienne qu'on connaît pas. Elle pourra peut-être les protéger à sa manière.

— Il y a juste le bon Dieu qui peut les protéger, juste lui, pis rien d'autre ! Je peux toujours ben pas débarquer chez eux à cette heure-là, y est presque neuf heures !

— Tu peux, fais-moi confiance. Elle va les prendre sans rien dire. Allez William, vas-y !

— Mais les petites boivent ton lait Eva, comment veux-tu qu'elle les nourrisse ?

— C'est vrai ! s'exclama Eva, qui n'avait plus les idées claires. Va porter Fleur-Ange chez Marie-Renarde, passe chercher ta mère, nous installerons les jumelles au magasin général avec elle et demande à Monsieur le curé de venir au plus vite.

— Est-ce que j'apporte les petites avec moi ?

— Non, laisse-les ici. Fais vite William, j'ai besoin que tu reviennes rapidement pour veiller sur nos p'tits avec moi.

Comme prévu, Marie-Renarde accueillit chaleureusement Fleur-Ange. Elle promit d'aller les avertir immédiatement advenant l'apparition du moindre symptôme. William passa par la suite chercher sa mère qui, vêtue de sa chemise de nuit, se changea rapidement tout en récitant des *Je vous salue Marie*, persuadée que cela protégerait ses petits-enfants. Le curé leur indiqua qu'il devait se rendre chez les Landreville, les Langevin et les Lessard, qu'il arrêterait après sa tournée aux mourants. William et Berthe se regardèrent sans rien dire. Un des enfants de Blanche ou d'Émilienne était en danger de mort. William insista pour ne pas en faire part à Eva. Berthe ouvrit la porte de la chambre pour voir les enfants. Eva la somma de la refermer et de ne pas entrer.

— Venez pas ici Berthe, je veux pas que vous soyez en contact avec la maladie. Faut protéger les petites. Déjà que je devrai aller les allaiter. Il faut les isoler, pis si ça vous adonne, ça serait ben gentil de mettre un mot dans porte du magasin pour dire qu'on sera fermé une couple de jours. Venez cogner à porte quand les petites seront dues, mais n'entrez pas. Faut qu'on protège les bébés, c'est ben important, vous comprenez Berthe ?

— Oui, je comprends Eva, mais j'aimerais voir les p'tits.

— Pas maintenant Berthe, je vous en prie, pas maintenant.

— Comme tu voudras Eva, s'il y a du changement, faites-le-moi savoir. Je prierai pour vous autres toute la nuit.

— Merci Berthe. Dites à William de faire vite s'il vous plaît et sortez les petites de la maison tout de suite.

Eva sortit changer l'eau du bol émaillé dès qu'elle entendit Berthe quitter les lieux. William apporta une chaise qu'il plaça entre les deux lits sur lesquels étaient couchés ses enfants, tout près de celle d'Eva. Il observa avec tristesse leurs petits corps affaiblis. Il ne tenta pas de dissimuler ses larmes lorsque Eva vint le rejoindre. Il lui expliqua que le curé viendrait dès qu'il aurait fini les onctions qu'il avait à faire. Eva souligna qu'elle craignait qu'il n'arrive pas à temps puisque les enfants dépérissaient à vue d'œil. Leurs chapelets à la main, ils prièrent ensemble sans relâche jusqu'à l'arrivée du prêtre.

— *Per istam sanctam unctionem et suam piissimam misericordiam adiuvet te Dominus gratia Spiritus Sancti, ut a peccatis liberatum te salvet atque propitius allevet,* prononça le curé Castonguay tout en signant le front des enfants avec l'huile sainte. Par cette onction sainte, que le Seigneur, en sa grande bonté vous réconforte par la grâce de l'Esprit Saint. Ainsi, vous ayant libéré de tous péchés, qu'il vous sauve et vous relève, poursuivit-il en répétant le même geste sur leur poignet droit.

Il encouragea le couple à prier toute la nuit, puis quitta la chambre accompagné de William qui désirait lui parler sans la présence de sa femme.

— Vous revenez de chez ma belle-sœur, la situation est-elle grave ?

— En fait, elle est très grave, comme chez plusieurs paroissiens.

— Sauriez-vous me dire lequel des enfants se meurt ?

— Berthe, une des jumelles de dame Benoit s'est éteinte, de même que la petite d'Émilienne.

— Laquelle ? demanda William, peiné.

— Geneviève.

— Son fils se bat actuellement pour sa vie et je crains que l'autre jumelle ne passe pas la nuit non plus.

— Ça pas de bon sens ! Qu'avons-nous fait pour mériter que nos enfants tombent comme des mouches ? Pourquoi Dieu n'intervient pas pour arrêter ça ? Ne me dites surtout pas que c'est sa volonté parce que je ne veux rien savoir d'un Dieu qui aurait ce genre de volonté !

— William, ne laissez pas votre colère dicter vos paroles. Ne remettez pas en doute la puissance de notre Seigneur. Priez-le pour lui demander pardon, pour qu'il vous donne la force de traverser cette épreuve. Implorez sa protection pour vos enfants. Je ferai de même.

— Merci Monsieur le curé d'être passé aussi rapidement.

William retourna auprès d'Eva qui épongeait le front en sueur de Vivian. Il se garda de lui dire que la mort avait emporté sa sœur et sa nièce.

— Dire que cette petite fille n'a jamais vu le soleil ou une fleur. Tu trouves pas qu'elle l'a déjà pas eu facile, elle avait pas besoin d'attraper cette maladie-là ! C'est tellement injuste ! Sa vie peut pas s'arrêter comme ça, elle peut pas mourir ! J'ai beau essayer de me convaincre qu'elle va s'en sortir, on dirait que je la sens m'échapper, je la sens partir doucement.

— Dis pas ça Eva ! riposta William. Attire pas le malheur dans place. Notre fille n'a peut-être jamais vu le soleil avec ses yeux, mais elle l'a senti sur sa joue par exemple. Même chose pour les fleurs, elle en a peut-être jamais vu, mais tu sauras qu'elle sait ce qu'elles sentent ! Elle n'est pas à plaindre notre belle Vivian. Elle fait pas pitié, pas plus que nos autres enfants. Elle voit pas, pis c'est toute ! Elle mourra pas parce que c'est notre petite battante. Elle saura se battre.

— J'espère tellement que tu dis vrai. Aide-moi à l'asseoir dans le lit, je vais essayer de lui donner du *syrup*.

Vivian dont la tête tombait telle une poupée de chiffon fut incapable d'avaler le *syrup* qui coula le long de son menton. Elle était devenue pratiquement inerte. Édouard se mit à tousser jusqu'à s'étouffer sévèrement.

— Vite William, assieds-le, il est en train de s'étouffer, cria Eva.

Tandis qu'il relevait son fils d'un bras, il leva les yeux vers le ciel en suppliant Dieu d'épargner ses enfants. Édouard reprit sa respiration sous le regard affolé de ses parents.

— Nous sommes en enfer William, c'est certain que l'enfer ressemble à ça. Il y a juste là que des parents doivent avoir à repousser la mort qui menace leurs enfants.

— Alors compte sur moi qu'on va traverser cet enfer-là ensemble, en famille. On laissera personne en arrière, je te le dis. Fais-moi confiance.

— Que Dieu puisse t'entendre mon mari.

Dieu ne l'entendit pas puisque Vivian rendit l'âme avant l'aube. Eva, inconsolable, s'accrocha sur son petit corps, incapable de reprendre ses esprits. Elle pleura longuement en maudissant le ciel. Entre-temps, la fièvre d'Édouard augmenta drastiquement. Tandis qu'Eva couvrait le corps affaibli de son fils de linges trempés dans l'eau froide, William alla chercher une planche de bois pour y installer le corps de Vivian.

— Laisse la petite dans son lit, ordonna Eva. Installe la planche dans le lit et couche la petite dessus. Habille-la comme faut William et place ses petites mains ensemble.

Eva commença aussitôt la veillée du corps de sa fille, récitant un chapelet aux trente minutes pour les vingt-quatre prochaines heures.

— Édouard est mort, s'écria William.

— Non, il respire encore, répondit Eva en approchant son oreille du nez de son fils. On dirait que la fièvre a un peu baissé. Va rafraîchir l'eau William, ordonna-t-elle. Ça va lui faire du bien.

— Ça frappe à porte, ça doit être la mère qui a besoin de toi pour les petites.

— Va lui dire que je m'en viens, mais ne lui ouvre pas la porte.

Eva jeta un coup d'œil à ses enfants, puis alla se changer de vêtements. Elle se lava frénétiquement les mains, les bras et le visage avec de l'eau savonneuse, puis traversa au magasin général. Elle lâcha un soupir de soulagement en apercevant les petites qui gazouillaient gaiement.

— Elles ont l'air en bonne santé, remarqua-t-elle. On fait la bonne affaire Berthe, la maladie est mur à mur dans maison l'autre bord.

— Les enfants prennent-ils du mieux ?

— Non. Édouard a pas l'air d'empirer pour l'heure, mais rien dit qu'il partira pas d'un instant à l'autre.

— Et Vivian ? demanda Berthe.

— Vivian a pas survécu Berthe, répondit Eva en pleurant. Je peux pas croire que ma fille soit morte. Si je devais pas m'occuper des autres, je m'effondrerais sur le plancher et je ne bougerais plus de là. Je voudrais mourir moi aussi Berthe !

— Ma pauvre enfant, comme tu l'as dit, tes autres petits ont besoin de toi. Montre-toi forte pour eux, je le sais que tu en es capable.

— Berthe, vite, allez dans le grenier! Clara-Eve vomit, faut éloigner Laura-Marie d'elle!

— Calme-toi ma fille, elle renvoie juste son lait. Regarde comme faut, c'est juste un renvoi normal, ça.

— On dirait que je suis en train de perdre la tête...

— Tu n'es pas en train de perdre la tête Eva, tu es juste une pauvre mère qui est en train de se séparer en quatre pour veiller sur toute sa marmaille. C'est un dur moment à passer, faut juste que tu tiennes bon, qu'on tienne tous bon.

La nuit fut longue et pénible. L'état d'Édouard demeura stable, mais précaire. Fiévreux, il tremblait par intermittence, puis la fièvre baissait le temps qu'il s'endorme quelques instants avant de se réveiller en tremblant. Eva récita son chapelet aux demi-heures en tenant la main inerte de sa fille dans la sienne. William se tenait tout près, incapable de prononcer le moindre mot tant sa peine l'étouffait. Au petit matin, William téléphona au docteur Papineau pour lui faire part du décès de sa fille. Quelques minutes plus tard, deux coups de glas se firent entendre dans la ville. William alla installer un morceau de crêpe blanc sur la porte d'entrée, signe indiquant que le corps d'un enfant était actuellement veillé en cette demeure. Des clients qui virent le mot dans la porte du magasin général ainsi que le crêpe dans la porte de leur maison, se succédèrent pour leur offrir leurs sympathies. William les remercia dans l'entrebâillement de la porte.

Le lendemain en fin d'après-midi, Édouard fut capable de s'asseoir pour boire une cuillère de *syrup*. Il s'exprima péniblement, trop faible pour former une phrase complète, mais il semblait prendre du mieux. En début de soirée, Eva insista pour qu'il boive un peu de bouillon de poulet.

Bien qu'Édouard prît du mieux de jour en jour, il fut incapable d'assister à l'inhumation de sa sœur. L'enterrement de Vivian se déroula en même temps que celui de plus d'une quinzaine d'enfants, dont sa tante Berthe et sa cousine Geneviève. Blanche, Émilienne et Eva se tinrent par le bras tandis que les cercueils de leurs enfants furent ensevelis à tour de rôle. Eva s'écroula sur le sol humide, refusant que la première poignée de terre soit lancée sur le patelot en bois contenant la dépouille de sa fille. William l'aida à se relever en lui murmurant à l'oreille que leur fille était auprès de Jérôme et Honoré et qu'ils sauraient prendre soin de leur petite-fille. Eva se releva en s'agrippant à William tout en lui répondant: « Elle est avec Laura aussi, elles jouent ensemble. » William laissa échapper une larme en répétant qu'elles jouaient ensemble dans les nuages.

CHAPITRE 12

Résilience

Au début du mois de juillet 1903, la scarlatine sembla définitivement enrayée. Aucun cas n'avait été déclaré depuis plus de deux semaines, au grand soulagement de tous les habitants, grandement affectés par cette vague de décès infantiles. Berthe et Marie-Renarde aidèrent Eva à nettoyer sa maison de fond en comble, brossant le moindre coin de la demeure à l'eau savonneuse. Une fois la corvée de nettoyage terminée, elles entrèrent les paillasses que William avait sorties en arrière de la maison afin de les faire aérer en profondeur. Berthe, qui s'apprêtait à emménager avec eux, proposa d'échanger le lit se trouvant dans la chambre de Louisa contre celui dans lequel était décédée Vivian afin de ne pas exposer les petits à d'éventuels résidus de la maladie.

Quelques jours plus tard, Berthe s'installa définitivement chez son fils, laissant sa maison à Blanche qui ne cessait de la remercier de sa générosité tout en lui promettant de prendre bien soin des lieux.

Eva accueillit la venue de Berthe comme un énorme soulagement.

Au magasin général, les ventes baissaient de jour en jour. La reconstruction du magasin Dion en grand magasin départemental avait fait perdre de nombreux clients aux Leduc. En effet, Dion avait redoublé d'efforts pour reconstruire un magasin qui ne manquait pas de susciter la curiosité de tous, fier de ses huit immenses vitrines, dont cinq avaient pignon sur la rue Victoria. Dans les deux vitrines du rez-de-chaussée, Dion avait installé des mannequins d'un réalisme impressionnant, vêtus de magnifiques robes blanches à la mode. Les gens s'attroupaient à toute heure du jour pour contempler les assemblages faits par les étalagistes du magasin. Dion se plaisait à raconter à qui voulait l'entendre que son magasin était aussi beau que ceux de Montréal et qu'aucune autre ville ne pouvait se vanter d'en posséder un aussi grandiose. Il n'avait pas tout à fait tort puisque à l'exception de ceux de Québec et de Montréal, aucun autre magasin n'était comparable au sien. Chose certaine, il y avait mis le paquet en allant jusqu'à poser de la boiserie à l'extérieur. Curieux, William proposa à Eva d'y faire un tour, ce qui ne l'enchanta pas outre mesure. Il insista en disant qu'il y aurait apparence de jalousie s'ils n'y allaient pas, ne serait-ce que jeter un rapide coup d'œil. Elle accepta finalement sans trop d'enthousiasme. Eva se garda de dire à son mari qu'elle préférait se terrer chez elle, que la seule idée de devoir sourire aux gens l'épuisait. Elle était en deuil de leur fille et n'avait pas le cœur aux réjouissances. Encouragée par Berthe qui comprenait sa bru sans qu'elle ait à parler, elle enfila sa jolie robe blanche, déposa son chapeau sur sa tête, puis se rendit au grand magasin départemental Dion au bras de William.

— C'est complètement fou, dire que tout ça n'était qu'un tas de cendres l'an passé ! Ça, c'est un homme qui n'a pas peur de se retrousser les manches ! Tu imagines, il a tout rebâti en dix fois mieux en plus !

— Ne lui donne pas trop de mérite William, il ne l'a pas rebâti de ses mains ! Avec l'argent sur lequel dort Dion, ç'a pas été compliqué pour lui d'engager des hommes pour le faire !

— Ne sois pas si négative, ma petite femme. Sois heureuse pour lui. C'est pas facile se relever d'une telle épreuve.

— Penses-tu vraiment que je le sais pas ?

— Eva, je comprends ta peine, j'en ai autant que toi, mais faut pas commencer à tout voir en noir non plus.

— Je veux ben croire William, mais je suis pas capable de faire semblant, je me sens morte par en dedans. Es-tu capable de comprendre ça ?

— Je suis capable de tout comprendre, tu le sais ben, répondit-il en l'embrassant tendrement sur la joue.

— Mais je comprends toujours pas pourquoi tu te montres si enthousiaste envers quelqu'un qui nous vole nos clients.

— Faut pas voir ça comme ça ! C'est nouveau, ça passera. Les gens n'y dépenseront pas toutes leurs paies à chaque semaine. C'est normal qu'ils y fassent des folies au début. Ils n'auront pas le choix de recommencer à acheter des victuailles, faut ben que ça mange ce beau monde-là ! Dion, y en vend pas de manger, y pourra pas nous voler nos clients longtemps !

En entrant dans le grand magasin, Eva fut subjuguée par la beauté des lieux. Tout y était encore plus luxueux que lors de sa visite précédente. La boiserie était omniprésente. De magnifiques lustres éclairaient l'endroit, se démarquant des commerces environnants plutôt sombres. La marchandise était classée par département dans lequel des vendeurs attendaient les clients pour les guider dans leurs achats. Un magnifique escalier s'imposait dans le centre du magasin, invitant les clients au deuxième étage. Eva fut impressionnée par le département des accessoires pour femmes. On aurait pu croire que le catalogue Eaton se dressait devant elle, lui offrant ses plus belles nouveautés. De magnifiques chapeaux de toutes les formes et couleurs reposaient sur des têtes en plâtre. Des gants de dentelle étaient savamment disposés dans un étalage vitré. Elle s'arrêta devant le présentoir des broches, admirant leur éclat.

— Laisse-moi t'en offrir une, murmura William derrière elle.

— Non William, j'en ai pas besoin.

— Fais-moi plaisir, que vaut un homme s'il ne peut pas offrir une broche à sa femme ? Regarde la broche ovale avec la tête de petite bonne femme, elle est belle, tu trouves pas ?

— Oui c'est vrai.

— En préfères-tu une autre ?

— Non William, celle-là est magnifique.

— Alors, ça sera celle-là.

Ils flânèrent par la suite plus d'une heure dans le magasin, admirant toutes les merveilles qui s'offraient à eux. Force était d'admettre que Dion avait fait les choses en grand et que le résultat était admirable. Il saurait attirer les riches Anglais dans son commerce, William en était convaincu. Eva proposa d'aller marcher sur le bord du canal avant de rentrer à la maison, ce à quoi William acquiesça avec plaisir. Ils marchèrent longuement en se tenant la main sans rien dire, profitant du doux soleil de juillet. Eva se surprit même à sourire pour la première fois depuis des semaines. William profita de cette longue balade pour lui faire part d'un projet qui lui trottait dans la tête depuis sa rencontre avec le photographe Leroux.

— J'aimerais te parler d'une idée qui me chicote l'esprit depuis un temps, mais si tu n'es pas disposée à ce que je t'en parle maintenant, je vais attendre.

— Ne fais pas attention à mon humeur, William. Ça finira par passer, j'imagine, quoique j'aie ben peur de ne plus jamais redevenir celle que j'étais. Y a cette peine qui me ronge par en dedans et qui m'empêche de réfléchir à autre chose qu'à elle.

— Je me sens dans le même état que toi ma femme, crains pas avec ça. Je me dis que j'ai pas le choix de me lever le matin et de faire ma journée pour les petits pis toi. C'est pas facile de garder le moral sans la petite dans nos vies, je le sais, ça. Faudrait pas que tu penses que j'ai pas de peine, j'en ai autant que toi tu sais. On dirait que j'essaie de m'étourdir les idées en travaillant et en pensant à plein d'affaires.

— Je sais que tu as autant de peine que moi, t'en fais pas, j'ai jamais eu l'idée du contraire. Parle-moi de ce qui te chicote, je suis parée à t'écouter.

— Depuis qu'on a fait venir le photographe à la maison, j'arrête pas de penser que j'aimerais peut-être ça faire de la photographie. Quand j'étais chez eux à Beauharnois, je me sentais comme un petit gars à regarder tous ces appareils. Il m'a fait visiter sa chambre noire et j'ai tellement aimé ça ! Je pense que je pourrais être bon pour prendre des portraits ! J'aimerais mettre la ville au complet sur des photographies ! Pis quand on y pense, il y a pas un photographe dans place. Si on veut des photographies, faut en faire venir un d'ailleurs. Monsieur Leroux m'expliquait que les Anglais aimaient ben ça faire prendre leur portrait et qu'ils faisaient souvent appel à ses services.

— Tant que tu me demandes pas d'apprendre l'anglais parce que la dernière fois que tu m'as parlé de ça, j'ai ben voulu essayer pour te faire plaisir, mais ç'a rien donné de bon. Pauvre madame Higgins, elle s'est ben rendu compte après deux rencontres qu'il y avait rien à faire avec moi !

— Faut avouer que tu n'y as pas vraiment mis du tien...

— Peut-être, mais en toute franchise, je pense pas que j'aurais réussi à apprendre même avec toute la volonté du monde !

— T'en fais pas, j'ai laissé tomber l'idée de faire de toi une Canadienne française anglaise.

— Tu fais ben parce que je suis une cause perdue ! Mais toi, as-tu une idée de comment faire pour apprendre la photographie ?

— Ben, faudrait que je commence par m'équiper un brin. J'ai rencontré le fils Leroux qui avait l'air intéressé à m'apprendre ce qu'il faut savoir en échange d'une couple de piastres.

— Tu sais ben que je t'encourage à entreprendre tout ce qui te fait envie.

— Je sais, mais je vois ça ben gros, je voudrais pas te faire peur non plus.

— Gros comment ?

— Je commencerais par prendre des portraits chez le monde, mais j'aimerais ben ça construire une rallonge à notre magasin pour y installer un petit studio. Rien de trop gros, juste un petit espace bien aménagé pour y installer de beaux décors. L'affaire, c'est qu'il faudrait que je fasse un petit voyage à Montréal, histoire d'aller m'équiper pour pouvoir pratiquer parce que faut que j'apprenne avant et pour apprendre, j'ai besoin de matériel.

— À Montréal ? Quand ça ? demanda-t-elle surprise.

— La semaine prochaine ou l'autre, qu'en penses-tu ?

— C'est ben certain que j'aimerais mieux pas te voir partir, mais je vais me faire à l'idée, surtout que j'ai ta mère à la maison qui me donne un sacré bon coup de main.

— C'est ça l'affaire, je t'amènerais avec moi.

— À Montréal ?

— Je t'avais promis un voyage non ?

— Mais tu n'y penses pas ? Est-ce que tu oublies que nous avons des enfants et un commerce à gérer ?

— Et toi, est-ce que tu oublies que ma mère est là ?

— Elle peut pas avoir charge de tout non plus. Ça lui en ferait ben trop sur les bras !

— Pour le magasin général, j'avais pensé demander à Marie-Renarde de s'en charger. C'est juste pour quelques jours.

— J'aimerais mieux pas, répondit Eva.

— Pourquoi ? demanda William. Elle est pas mal à son affaire et elle connaît l'ouvrage à faire. Ma mère serait pas loin en cas de besoin.

— Je doute pas de sa capacité à tenir le magasin. C'est juste que tu devrais pas savoir ça parce que c'est des affaires de femmes, mais elle m'a confié être en famille. Je voudrais pas prendre la chance que ça la fatigue.

— Et si je trouvais un jeune qui s'occuperait de placer la marchandise, qu'elle avait que la caisse à charge?

— Je sais pas trop, je sais pas non plus si j'ai envie d'être loin des enfants. Je pourrais jamais me le pardonner s'il leur arrivait quelque chose.

— Eva, on gardera le contact par téléphone, le relais téléphonique se fait de Montréal.

— Mais je dois nourrir les jumelles.

— Allons-y tous ensemble alors.

— Sérieusement?

— Mais oui, pourquoi pas? Ma mère n'a qu'à venir avec nous, elle pourra veiller sur les enfants pendant que je te ferai découvrir Montréal?

Comme convenu, William s'occupa des préparatifs du voyage pendant que les femmes préparaient les malles de voyage. Marie-Renarde accepta de se charger du magasin général, aidé du fils des Lemay qui s'occuperait de la marchandise en échange d'un dollar. Le matin du départ, Eva embrassa son amie en la remerciant de sa grande disponibilité. Après le départ du train, elle ressentit des nausées, ce qui l'inquiéta. William la rassura en lui disant qu'elle avait le mal du voyageur et que cela s'estomperait une fois hors du train. Arrivés à Montréal, ils débarquèrent à la gare Windsor. William observa d'un air amusé les membres de sa famille se pâmer d'admiration devant l'immensité des lieux. Eva rapprocha nerveusement ses petits autour d'elle, leur ordonnant de tenir fermement la main de leur grand-mère. Elle déposa les petites dans le carrosse Gendron dès que William le récupéra parmi les malles de voyage disposées ici et là sur les planches de la gare. Sur la rue

Windsor, William arrêta une voiture tirée par deux magnifiques chevaux dans laquelle il aida les membres de sa famille à monter tandis que le cocher embarquait les malles. Berthe et Eva s'inquiétèrent pour la dépense en visitant l'hôtel, persuadées que William avait fait une folie. Elles s'avouèrent impressionnées tandis qu'il leur expliquait fièrement que la reine Victoria et sa fille Louisa étaient déjà venues en ce lieu. Ils montèrent voir leur chambre, puis décidèrent d'aller visiter Montréal à bord du tramway. Si le séminaire de Monseigneur Émard les impressionnait encore après toutes ces années, les imposants bâtiments qui se dressaient partout autour d'eux les laissèrent sans mot. Ils flânèrent longuement au marché public à travers les centaines de charrettes à marchandises devant lesquelles se dressaient fièrement des chevaux visiblement accoutumés de patienter des heures durant. Ils poursuivirent leur escapade jusqu'au port où ils observèrent avec enthousiasme les nombreux paquebots qui y étaient amarrés. Le soir venu, William et Eva prirent leur repas au restaurant *Le Canadien*. Nerveux de fréquenter ce genre d'établissement pour la première fois, ils n'osèrent pas parler durant le repas. Ne sachant comment se comporter, ils optèrent pour une posture droite et un air un peu trop sérieux. Ils éclatèrent de rire une fois le repas terminé, se promettant de ne pas renouveler l'expérience. Ils se rendirent ensuite au Théâtre National où la pièce *Les chemins des larmes* était présentée. Eva fut subjuguée par la noblesse de la salle. Des sculptures d'anges en plâtre qui ornaient les murs jusqu'aux magnifiques draperies, tout autour était somptueux. Les détails architecturaux étaient si nombreux qu'il lui était impossible de tout remarquer. Ils passèrent une soirée mémorable au cœur de la frénésie métropolitaine, ne tardant pas trop de peur que les jumelles ne réclament Eva avant l'heure.

La veille du départ, William se rendit chez le marchand que lui avait recommandé François Leroux. Ses achats étant considérables, il paya un surplus afin que le tout lui soit acheminé par train dans une caisse de transport. En revenant vers l'hôtel, il se sentit pris de remords en songeant à quel point il était heureux malgré le deuil qu'il portait. Il se maudit d'avoir vécu ces dernières journées de bonheur tandis qu'il venait d'enterrer sa fille. Cette idée ne le quitta pas jusqu'à son retour à Valleyfield. Sans le savoir, sa femme éprouvait le même sentiment de culpabilité.

— J'aurais aimé que Vivian soit avec nous, murmura Eva dans le train qui les ramenait à la maison.

— Je me disais la même chose. J'aurais aimé lui faire sentir le vent du fleuve, c'est pas le même vent que par chez nous. Je suis certain qu'elle aurait vu une grande différence.

— Penses-tu que si elle nous voit, elle va penser qu'on l'aime plus parce qu'on a eu du plaisir sans elle ?

— Et si c'était elle qui nous avait chatouillé le cœur pour qu'on puisse rire un peu ? Et si elle avait pu voir toutes ces belles choses qu'on a vues là-bas en les regardant à travers nos yeux ?

— Penses-tu que ça se peut ?

— J'aime ben penser que oui. Ce que je peux te dire, c'est que ça m'a fait du bien de voir ma femme rire un peu. Je n'en pouvais plus de voir toute cette peine dans tes yeux. Quand j'y pense, notre fille pourrait jamais nous en vouloir pour ça parce que je suis certain qu'elle n'en pouvait plus elle aussi de te voir aussi triste.

— Je suis encore triste, tu sais, je pense que je le serai toujours, mais ça m'a fait du bien aussi.

L'hiver s'installa doucement sans brusquer l'automne qui tardait à céder sa place. L'ouvrage ne manquait pas pour Eva et Berthe qui, en plus de préparer leurs conserves annuelles, avaient entrepris une petite production de magnifiques poupées de chiffon. Berthe, avec ses doigts de fée, avait confectionné des poupées pour Fleur-Ange et les jumelles, puis en avait fait une autre pour Vivian. Avant que ne tombe la première neige, William et Eva allèrent déposer la petite poupée sur sa sépulture. Berthe eut l'idée d'en confectionner plusieurs qu'elle offrirait aux enfants de la paroisse vivant le deuil d'un membre de leur famille. Eva, touchée par l'idée de sa belle-mère, décida de s'impliquer. Des clients, ayant aperçu les poupées en confection qu'avait apportées Berthe tandis qu'elle remplaçait au magasin, souhaitaient vivement en acheter. Les deux femmes en confectionnèrent donc également pour la clientèle du magasin. Tandis que les femmes s'affairaient à leur ouvrage, William expérimentait sa caméra à chambre dès qu'il le pouvait. Bien que la technique s'avérât plus complexe qu'il ne l'avait cru, il persévéra et multiplia les essais jusqu'à ce qu'il parvienne enfin à prendre un portrait qui n'était pas entièrement surexposé à la lumière.

Eva visitait Marie-Renarde deux fois par semaine depuis que cette dernière, qui disait faire son nid, ne sortait plus de chez elle. Tout comme pour sa première fille, son amie ressentait le besoin de s'isoler en fin de grossesse. Eva profitait de ses visites pour lui apporter des confitures, des pâtés, du pain frais ou des tartes préparées le jour même au grand bonheur de Marie-Renarde qui adorait la cuisine de son amie. Les deux femmes étaient devenues si familières qu'elles frappaient à la porte, puis entraient sans attendre la réponse de leur hôte. Le lien qu'elles avaient tissé était indéfectible.

— Je suis dans la cuisine, lança Marie-Renarde en entendant son amie entrer dans le logement.

— Que fabriques-tu ? demanda Eva.

— Je me fais un autre capteur de rêves, répondit son amie. Je pense que le mien n'est pas assez gros, il laisse passer les mauvais songes.

— Il est magnifique, souligna Eva. Dis-moi, quelque chose te tracasse ?

— Ne t'en fais pas avec ça, c'est pas important.

— Marie-Renarde, tu me connais mieux que ça ! Tu sais ben que je te lâcherai pas tant que tu ne me diras pas ce qui ne va pas !

— J'ai l'esprit un peu embrouillé ces temps-ci, je dors pas bien. Je fais des rêves qui me font peur. Je rêve de Asha, elle est toujours accompagnée du Grand Esprit. Elle vient me dire que j'irai bientôt les rejoindre avec le bébé. Je suis pas certaine de ce que ça veut dire, c'est sans doute que des mauvais songes…

— J'espère ben ! Qu'est-ce que je peux faire pour t'enlever cette idée-là de la tête ? Veux-tu que je purifie la place avec ce que tu as brûlé l'autre fois à la maison ?

— De la sauge ? C'est déjà fait ! Inquiète-toi pas avec ça Eva, je suis tellement fatiguée que mes rêves sont mauvais.

— Mais toi là, tu ressens des affaires des fois, comment tu te sens ? Tu penses pas que ce soit vrai, dis-moi ?

— Mais non ! Je suis en train de faire un capteur de mauvais rêves, pas mon testament ! J'aurais pas dû te le dire, je le sais que tu vas te faire du mauvais sang avec ça ! J'ai terminé le tikinagan pour le bébé, il sera au chaud quand j'irai te voir.

— Tu l'as terminé enfin ? Je veux le voir !

Marie-Renarde alla chercher le tikinagan qu'elle montra fièrement à Eva. Elle avait mis tant d'amour dans la confection de cette pièce devant servir de portage pour son bébé. Elle avait acheté d'un voyageur la peau tannée d'un renard qu'elle avait savamment travaillée afin d'en faire un nid douillet dans lequel elle déposerait son nouveau-né. Bernard avait contribué en façonnant une planche de bois à l'extrémité arrondie afin qu'elle puisse y attacher le tikinagan avant de l'installer sur son dos. Elle avait tressé la partie supérieure du tikinagan et y avait accroché de petits coquillages.

— Je me prépare à la naissance de mon enfant, je ne fais pas que me fier au message que m'apporte le Grand Esprit dans mes rêves. T'en fais pas avec ce que je t'ai dit, tout ira bien.

Eva rentra chez elle, ébranlée par sa visite chez son amie. Normalement, elle n'aurait pas prêté attention à la signification que pourraient avoir des rêves, mais les croyances de Marie-Renarde n'étaient pas les mêmes que les siennes. Son amie avait une façon différente d'interpréter les choses, de s'adresser à ses dieux, de ressentir les signes de ces derniers. Elle confia son inquiétude à Berthe qui lui mentionna qu'elle avait entendu dire que les prières des sœurs Clarisses se rendaient directement au Seigneur et que tous ceux qui leur avaient demandé de prier pour eux avaient vu leur prière s'exaucer. Il suffisait de se rendre à l'accueil du petit monastère et de leur confier l'objet de leur prière en leur promettant de leur apporter une livre de beurre, de la farine, du sucre ou toute autre denrée si leur prière se trouvait exaucée. Eva se rendit au monastère dès le lendemain matin. Elle fut accueillie par sœur Marie Joseph de Jésus qui lui assura que son amie serait dans leurs intentions de prières le jour même.

À peine fut-elle de retour chez elle que Victor arriva en trombe, la suppliant de venir raisonner Émilienne qui, dans tous ses états, lançait à l'extérieur tout ce qui se trouvait à sa portée. Eva suivit le pauvre homme sans hésiter malgré qu'elle doutât fortement de parvenir à raisonner sa sœur. Émilienne, dont la chemise de nuit laissait découvrir un sein, se tenait sur le balcon en tenant un discours des plus incohérents. Les enfants apeurés s'étaient réfugiés derrière le petit hangar au fond de la cour. Eva demanda à Victor de les conduire chez Blanche, puis monta rejoindre sa sœur qui criait de plus belle en lançant de la vaisselle en direction de son mari.

— Émilienne, calme-toi un peu, pis dis-moi ce qui se passe avec toi ! On t'entend crier jusqu'au bout du chemin, tu fais peur aux enfants ! Rentre en dedans avec moi, allez viens.

— Touche-moi pas Eva, je suis sérieuse, touche-moi pas ! Pis toi mon sacrament de cochon, avise-toi pas de monter en haut, cria-t-elle à Victor en brandissant un morceau de verre brisé en sa direction.

— Viens m'expliquer en dedans ce qui se passe, insista Eva. Restons pas dehors à nous donner en représentation. Regarde ta main Émilienne, tu saignes. Viens avec moi, je vais te nettoyer ça.

— Tu nettoieras rien pantoute toi. Va-t'en !

— Je m'en irai certainement pas avant de comprendre ce qui se passe icitte, répondit Eva. Qu'est-ce qui t'a pris de tout lancer dehors ?

— Tu peux pas comprendre, tu comprends jamais rien. Y a des voix partout dans place, elles me lâchent pas. Y a le diable qui m'épie dans toute, y est partout autour. Y me surveille, je l'entends.

— Tu dis n'importe quoi Émilienne, le diable est pas dans place.

— Qu'est-ce que tu en sais toi ? Tu vis pas icitte à ce que je sache ?

— C'est ben vrai, mais je sais qu'il n'est pas ici. Là, tu vas pas ben, tu as besoin de te faire aider.

— Le diable me parle à travers mes p'tits, y est rentré dans maison en même temps que la maladie pis y est jamais reparti. Faut brûler le logement, c'est la seule façon de le faire partir.

— Émilienne, on va nettoyer ta main, pis après on va t'habiller. Faut que tu voies le docteur, pis ça presse.

— Je le savais que tu comprendrais rien !

Eva fut consternée par l'état du logement. Les biens et meubles qu'Émilienne n'était pas parvenue à lancer dehors étaient empilés dans un coin du logement. Des signes de croix étaient dessinés un peu partout sur les murs. Le crucifix qui se trouvait ordinairement en haut de la porte d'entrée était posé sur le sol au centre de la pièce. Eva ravala ses larmes, nettoya la main d'Émilienne, puis lui chercha une robe. Elle constata que sa sœur avait découpé presque tous ses vêtements.

— Tu sais que c'est toi qui as tué papa ? demanda Émilienne.

— Ramène pas ça sur le tapis, je te laisserai pas faire. J'ai tué personne, encore moins papa.

— Certain que tu l'as tué. Le diable est passé par toi pis par ton p'tit. Cet enfant-là, c'est le mal en personne, c'est le résultat de ton vice. Papa le savait, pis ça l'a tué.

— Édouard est pas le fruit du vice ! s'écria Eva. C'est un p'tit garçon merveilleux, pis William et moi en sommes ben fiers. Dis pas des affaires de même Émilienne.

— Émilie était aussi le fruit du vice, tu le savais hein ? C'est Victor le maudit cochon qui m'avait convaincue de succomber. Pis tu sais ce qu'il est arrivé à Émilie ? Elle est morte ! Ton fils a été épargné parce que Dieu en voulait pas, il est le mal en personne, ton fils.

— Non mais, la fermes-tu, hurla Eva en giflant sa sœur qui émit comme seule réponse un rire hystérique. Tu es complètement folle, ajouta Eva en fondant en larmes.

— Est-ce que je peux entrer Milienne ? demanda Victor, qui n'osa pas s'aventurer dans le logement.

— Va chercher le docteur Papineau, pis ça presse, cria Eva.

— Est-ce que je peux aller chercher le docteur Émilienne ? demanda-t-il.

— Émilienne est pas en mesure de prendre aucune décision, fais un homme de toi, pis va chercher le docteur !

— Je serai pas plus avancé si elle m'en veut après, argumenta-t-il.

— Tu vois pas que ta femme est tombée dans la folie ? Va chercher le docteur, pis tout de suite à part ça !

En constatant l'état d'Émilienne, le docteur la fit immédiatement interner à l'Hôtel-Dieu de Valleyfield, qui n'était pas encore officiellement ouvert, pour cause de folie majeure. Elle y demeura plus de deux mois durant lesquels le personnel soignant lui fit des saignées quotidiennes afin de régulariser ses humeurs. Pendant ce temps, Victor redoubla d'efforts pour remettre le logement dans un état acceptable. Lorsqu'elle obtint finalement son congé à la fin du mois de janvier 1904, elle demanda à voir Eva, lui présentant maladroitement ses excuses.

— Je sais ben que quelque chose ne tourne pas rond avec moi, lui avoua Émilienne. Je pense que je l'ai toujours su. Peut-être que le mal coule dans mes veines. Je saurais pas le dire, mais je sais que papa était fier de toi, pis moins de moi. S'il y en a une des deux qui est en cause dans la mort de papa, c'est bien moi. J'étais une source d'inquiétude pour lui. Je l'ai toujours été. J'aurais aimé être comme toi, être sage, être capable d'écouter les consignes, mais j'en ai jamais été capable. Y a quelque chose qui bouille en dedans de moi et ça bouille parfois tellement fort que j'arrive plus à me contenir. C'est vrai que je trouve ça injuste que ton fils soit pas mort, pis que deux des miens le soient, mais je pense pas que ton fils soit le diable non plus. Je voulais juste que tu le saches.

— Mon fils est peut-être pas mort Émilienne, mais ma fille l'est. J'ai perdu deux bébés aussi. Moi, quand il t'arrive un malheur je me réjouis pas. Quand moi j'en vis un, je trouve pas ça injuste que toi tu n'en vives pas un. Je comprends pas pourquoi tu compares ce qui nous arrive. Jamais au grand jamais je voudrais qu'il t'arrive des malheurs parce qu'il m'en arrive !

— Je sais, c'est ce que je dis, y a quelque chose qui ne tourne pas rond chez moi. Je pense pas toujours comme ça, c'est ben ça le pire. Y a des fois où je suis fière de ton bonheur, que je suis fière d'avoir une sœur qui a une belle vie. Je m'en vante même au monde. Pis je sais pas pourquoi, d'autres fois, c'est tout le contraire, ton bonheur semble me rendre folle. Je sais pas comment contrôler ça, comme je sais pas comment contrôler mes humeurs. Certains jours, je pourrais laver le logement à grandeur, pis d'autres jours, j'ai de la misère à me lever de ma chaise. On dirait que je passe mon temps dans les extrêmes et je sais ben pas pourquoi. C'est comme pour Victor, j'ai beau savoir qu'il est à côté de moi, y a des fois où j'entends des voix qui me disent que c'est pas vraiment mon mari qui est à mes côtés, que c'est le diable qui prend sa place le temps qu'il finisse de courailler chez d'autres femmes. Je te le dis Eva, c'est pas toujours facile de vivre avec tout ce qui se passe dans ma tête, avec toutes les idées noires qui m'embrouillent le bon sens. Je tenais à te dire que j'étais désolée tandis que j'ai les idées claires.

— Tu peux me dire ce que tu veux, je suis capable d'en prendre, mais ne t'avise plus jamais de t'en prendre à mes enfants parce que je devrai te tenir loin de moi. Je le ferai pour le restant de nos vies s'il le faut. Tiens-toi-le pour dit. Tu peux t'en prendre à moi autant que tu le voudras, dis-moi les pires horreurs, frappe-moi si tu le désires, mais ne dis plus jamais rien à propos de mes enfants.

— Je suis sincèrement désolée Eva, je sais que je suis pas évidente à endurer. Tu dois me détester ? demanda-t-elle en sanglotant.

— Non, parce que tu es ma sœur et que je te prends comme tu es. Je t'aime Émilienne et tu pourras toujours compter sur moi.

Eva se leva puis enlaça tendrement Émilienne. Les deux sœurs pleurèrent longuement sans rien dire à l'exception d'Émilienne qui laissa échapper quelques « je suis désolée ». Soulagée, Eva quitta le logement de sa sœur en lui faisant promettre qu'elle prendrait soin d'elle. Sur le chemin du retour, elle décida de bifurquer jusque chez son amie qu'elle n'avait pas vue depuis plus de trois jours. Elle frappa doucement à la porte, puis entra. Elle éprouva un sentiment de panique face au calme qui régnait dans le logement.

— Marie-Renarde, appela-t-elle, inquiète.

— Je suis dans la chambre, répondit son amie.

— Tout va bien ? demanda Eva en entrant dans la chambre.

— Regarde qui voilà, chuchota Marie-Renarde à son nouveau-né, c'est tante Eva.

— Marie-Renarde, s'exclama Eva en versant une larme, tu as eu ton petit ! C'est un p'tit gars ? Une petite fille ?

— Approche Eva que je te présente mon petit Yuska.

— Quel joli prénom, souligna Eva en s'approchant du lit. Il est magnifique, tu as de quoi être fière mon amie. Est-ce que tu te sens bien ?

— Oui, tout s'est passé très rapidement.

— Pourquoi n'as-tu pas envoyé Bernard me chercher ? Je serais venue t'aider.

— Je ne voulais pas te déranger.

— Tu l'as mis au monde toute seule, sans aide ?

— T'en fais pas avec ça Eva, tout a bien été. Nous allons bien tous les deux.

— Tu m'en vois tellement soulagée. Je ne sais pas ce que j'aurais fait s'il t'était arrivé quelque chose. Tu es si précieuse à ma vie Marie-Renarde.

— Tu voudrais être sa marraine Eva ? Bernard doit le faire baptiser après-demain, il devait passer te le demander.

— Certain que je veux, tu peux compter sur moi !

— Penses-tu que William accepterait d'être son parrain ?

— Il n'y a aucun doute à avoir là-dessus. Est-ce que Yuska signifie quelque chose en particulier ou est-ce seulement le plus beau prénom du monde ?

— Ça veut dire *être libre*, ce que j'espère qu'il sera dans son cœur et son esprit. Libre d'être tout ce qu'il voudra.

— Il le sera, sa mère et sa marraine y veilleront. Est-ce que je peux faire quelque chose pour toi avant de rentrer ? Aurais-tu une besogne dont tu aimerais que je m'occupe ?

— Mon ouvrage de maison est à jour, mais tu es gentille de t'offrir.

— Je vais repasser te voir demain matin. Peux-tu me faire la promesse d'envoyer Bernard me chercher s'il arrive quoi que ce soit ? Si tu as besoin d'aide, si tu te sens plus fatiguée qu'à l'ordinaire ou même si tu as besoin de compagnie ?

— C'est promis, mais ne t'en fais pas, tout ira bien. Je le sens, je le sais.

— Asha et Vivian y veilleront, murmura Eva en embrassant le front de son amie.

— Eva ?

— Oui ?

— *Kezaldame nidôba.*

— Qu'est-ce que ça veut dire ?

— Je t'aime mon amie.

— Je t'aime aussi mon amie, répondit-elle en essuyant la larme qui coulait le long de sa joue.

Comme promis, Eva se rendit chez les sœurs Clarisses dès le lendemain matin et leur apporta deux livres de beurre en guise de remerciement pour la faveur obtenue.

— Vous me voyez heureuse d'apprendre que nos prières furent entendues et que votre amie et son fils se portent bien, dit sœur Marie Joseph de Jésus. Nous serons heureuses de prier pour vous chaque fois que vous en ressentirez le besoin.

— Justement ma sœur, pourrais-je vous demander de prier pour les miens ? De protéger ma sœur Émilienne de sa propre folie ? De tenir la maladie le plus loin possible de nous autres ? Que tout continue à aller comme maintenant, c'est tout ce que je demande, que tout soit comme maintenant.

— Le Seigneur vous entend mon enfant, allez en paix et ayez confiance en lui. Tout ira bien.

FIN

MIXTE
Papier issu de sources responsables
FSC® C103567
FSC
www.fsc.org

Achevé d'imprimer en septembre 2020
sur les presses de l'imprimerie Marquis.